Gerd Nover

Aymarah

Gerd Nover

Aymarah

*Bibliografische Information der Deutschen Nationalbibliothek:
Die Deutsche Nationalbibliothek verzeichnet diese Publikation in
der Deutschen Nationalbibliografie; detaillierte bibliografische
Daten sind im Internet über http://dnb.dnb.de abrufbar.*

*TWENTYSIX – Der Self-Publishing-Verlag
Eine Kooperation zwischen der Verlagsgruppe Random House
und BoD – Books on Demand*

*© 2018   Gerd Nover
Umschlag   Gerd Nover*

*Herstellung und Verlag:
BoD – Books on Demand, Norderstedt*

ISBN: 978-3-740-74573-8

Buch I

Kapitel 1

Für einen kurzen Augenblick hatte Silas das irritierende Gefühl, er stecke in einem fremden Körper.
Mechanisch, ohne sein Zutun setzte er einen Fuß vor den anderen, wie ferngelenkt, radargesteuert im Anflug auf die Landebahn, den roten Teppich, der sie magisch anzog, den sie entlang schreiten mussten. Sein Blick glitt an seinem weißen Anzug entlang, hinab zu den neuen, schwarzen Lackschuhen, ein kurzer Moment, der ihn noch mehr verstörte und zu lähmen drohte. Die vielen Menschen um ihn herum nahm er kaum wahr, so sehr war er gefangen in seinem für ihn ungewohnten und seelenlosen Aufzug, gefangen in diesem ihm völlig fremden Gefühl von Beklemmung und Fremdbestimmung.
Doch sein Verstand arbeitete noch in der ihm vertrauten, schnellen und präzisen Weise, es gelang ihm rasch, die aufkommende Panik zu unterdrücken. Ruhig bleiben, ist ja nur eine Rede. Und was für eine! In Gedanken ging er im Schnelldurchlauf die einzelnen Punkte noch einmal durch. Er würde es ihnen schon zeigen.
Währenddessen tat sein Körper, was andere von ihm erwarteten. Sie näherten sich im Schneckentempo dem rosenberankten Torbogen vor dem roten Teppich, Chantals unsichere Hand auf seinem angewinkelten Arm. Schon vor seiner flüchtigen Panikattacke hatte Silas seine Begleiterin kaum wahrgenommen, wäre er doch am liebsten allein einmarschiert. Was kümmerte ihn das ganze postpubertäre Gedöns, das narzisstische Getue um Abendkleider, Accessoires und Frisuren, der eitle Stolz der aufgeregten Eltern.

Chantal dagegen genoss ihren Auftritt, zumindest hatte sie sich das so vorgenommen. Zwar konnte man nicht gerade behaupten, dass Babyface Silas als der heißeste Mann des Jahrgangs gehandelt wurde, zwar war er mindestens zwei Jahre jünger als alle anderen und zudem total der Brain, zwar würde voll rot werden, wenn er einmal ein Mädchen anspräche, was er nie tat, aber trotzdem. An der Seite von Einstein zur Abiturfeier einzulaufen, das war doch etwas. Mehr 1,0 geht kaum, 886 von 900 Punkten! Was kümmerten sie die fehlenden 14 Punkte? (Die hatte er in Sport eingebüßt, wie sollte er denn auch mithalten, trotz allem Training, mit seinen 16 Jahren?) Triumphierend schaute Chantal nach rechts und links und sonnte sich im Glanz des Überfliegers, der ja zwangsläufig auch ein bisschen auf sie abstrahlen musste. Dabei war es so einfach gewesen! Kinderleicht! Silas hatte sofort zugestimmt, als sie ihn mit Herzklopfen und etwas unbeholfen gefragt hatte, ob er mit ihr einlaufen wolle. Mut wird belohnt, das würde sie sich fürs Leben merken. Und dass sie dieser Obertussi Milena zuvorgekommen war, die mit gewohnter Arroganz und Überheblichkeit ihren Besitzanspruch auf Einstein großspurig und lautstark verkündet hatte!

Allmählich gewann die Prozession der Abiturienten an Fahrt, nachdem die letzten fotografierenden Eltern mit ihren Spiegelreflexkameras von bemüht freundlichen Lehrern aus dem Weg geräumt waren und die Technik endlich die Tonanlage erfolgreich in Gang gesetzt hatte.

Sophie stupste Mia aufgeregt in die Seite.

„Schau! Da kommt dein Bruder. Der Wuschelkopf sieht richtig gut aus mit Anzug und Fliege. Das Wunderkind ist ja fast erwachsen."

Doch Mia hatte keine Augen für ihren schlauen Bruder, vielmehr versuchte sie, Tom unter den Mitgliedern des

Orchesters zu finden, die am seitlichen Rand der Bühne Platz genommen hatten.

„Was wolltest du eigentlich vorhin bei Tom?", tuschelte Sophie. „Den Typ würde ich so was von ignorieren. Wie kannst du dem noch hinterherrennen, so wie der dich behandelt hat?"

Trotz aller Vorfreude über ihren Plan verspürte Mia bei dieser Bemerkung kurz einen bitteren Schmerz. Natürlich war sie ein dummes Ding gewesen zu glauben, dass der große Trompetenstar Tom, einer der coolsten Jungs des nächsten Abijahrgangs, es mit der fünfzehnjährigen, O. K., fast fünfzehnjährigen Mia ernst meinen würde. Aber genau das hatte er ihr doch versichert! Und dann hatte er sie nach dieser entsetzlichen Party einfach so vor ihrem Haus abgesetzt, praktisch aus dem Auto geschmissen, mit einem Kindergartenkind könne er doch nichts anfangen. Damals, geschockt, gelähmt, für Minuten unfähig die paar Schritte über die Straße zu gehen und das Gartentor aufzuschließen, die für ihn gestylten Haare durchnässt vom kalten Aprilregen, damals hatte sie sich geschworen, ihm diese Behandlung heimzuzahlen.

„Du hast ihm doch nicht auch noch was geschenkt?"

Sophie hatte beobachtet, wie Mia Tom beim Eintreten in die Aula offenbar etwas in die Hand drücken wollte, es dann aber in den Gesäßtaschen seiner weißen Hose verschwinden ließ.

„Wart's einfach ab. Du wirst begeistert sein." Mia lächelte geheimnisvoll in sich hinein.

Die Prozession der Abiturienten hatte derweil unter dem stolzen Beifall der Eltern und Familienmitglieder den Saal durchschritten und Platz genommen, das Schulorchester intonierte ein feierliches Lied, der Schulleiter begann mit seiner Begrüßung. Silas nestelte an seinem Jackett herum und zog das Manuskript seiner Abiturrede aus der Innentasche. Er war dem Rat seiner Mutter gefolgt, das Manuskript doch mitzunehmen, obwohl er sicher wusste, dass er keinen Blick darauf werfen würde, dass sein Gedächtnis ihn unmöglich im Stich lassen konnte. Als Chantal seine Hand auffordernd berührte, wurde ihm erst bewusst, dass der Direktor seine Begrüßung beendet hatte. Silas stand auf und ging nach vorn zur Bühne.

Seine Rede begann Silas mit den üblichen Begrüßungs- und Dankesworten.

„Vor allem danken wir auch unseren Eltern, die in der stressigen Zeit der Vorbereitung auf das Abitur an uns geglaubt und uns unermüdlich unterstützt haben. Mit gutgemeinten Ratschlägen, sorgenvollen Nachfragen und - in meinem Fall - mit Litern von Kräutertees und Bergen von Apfelschnitzen."

Höfliches Gelächter. Der eine oder andere der älteren Mitglieder des Lehrerkollegiums starrte gelangweilt in die Gegend. Jedes Jahr dieselben Witze. Und dann noch dieses Wetter. Die Julihitze war unerträglich. Die Sonne brannte von einem wolkenlosen, blauen Himmel unerbittlich auf das Dach der Aula. Fast achthundert Gäste, fast achthundert Öfchen, heizten sie zusätzlich von Innen auf, die Scheinwerfer taten das Übrige.

Auch Silas' Mutter nahm die ersten Worte der Rede ihres Sohnes kaum war, wenn auch aus ganz anderen Gründen. Erleichtert, stolz, glückselig, verwirrt sah sie ihren fast erwachsenen Sohn am Rednerpult und hatte gleichzeitig die schrecklichen Bilder vor ihren Augen. Die Nacht, als der Freund und Kollege ihres Mannes ihnen erklärte, was der Grund für die ständigen Kopfschmerzen des Elfjährigen war. Als er für sie die Risiken einschätzte, die auch ein erfahrener Hirnchirurg wie er, ausgestattet mit der neuesten Technik, nicht voll beherrschen konnte. Das Glück, als der Tumor erfolgreich entfernt war, dann die quälenden Wochen, in denen die Schmerzen nicht nachließen und die erhoffte Heilung sich nicht einstellte. Warten, hoffen, Rückschläge verkraften. Und dann das Wunder. Wie ihr schüchterner, immer etwas kränklicher Junge zu einem eifrigen, wissbegierigen Schüler geradezu explodierte, der sich in seiner rasanten Entwicklung nicht bremsen ließ. Zwei Schuljahre hatte er übersprungen. Jetzt stand er mit seinen gerade mal sechzehn Jahren vor der Schulgemeinschaft und hielt die Abiturrede, ihr großer Kleiner. Sie sollte jetzt doch lieber auch richtig zuhören.

„Wir haben es also geschafft, wir verlassen den behüteten und geschützten Raum der Familie und der Schule, um unseren eigenen Weg in die Zukunft zu finden. Eine Zukunft, um deren Gestaltung wie so oft in der Geschichte in der Gesellschaft wieder einmal erbittert gestritten wird. Diesen Streit möchte ich zum Thema meiner Rede machen, nicht nur, weil mein Studienwunsch mich im September an das IITN, das Internationale Institut für theoretische Neurowissenschaften in London führen wird, sondern auch, weil die endgültige Erforschung und Simulation des menschlichen Gehirns unsere Welt dramatisch verändern wird."

„Die Rede hat ihm doch sein Alter geschrieben", lästerte Dr. Weiß, Silas' Chemielehrer. „Der kann es nicht verwinden, dass er nicht mehr auf Frankensteins Spuren wandeln darf."

„Das glaube ich nicht", flüsterte seine junge Kollegin. „Silas hat seinen eigenen Kopf."

„Jedenfalls ist es gut, dass er ausgebremst wurde."

„Mit der vollständigen Erforschung und Simulation des menschlichen Gehirns werden wir einen der letzten

weißen Flecken auf der Landkarte des menschlichen Wissens beseitigen. Doch wie immer, wenn die Menschheit den Sprung in eine neue Zukunft wagt, gibt es warnende Rufe. Apokalyptiker wähnen sich schon am Ende der Menschheit und versuchen, sich gegen den Fortschritt zu stemmen, wie die Eiferer, die zu Beginn des 19. Jahrhunderts Eisenbahnen wegen ihrer unglaublichen Geschwindigkeit von 30 km/h für eine Gesundheitsgefahr hielten!"
Einige der Gäste, vor allem jüngere, lachten ungläubig. Über das Gesicht von Silas' Vater huschte eine kaum merkliche Bitterkeit. Auch ein sehr sorgfältiger Beobachter wäre bisher nicht in der Lage gewesen, seinen Gemütszustand zu deuten, ganz im Gegensatz zu seiner Frau, deren freudige Ergriffenheit nicht missdeutet werden konnte.
„Wenn es nur bei der kritischen Auseinandersetzung bliebe. Aber nein! Die Gegner des Fortschritts missbrauchen alle rechtlichen und politischen Möglichkeiten, die ihnen zur Verfügung stehen, um dieses vielversprechende Projekt zu kippen. Forscher werden verleumdet und diskreditiert, Forschungsgelder werden gestrichen, ganze Abteilungen geschlossen."
Stefan Kramers Mundwinkel zuckten bitter bei den Worten seines Sohnes. Vor eineinhalb Jahren hatte ihm der Dekan seiner Fakultät an der Universität Heidelberg die Leitung der experimentellen Neurowissenschaften entzogen. Und das wegen einiger lächerlicher Tierexperimente, nach denen sich ein paar Affen anders als gewöhnlich verhielten. Was macht denn ein Hundebesitzer anderes, wenn er seinen Hund abrichtet? Er kochte innerlich vor Wut bei dem Gedanken, dass es in Deutschland möglich war, dass ein paar Ignoranten die

Arbeit eines weltweit anerkannten Spitzenwissenschaftlers torpedieren konnten.
Silas' leidenschaftlich werdende Stimme ließ ihn wieder zuhören.
„Die Menschheit hat es geschafft, mit Hilfe von Antibiotika tödliche Seuchen zu stoppen. Es gelang ihr, künstliche Organe zu entwickeln und in den menschlichen Körper einzupflanzen. Sie schaffte es, die Regeneration von geschädigten Nervenbahnen zu ermöglichen. Die Gentechnik versetzte uns in die Lage, zahlreiche Erbkrankheiten und das damit verbundene Leid zu überwinden. Aber jetzt, wo wir dabei sind, den Schlüssel für die Überwindung von Krankheiten wie Depression oder Alzheimer zu finden, vergehen wir uns angeblich am Wesen des Menschseins? Wenn es human ist, einen Herzschrittmacher zu bauen, der das Schlagen eines Herzens unterstützen kann, warum ist es dann inhuman, einen neuromorphen Supercomputer und Gehirnimplantate zu entwickeln, die bei der Arbeit eines Gehirns assistieren können? Wenn ich mich hier so im Saal umschaue, wären nicht wenige froh gewesen, wenn sie etwas Mithilfe bei dem mühsamen und langwierigen Pauken von Vokabeln oder chemischen Formeln gehabt hätten."
Gejohle in den Reihen der Schüler. Selbst diejenigen klatschen begeistert, die Silas wissenschaftliche Gedanken mehr erlitten als verstanden und das Ende der Feier herbeisehnten. Nur raus hier aus der Sauna, im schattigen Schulhof wartete schon das Festbankett.
„Was hat er gesagt?"
„Egal."
„Ich vermute auch, dass so mancher Geschichtslehrer für derartige Unterstützung dankbar wäre, wenn er mit seinen Jahreszahlen durcheinanderkommt oder die eine

oder andere Französischlehrerin, wenn ihr eine spezielle französische Vokabel im Unterricht gerade nicht einfällt. *Je l'ai sur le bout de la langue.*"
Begeisterter Applaus. Eine Lehrerin in der dritten Reihe rutschte nervös auf ihrem Stuhl herum, die Kollegen neben ihr schauten bemüht aufmerksam nach vorn zur Bühne. Silas' Imitation war einfach zu gut gewesen.
„Ich wusste gar nicht, dass Einstein auch noch rednerisches und schauspielerisches Talent hat", raunte Silas' Tutor seiner Kollegin neben ihm zu. „Gibt es überhaupt einen Preis, den er nachher bei der Preisverleihung nicht bekommt?"
Mia nahm vielleicht als einzige von all dem kaum etwas wahr. Ihr schlauer großer Bruder würde das schon hinbekommen, wie immer. Sie war auch die einzige, die sich über die unerträgliche Schwüle im Saal freute. Das Wetter spielte mit, ihr Plan musste einfach gelingen. Tom Shark, du wirst dich noch an das Kindergartenkind erinnern!
Silas' Rede war inzwischen mit dem gebührenden Beifall bedacht worden, der Elternbeirat und der Schulleiter hatten gesprochen, umrahmt von festlicher Musik, die Zeugnisse waren ausgegeben. Gerade endete die Preisverleihung, so manche Schülerin, so mancher Schüler schritt unter dem Beifall der Schulgemeinschaft vor zur Bühne und kehrte mit einem stolzen Lächeln zurück, den Buchpreis in den schwitzenden, manchmal vor Aufregung zitternden Händen. Nur Silas ließ seine Preise auf der Bühne, man werde sie ihm mit einem Kleinlieferwagen zustellen, scherzte der Direktor. Allerdings sei der neuromorphe Laptop nicht darunter, den müsse er ja erst noch erfinden.
Geschafft. Über zwei Stunden in der stickigen Halle. Den Männern klebten die schweißnassen Hemden und

Hosenbeine am Körper, die Frauen hatten es dagegen mit ihren luftigen Abendkleidern vergleichsweise gut. Mias Puls beschleunigte sich. Jetzt noch ein Lied.
„Zum Abschied, liebe Eltern, Schülerinnen und Schüler, liebes Kollegium, hören Sie ein uraltes Lied, die Kenner wissen, dass es aus dem vorletzten Jahrhundert stammt, aber seine Schönheit ist zeitlos. Vor allem, wenn es von *der* Trompete interpretiert wird. Freuen Sie sich auf unseren Superstar an der Trompete, Tom Shark! Und danach auf die etwas frischere Luft da draußen und das Festbankett. Tom Shark! *Time to Say Goodbye.*"
Tom, 1,92m, schlank, sonnengebräunt, sein mittellanges Haar topmodisch nach hinten frisiert, bewegte seinen im Fitnessstudio definierten Body mit lässigen, aber doch irgendwie majestätischen Schritten aus der hinteren Reihe des Orchesters nach vorn. Einige Mädchen kreischten. Die ganze Zeit hatte er da hinten gestanden, hatte den einen oder anderen kurzen Einsatz innerhalb des Orchesters gehabt, endlich kam jetzt sein Auftritt. Wenn ein paar der Girls ohnmächtig werden würden, das käme jetzt gut, dachte er kurz. Doch er musste sich konzentrieren, dafür war er Profi genug.
„Was ist denn bloß dein Plan?" Sophie sah Mias kecke Zungenspitze zwischen ihren geschlossenen Lippen, wie immer, wenn Mia sehr aufgeregt oder konzentriert war. Was konnte jetzt noch geschehen? Die Feier war so gut wie vorbei.
„In drei Minuten ist er am Arsch", flüsterte Mia ihr ins Ohr.
Tom spielte himmlisch, für ein Schulorchester war er wirklich ein Ausnahmetalent. Für ein paar Minuten waren die schweißtreibende Schwüle und das Verlangen nach Flüssigkeit vergessen. Dann, tosender Beifall. Die Emotionalität des Liedes, die Rührung der Eltern, die

Erleichterung über das Ende der Hitzeschlacht entluden sich in Händeklatschen und Jubelrufen. Tom verbeugte sich mehrfach und nahm wie selbstverständlich die Begeisterung der Zuhörer entgegen. Eine eindrucksvolle Figur in der weißen Hose und dem schwarzen Hemd, der Uniform des Orchesters, auf die Musiklehrer Jandl so großen Wert legte. Auf das weiße Jackett hatte er wegen der großen Hitze ausnahmsweise verzichtet. Mias Spekulation ging auf. Die Wettervorhersage war ja auch eindeutig gewesen.

Tom machte eine letzte Verbeugung, drehte sich um und ging zurück Richtung letzte Reihe. Nach zwei Schritten stoppte der Beifall hier und da schlagartig, einige Schüler zeigten ungläubig nach vorn, Sitznachbarn wurden mit einem Ellenbogenrempler darauf aufmerksam gemacht, eine La-Ola-Welle von ersten Lachern ging durch den Saal, eine zweite, stärkere.

Sophie starrte ungläubig auf Toms sexy Hinterteil.

„Der hat sich doch nicht etwa in die Hosen ge ..."

„Morin douce."

„Was?"

Zunehmend verunsichert durch die unerklärliche Reaktion des Publikums und die unverständlichen Handbewegungen, mit denen Lehrer Jandl ihn offenbar auf etwas aufmerksam machen wollte, war Tom inzwischen auf halbem Weg zu seinem Platz auf der Bühne stehen geblieben.

„Schmilzt sofort auf der Zunge. Ein himmlischer Genuss." Mias Imitation des Werbeslogans war gekonnt. Sophie begann zu verstehen.

Tom hatte inzwischen begriffen, dass wohl etwas mit seiner Hose sein musste, und griff an sein Gesäß. Im vollen Scheinwerferlicht stand er da auf der Bühne und starrte auf seine braune Hand. Während viele unter den

Erwachsenen sich zu beherrschen versuchten und hofften, Tom würde diese Peinlichkeit schnell beenden, indem er in der letzten Reihe verschwinden würde, legten etliche Schüler erst so richtig los.
„Der Auftritt ist in die Hose gegangen!"
„Hab' doch gleich gemerkt, dass einer der letzten Töne irgendwie falsch geklungen hat. So bfffff."
„Hat der jetzt Trompete gespielt oder Po-saune?"
Witzig.
Die Meute der Möchtegern-Stand-up-Comedians kannte keine Gnade. Der Leitwolf war gefallen und das Rudel der Jungwölfe machte sich gierig über ihn her.
„Tom ist halt ein ganz Süßer", erklärte Mia betont sachlich. „Zwei, drei Stunden ohne Zuckerzufuhr, und das noch vor einem großen Auftritt, ist eindeutig zu lang. Also habe ich ihm zwei halbe Tafeln Schokolade in die Arschtaschen gesteckt, vorne hätten sie die Hose ausgebeult, unmöglich, und das Jackett blieb ja heute wegen der Hitze im Schrank."
Der Saal leerte sich zügig. Sofort bildeten sich endlose Schlangen vor den Getränkeständen im Schulhof. Small Talk unter den Wartenden und unter den herumstehenden Gästen. „1,0. Unglaublich!" - „Die Rede fand ich wirklich beeindruckend." - „Ach, der weiß doch gar nicht, wovon er redet. Ist doch noch ganz grün hinter den Ohren." - „Und Ihre Tochter? Wann ist die soweit?" - „Haben sie das mit dem Trompetenspieler gesehen? Wie peinlich für den jungen Mann."
Mia saß allein auf der Bank unter der großen Linde und genoss ihren Triumph. In der gegenüberliegenden Ecke des Schulhofs, umringt von allerlei wichtigen Persönlichkeiten der Schule, sah sie Silas im Interview mit dem Reporter des Gemeindeblättchens. Ihr großer Bruder würde ihr im nächsten Jahr fehlen, auch wenn sie das

vor den anderen nie zugeben würde. Niemand stand ihr so nah wie er, auch Sophie nicht. Ihre Mutter, ja, die schon, aber sie war halt ihre Mutter. Und ihr Vater? Na ja.
Ihre Eltern saßen an einem der mit Hussen festlich verkleideten Biertische, unwillig, sich in den Kampf um das schnellste Getränk zu stürzen. Alina Kramer unterhielt sich mit einem Lehrer.
„Ja, am IITN in London, am 10. September, glaube ich. Nicht wahr, Stefan?"
„Wie? Entschuldigung. Ich war gerade in Gedanken."
Noch vier Wochen Schule, nur noch zwei Klassenarbeiten, dann war es geschafft. Sonne, Palmen, Sand, das Meer. Mia freute sich unbändig auf den gemeinsamen Familienurlaub. Wer weiß, vielleicht würde es ihr letzter sein.

Kapitel 2

„Silas, Mama! - Papa!" Mia stürmte in das großzügige Wohnzimmer ihres Ferienbungalows, ihre Badetasche segelte durch die Luft und krachte mitten im Zimmer auf den Dielenboden.
„Wahnsinn. Das nächste Mal müsst ihr mit."
Mia schaute suchend um sich.
„He, wo seid ihr alle?"
„Mmm", brummte Silas.
Er hatte sich mit seinem Laptop auf den Futon hinter dem Raumteiler aus Bambus zurückgezogen, so dass Mia ihn zuerst nicht bemerken konnte.
„Komm runter, Mi. Ein paar bunte Fische, was soll's?"
Mia hasste es, wenn ihr Bruder sie Mi nannte. Den Namen hatte sie sich als zweijähriges Kind gegeben, und genau das wollte Silas ihr mit diesem Namen immer wieder vorhalten: Du bist halt noch ein Baby, mit deiner kindlichen Begeisterung, mit deinem ungebremsten, oft unbedachten Überschwang. Dabei würde es ihm überhaupt nicht schaden, auch einmal etwas mehr Enthusiasmus zu entwickeln.
Alina Kramer staunte oft darüber, wie unterschiedlich ihre zwei Kinder in diesem Punkt waren. Mia war schon als Kind keine Mauer zu hoch, kein Graben zu tief, die Welt nie weit genug. Basketball, Klavierspielen, Reiten, Schülerzeitung, Ballett ... Berauscht von der Vielfältigkeit der Welt stürzte sie sich immer wieder mit Leidenschaft auf neue Erfahrungen, um dann doch oft ernüchtert oder gar verkatert wieder aufzuwachen. Silas dagegen durchlief seine Schulzeit mit der ausgeglichenen, ereignisarmen Zuverlässigkeit eines Office-Computerprogramms. Nein, dachte seine Mutter, das ist

jetzt doch ein bisschen zu boshaft, aber große Gefühlswallungen waren sicher nicht sein Ding, es sei denn, es ging um seine Hirnforschung.

„Ein paar bunte Fische, das ist natürlich langweilig für unseren großen Forscher. Arbeitest du wieder am Nobelpreis, mein Rehchen?"

Mia wusste genau, wie sie kontern musste, wenn Silas sie mit diesem *Mi* ärgerte. So gern er sich noch vor wenigen Jahren von ihr *mein Rehchen* hatte nennen lassen, so sehr ging es ihm inzwischen gegen den Strich. Er gab nach.

„Ist ja gut, komm her, Schwesterherz. Wie war's?"

Mia warf sich bäuchlings neben Silas auf den Futon, schob seinen Laptop beiseite und sprudelte heraus.

„Unglaublich! Der helle Wahnsinn. Nicht zu toppen. Du glaubst, du bist in einer anderen Welt. Dabei konnten wir heute gar nicht richtig tauchen, irgendwas mit der Ausrüstung. Aber einfach so ein, zwei Meter runter gehen, oder nur Schnorcheln. Die Farben sind irre, alles so hell, die Fische und Pflanzen, du kannst sie praktisch anfassen."

Silas strich zärtlich mit einer Hand über Mias freche Kurzhaarfrisur, sie war aber viel zu aufgekratzt für diese vertraute, brüderliche Zuwendung. Auf dem Futon kniend, Arme und Hände in ständiger Bewegung, versuchte sie ihre Begeisterung über den morgendlichen Tauchgang in Worte zu fassen. Je länger der Bericht dauerte, desto mehr näherte sich Silas' Hand seinem Laptop.

„Du hörst ja gar nicht zu."

„Doch, natürlich. Die Korallen oder was, ja, echt super. Ich war nur gerade mitten in dem Artikel über das Semesterprogramm. Ganz kurz. - Du warst doch auch schon fertig, oder?"

Genervt stand Mia auf und ging in die Küche. Wenige Minuten später kam sie mit einem Glas Saft und einer Tüte Chips zurück, stellte sie neben den Futon auf den Boden und klappte Silas Laptop zu. Silas fuhr mit einem Schrei auf.

„Klappe, Bruder. Jetzt hör mir mal zu. In gut einer Woche bist du in London, wer weiß, wie lange wir uns dann nicht wiedersehen. Wir haben gerade noch die paar Tage zusammen. Kann dein blödes Semesterprogramm nicht noch zwei Wochen warten?"

In den letzten Tagen war Mia bewusst geworden, wie wichtig Silas' Anwesenheit für sie immer gewesen war. Er war einfach immer dagewesen. Ob Kindergarten, Schule, Feriencamp, jeder ihrer Schritte ins Leben war von dem Sicherheitsnetz seiner Anwesenheit begleitet gewesen. Immer wenn sie sich gleich ohne Stange auf ein Hochseil stürzte, war Silas da, um der Seiltänzerin beizustehen, wie in der ersten Woche im Kindergarten, als sie vom Klettergerüst gefallen und mit drei stolzen Pflastern nach Hause gekommen war. Oder am ersten Schultag im Gymnasium, verloren im riesigen Schulhof zwischen den vielen Gebäuden, da hatte allein sein Winken aus der Ferne die beängstigende Größe der neuen Schule schrumpfen lassen.

Doch da war auch noch diese andere Seite. Die dunklen Monate seiner Krankheit, als der Schreck des Tumors die Kindheit des neunjährigen Mädchens abrupt beendete. So wie sie mit unbedachter Furchtlosigkeit vom 10-Meter Brett gesprungen war, so stürzte sie sich Silas' Krankheit entgegen, linderte mit ihrer nicht versiegenden Lebenskraft und ihrem unerschütterlichen Optimismus seine Furcht, half ihm durch die langen, quälenden Monate der Genesung. Wie eine Mutter ertrug sie es, dass er ihre Unterstützung damals fast als Selbstver-

ständlichkeit betrachtete und sich eigentlich nie richtig bedankte. Sie litt auch ein bisschen unter seiner unerwarteten Entwicklung zum Genie der Schule, raubte sein Arbeitseifer ihnen doch viel geschwisterliche Zeit, andererseits war das aber auch ein bisschen ihr Erfolg, der Erfolg ihres Kindes.
In zwei Wochen würde sie allein sein.
„Komm her Mia, sorry." Silas schob den Laptop beiseite und warf die Kopfhörer in die Ecke.
„Bin ich manchmal etwas egoistisch?"
„Wenn du *manchmal* und *etwas* streichst, hast du voll recht, mein Rehchen."
Mia kuschelte sich trotz der Hitze bei Silas ein, der sich diesmal das *Rehchen* gefallen ließ. Lange hatte sie ihn nicht mehr so genannt. Ihr *Rehchen* aus *Brüderlein und Schwesterlein*, ihrem Lieblingsmärchen aus Kindertagen, das sie ihm oft am Krankenbett vorgelesen hatte, ein Ritual, von dem sie niemandem, nicht ihren Eltern, nicht den besten Freunden etwas erzählten. Das Vorlesen, das Erzählen dieses Märchens war ein Versprechen, das Mia ihrem Rehchen gab. Ich bin bei dir, es wird alles wieder gut, du wirst wieder der Alte. ‚Und als die böse Hexe verbrannt war, wurde auch das Rehkälbchen von dem bösen Zauber erlöst und erhielt seine menschliche Gestalt wieder; Schwesterchen und Brüderchen aber lebten glücklich zusammen bis an ihr Ende.'
„O. K., ich bin egoistisch. Aber weißt du, es ist alles so spannend für mich, London, die Uni, irgendwie kann ich es gar nicht kapieren, was da alles auf mich wartet."
„Ich warte. Zuhause. In der Scheißschule. Ohne dich."
„Unsinn. Ich melde mich jeden Tag. Und in den Ferien machen wir gemeinsam London unsicher. Die paar hundert Kilometer, die trennen uns doch nicht." Silas

begann wieder, Mia übers Haar zu streichen, er wusste, wie er seine Schwester besänftigen konnte.

„Sind sie nicht süß, unsere beiden Herzchen?", bemerkte Alina Kramer lächelnd zu ihrem Mann. Verborgen hinter dem Bambusgestell hatten sie schon eine ganze Weile ihre Sprösslinge beobachtet.

„Wie war's auf dem Markt?", wollte Mia wissen, als ihre Mutter ihr Versteck verließ und zu ihren Kindern trat.

„Bunt, voll, laut, zauberhaft. Zauberhaft, vor allem, weil euer Vater sich ganze drei Stunden seiner wertvollen Zeit genommen hat. Als ob wir Ferien hätten. Oh, Chips. Ist noch was drin? Stefan, komm. Chips! Das ist doch etwas für dich."

Alina ließ sich auf den Futon fallen, Stefan brummte etwas als Erwiderung und verschwand im Elternschlafzimmer. Obwohl sie sich hinterher dafür hasste, konnte sie es sich nicht verkneifen, mit derartigen Bemerkungen ihrer Enttäuschung über den gemeinsamen Urlaub Ausdruck zu verleihen. Eigentlich hätte sie es ja wissen können. Ging es nicht schon seit Jahren so? Als ihr Mann acht Jahre zuvor die Leitung der Abteilung für experimentelle Neurowissenschaften der Universität Heidelberg übernommen hatte, waren sie sich einig gewesen, dass diese Position nie ihr gemeinsames Leben übermäßig beeinträchtigen durfte. Ein paar Jahre ging das auch gut. Doch Silas' schwere Krankheit veränderte ihr Verhältnis schleichend, ohne dass sie sich der wachsenden Kluft wirklich bewusst waren. Während die Mutter ihre ganze Zeit ihrem kranken Sohn opferte, oft geplagt von ihrem schlechten Gewissen wegen Mia, die sie vernachlässigen musste, versuchte der Vater Silas auf seine Weise zu helfen. Er organisierte die fähigsten Chirurgen, beriet sich mit den besten Kollegen, begann selbst intensiver mögliche Folgeschäden und deren Behandlung zu erforschen. Während Alina ihre Arbeit als Wissenschaftsjournalistin wegen Silas fast einstellte, vergrub sich ihr Mann zunehmend in seinem Labor. Mit Silas' Genesung, hoffte sie damals, würde sich das ändern. Hoffte sie.

Dann begannen die Gerüchte. Am Institut gebe es obskure Experimente, von fragwürdigen Tierversuchen war die Rede. Stefan wiegelte ab, alles Unsinn. Wo ist der Unterschied zwischen einem Herzschrittmacher und einem Chip, der ausgefallene Hirnfunktionen übernehmen soll? Soll man so etwas etwa an Menschen ausprobieren? Dann doch lieber an Mäusen und Affen. Würde die Meute der Bedenkenträger auch seinen Rücktritt verlangen, wenn er ihnen nach einem Schlaganfall mit seiner Technik ein neues Leben ermöglichen könnte? Ohne etwas dagegen tun zu können, musste Alina Kramer zusehen, wie ihr Mann ihr in die Arbeit entglitt, in den Kampf um sein Institut und um sein Ansehen als Forscher. Mit der Zwangsschließung des Instituts hoffte sie kurz auf einen Neuanfang, doch es wurde noch schlimmer. Immer unterwegs zu irgendeiner Universität, einer Firma, einer Konferenz, war Stefan zunehmend im Flugzeug zu Hause.

„Ich verspreche dir, es wird bald wieder wie früher. Aber ich muss erst wieder Fuß fassen, ich brauche Geldgeber, ich brauche einen Neuanfang."

Auf diesen Neuanfang wartete sie nun schon seit eineinhalb Jahren. Selbst während der zwei Ferienwochen verbrachte Stefan mehr Zeit mit seiner Arbeit als mit seiner Familie. Er war schon zweimal weg gewesen. Geschäftspartner treffen. Frag' nicht. Alles in Ordnung. Morgen machen wir einen Ausflug.

Morgen kam nie.

„Jetzt erzähl doch endlich von eurem Marktbummel. Hast du was mitgebracht?" Neugierig langte Mia nach der Einkaufstasche.
„Stopp, Naseweiß. Augen zu."
Erwartungsvoll schloss Mia die Augen. Ihre Mutter holte ein in Seidenpapier gewickeltes kleines Päckchen aus der Tasche, entfernte das Papier und drapierte das zum Vorschein kommende Tuch um Mias Schultern.
„Gefällt es dir?"
„Mama!" Das Feuerwerk an Farben und Formen dieses Schultertuchs schafften etwas, was selten vorkam. Es verschlug Mia die Sprache.
„Silas, schau mal!"
„Mmm, ja. Bunt."
Ach, Silas!
„Danke, Mama. Das ist das schönste Tuch der Welt."
Zumindest war es das schönste Tuch auf dem gesamten Markt gewesen. Alina hatte ja auch genügend Zeit gehabt, es auszusuchen. Zu Beginn ihres Streifzugs durch die engen Gassen zum Marktplatz, eingetaucht in exotische Düfte und Geräusche, Hand in Hand mit ihrem Mann zwischen Buden und improvisierten Markständen, hatte sie endlich das Gefühl von Urlaub, hatte sich sogar ein wenig gewundert über die Aufmerksamkeit und ungewohnte Geduld, die Stefan aufbrachte, während sie langsam von Stand zu Stand ging, Gemüse, Früchte und Gewürze aussuchte, Dutzende von Handarbeiten prüfend in die Hand nahm, mit den Händlern radebrechte und feilschte. Sie wusste, wie schwer ihm solche Einkaufsbummel fielen und liebte ihn dafür in diesen Augenblicken mit einem schon ziemlich verstaubten Gefühl von Zärtlichkeit. Es war ein kurzes Gefühl.

Am westlichen Rand des Marktes, wo die Altstadt in den neueren Teil des Ortes überging und die modernen Geschäfte und Büros lagen, wurde er allmählich unruhig. Sie benötige doch wohl noch etwas Zeit zum Aussuchen, er müsse nur noch einmal kurz … zwei Querstraßen weiter liege das Büro, in dem er heute mögliche neue Geschäftspartner treffen könne. Es dauere ja nicht lang. Höchstens eine Viertelstunde. Nur eine kurze Absprache.

Nach fast zwei Stunden kam er zurück. Das Treiben auf dem riesigen Marktplatz hatte inzwischen seinen Höhepunkt erreicht, aber der Zauber war für Alina verflogen. Energisch bahnte sie sich einen Weg zurück in Richtung der Ferienhäuser, schweigend. Stefan kam nur mit Mühe hinter ihr her.

Egal. Alina wandte sich Mia zu. Die letzten gemeinsamen Tage wollte sie sich nicht verderben lassen.

„Wie war's bei dir? Hat das geklappt mit dem Tauchen?"

„Oh Mama, du *musst* mitkommen. Es ist echt unbeschreiblich."

„Ich weiß nicht. Ist das wirklich ungefährlich? Gibt es da nicht auch giftige Fische oder so was?"

„Nur ein paar Haie", lachte Silas. „Die hat Mia aber alle weggebissen. Einer hieß Tom Shark."

„Ach, ist das der Herr mit dem braunen Hinterteil?" Stefan war aus dem Schlafzimmer gekommen, ungewohnt erheitert bei der Erinnerung an Mias Triumph bei der Abiturfeier.

„Morgen ist nichts mit Tauchen, es soll stürmisch werden."

„Dann machen wir einen Ausflug, alle zusammen, ja?" Mia blickte bettelnd von Mama zu Papa.

„Außer dem Strand und der Altstadt gibt es hier doch nichts in der Nähe."
„Doch Papa, die Tauchlehrer haben von einem Reservat erzählt. Da leben die Einwohner noch ganz so wie früher. Nicht einmal die Regierung hat dort etwas zu sagen, es ist wie ein eigenes Land. Die leben da wie vor tausend Jahren."
Stefan Kramer musste lachen.
„Tausend ist ein bisschen übertrieben. Zweihundert, vielleicht dreihundert. Aber da können wir nicht hin. Das ist auch viel zu weit weg."
„Kennst du das Reservat?" Einmal hatte Mia gedacht, etwas zu wissen, was alle anderen noch nicht gehört hatten.
„Klar."
Das Reservat war wirklich zu weit entfernt. Weit im Hinterland lag es, über zweihundert Kilometer von diesem Teil der Küste entfernt, eigentlich nur per Hubschrauber zu erreichen. Die schmale Schotterpiste, die seit Mitte des zurückliegenden Jahrhunderts das Reservat mit der Zivilisation notdürftig verbunden hatte, hatten der Dschungel und die zerstörerische Witterung der Tropen für normale Fahrzeuge praktisch unpassierbar gemacht. Außerdem war es so gut wie unmöglich, Zutritt zu bekommen. Die Stammesführer des Reservats hatten ihr Gebiet in den letzten Jahren abgeschottet, eine Abwehrreaktion gegenüber den Strömen von Forschern, Touristen und Geschäftsleuten. Mit Recht glaubten sie, nur durch Abgeschiedenheit ihre Kultur bewahren zu können.
Silas hatte den Erklärungen seines Vaters interessiert gelauscht. Das war spannender als ein buntes Tuch, das bei der Hitze eh niemand gebrauchen konnte.

„Man müsste die Gehirne dieser Menschen untersuchen. Glaubst du, dass eine so ganz andere Kultur die Struktur eines Gehirns beeinflussen kann? Dass ihre Denk- und Lebensweise Spuren im Gehirn hinterlässt?"
„Ich hinterlasse gleich Spuren in deinem Gehirn!" Mia fiel über Silas her und verpasste ihm eine Kopfnuss, spielerisch, aber nicht unbedingt sanft.
„Wir haben Ferien, Ferien, Ferien! Mama, sag was."
Ferien. Familienferien. Kurz dachte Alina Kramer zurück an die Ferien an der Nordsee in Holland, als die Kinder noch klein waren. Das kleine Ferienhäuschen zwischen den Dünen, der kurze Weg zum Meer, die langen Nachmittage am Strand oder bei den Enten am Teich, wenn das Wetter einmal zu kühl war. Gemeinsam kochen, vorlesen, Familienferien eben. Damals waren sie noch eine Familie gewesen. Und jetzt? Gab es überhaupt noch so etwas wie einen gemeinsamen Nenner?
„Vom Hafen aus gibt es Tagestouren zur Bananeninsel. Die Schiffe sind groß genug, sie fahren auch, wenn das Wetter etwas stürmischer ist. Lass uns das morgen machen." Alina schaute auffordernd ihren Mann an.
„Tagestour?" Stefan zögerte.
„Ist das ein Problem?"
„Ich müsste morgen noch einmal kurz diese Leute von heute treffen, nicht lang, aber am frühen Nachmittag. Du wolltest ja nicht, dass sie wieder hier im Haus auftauchen, also muss ich hingehen."
„Das ist doch nicht der Punkt! Natürlich will ich sie nicht wiedersehen, diese unsympathischen Gestalten. Was für Wissenschaftler sollen das denn sein?"
„Du weißt, dass es keine Kollegen sind. Aber Wissenschaft kostet nun mal Geld. Und wenn die deutsche Regierung zu blöd und zu geizig ist, Spitzenwissenschaft zu finanzieren, dann muss ich mir eben woanders das

nötige Geld suchen. Von deinem bisschen Journalismus können wir so eine Reise nicht bezahlen, die kostet nämlich auch etwas!"
Alina platzte.
„Mein bisschen Journalismus! Wovon leben wir denn? Wer hat denn seinen Job leichtsinnig in den Sand gesetzt?"
„Hört auf, hört doch endlich auf zu streiten!"
Mia knallte die Chipstüte auf den Boden und rannte hinaus. Alina starrte ihren Mann feindselig an. Stefan schien langsam klar zu werden, was er da angerichtet hatte und lenkte nach einer längeren Pause ein. Er könne versuchen, seine Geschäftspartner am Abend zu treffen, nach der Rückkehr von der Bananeninsel. Sie könnten dann schön Essen gehen, er werde nachkommen, bis zum Nachtisch sei er bestimmt zurück. Alina akzeptierte schweigend.

Der Ausflug verlief erstaunlich harmonisch. Während schon um die Mittagszeit das Wetter immer stürmischer wurde und auf der Rückfahrt das kleine Boot zunehmend schwankte, beängstigend trotz des übermütigen Lachens des einheimischen Kapitäns, herrschte bei den Kramers Windstille und bestes Strandwetter. Dabei mussten sie sich nicht einmal besonders anstrengen. Der stürmische Streit schien die Gewitterwolken an ihrem Familienhimmel hinweggefegt zu haben. Stefan schaffte es sogar pünktlich zum Nachtisch. Sein Gespräch mit der Mafia, so hatte Silas die unsympathischen Geschäftspartner getauft, war offenbar pünktlich beendet worden.
Der Familienfriede hielt die ganze Woche. Es war fast wie früher am Strand an der Nordsee. Wie so oft damals machten sie auch hier eine Ferienbekanntschaft, ein

englisches Ehepaar, das mit seinem siebzehnjährigen Sohn ins Nachbarhaus eingezogen war. Die Mutter erwies sich zwar als etwas nervig, da sie bei jeder Gelegenheit fanatisch ihre vegetarischen Rezepte anpries - Mia wehrte sich gegen sie, indem sie der ziemlich blass und kränklich aussehenden Frau den Titel *das vegane Gespenst* verlieh - aber mit dem Sohn hatten Mia und Silas ihren Spaß. Zu ihrer Erheiterung hatte dieser den Tick, sein rechtes Bein anzuwinkeln und seinen rechten Fuß in die Hand zu nehmen. So stand er da, auf seinem linken Bein, den anderen Fuß in der Hand, immer wenn er sich unsicher fühlte, was oft der Fall war, vor allem wenn Mia auftauchte. Mia und Silas brauchten nicht lange, den geeigneten Spitznamen für ihn zu finden. Der Flamingo.

Es war eine fröhliche, teilweise ausgelassene Woche, als wäre endlich jedem klargeworden, welches Glück sie mit ihrer Familie die ganzen Jahre gehabt hatten, ein Glück, das sie zumindest in dieser Form nur noch in dieser einen Woche erleben konnten. Silas würde in London studieren, Stefan lebte eh mehr im Flieger, immer irgendwo zwischen San Francisco, Moskau, Peking und sonst wo, Alina wäre auch zunehmend unterwegs in ihrem Beruf und Mia bliebe allein zurück, in der öden Mittelstufe. Na ja, so schlimm war die Schule auch nicht.

Eine kurze, aber wunderbare Woche lang verdrängten alle die Zukunft, bis zum Tag vor Stefans und Silas' Abflug. Die beiden sollten vom kleinen örtlichen Flughafen zum Hauptstadtflughafen fliegen, von dort gemeinsam weiter nach London. Alina und Mia hatten noch ein paar Tage bis zu ihrem Rückflug nach Frankfurt.

Das war der Plan.

Kapitel 3

Silas war schnell mit dem Packen fertig. Sonnenhut, Badelatschen und Shorts würde er im Londoner Oktobernebel kaum gebrauchen können, der Großteil seiner Klamotten, Bücher und sonstigen Habseligkeiten war vor dem Urlaub von Ladenburg aus bereits nach London geschickt worden. Auch sein Vater reiste mit kleinem Gepäck. Die beiden würden sich hier im Ferienhaus von Mia und Alina verabschieden und sich dann mit dem Taxi zum Flughafen bringen lassen.
Alina hatte es so gewollt. Sie wusste, dass sie dem Abschied am kleinen Flughafen nicht gewachsen war. Sie würde stumm dastehen, einen Kloß im Hals, unfähig zu sprechen, mit pochenden Kopfschmerzen vor lauter Anstrengung, die aufkommenden Tränen zu unterdrücken. So wollte sie ihren Sohn nicht ins Leben entlassen, er sollte frei, erwartungsvoll, mutig gehen, nicht gedrückt vom Abschiedsschmerz einer weinerlichen Mutter. Er flog zuversichtlich in seine Zukunft, die Krönung ihrer Jahre als Mutter, das sollte sein Gefühl beim Abschied sein, nicht ihr Schmerz. Kann ein Kind diesen Schmerz verstehen? Sollte es das überhaupt? Hier im Haus würde alles schneller gehen, keine quälend lange Fahrt zum Flughafen, eingehüllt in bedrückendes, wortloses Schweigen oder, fast schlimmer, übertüncht mit aufgesetztem Gequassel, kein marterndes Warten auf das Einchecken, keine Panik beim Anblick des kleinen, uralten Propellerflugzeugs, kaum mehr als ein Spielzeug. Hier im Haus könnte sie sich mit Geschäftigkeit ablenken, der Abschied würde nur Sekunden dauern. Ein mutiger, grausamer Schnitt. Dann würde die Nabelschnur durchtrennt sein. Diesmal würde nicht das Baby

schreien, sondern die Mutter. Aber im Stillen, für sich allein.

„Aber ich fahre mit." verkündete Mia. „Ich lass' doch meinen Bruder nicht einfach so zum Flughafen fahren. Allein sein kann ich noch lange."

Ihrem Vater war das nicht recht.

„Dann musst du allein mit dem Taxi zurück."

„Na und?"

„Und wenn etwas passiert?"

„Was soll schon passieren? Der Taxifahrer entführt und vergewaltigt mich?"

„Wir fahren zu zweit. Ende der Diskussion." Stefan verließ das Wohnzimmer.

Mia gab aber nicht so leicht auf. Beim Abendessen unternahm sie den zweiten Versuch.

„Ich könnte auch mit dem Bus zurückfahren. Der fährt bis zum Markt."

Ihr Vater wurde sichtlich böse.

„Fängst du schon wieder damit an! Weißt du überhaupt, wie viele Busse vom Flughafen abfahren?"

„Weiß ich. Genau drei. Und lesen kann ich auch. Ich bin nicht mehr im Kindergarten"

„Werd jetzt bloß nicht noch frech!"

„Wieso frech? Ich will nur meinen Bruder verabschieden. Du bist gemein!"

Alina mischte sich ein.

„Vielleicht können euch auch die netten Engländer vom Haus nebenan fahren, Stefan. Die haben gestern schon angeboten, Mia und mich nächste Woche zu fahren."

Stefan rastete aus. Er fuhr abrupt von seinem Stuhl hoch, ein Glas zersplitterte auf dem Fußboden.

„Macht hier jetzt jeder, was er will? Habe ich in meinem Haus gar nichts mehr zu sagen. Es bleibt dabei, basta,

aus, fertig und Amen! Ich will davon nichts mehr hören."
Entgeistert schaute Alina ihrem Mann nach, wie er durch die Terrassentür in den Garten verschwand. Ihre Kinder saßen verstummt da. Erschrocken, verwirrt, fassungslos. Natürlich befand sich Stefan seit Monaten in einer schwierigen Lage, natürlich stand seine ganze wissenschaftliche Karriere auf der Kippe, aber wegen einer organisatorischen Kleinigkeit so auszurasten? Seine berufliche Hängepartie war für alle schwierig, nicht nur für ihn. Früher hatten sie Probleme gemeinsam gemeistert. Mia sprach leise aus, was ihre Mutter sich nicht einzugestehen traute.
„Soll er doch wegfliegen. Morgen sind wir allein Mama, ich freu' mich darauf."

Der Abschied am folgenden Morgen ging dann ganz schnell, obwohl das Taxi eine Weile auf sich warten ließ. Zur verabredeten Zeit hörte Silas draußen ein Autogeräusch, es war aber nur ein weißer Lieferwagen, der dann um die Ecke parkte. Etwas später kam dann doch das Taxi, ein ungewohnter Kastenwagen, ohne Taxischild auf dem Dach, ohne Beschriftung, der einheimische Fahrer erklärte auf Stefans Fragen etwas dazu, aber sein Englisch war kaum zu verstehen. Egal. Die 20 Kilometer zum Flughafen gingen auch ohne Komfort. Während Silas sich von seiner Mutter verabschiedete, schleppte Mia die Koffer raus und verstaute sie hinten im Kastenwagen. Wenigstens das würde sie ja noch dürfen. Alina begleitete ihren Mann zum Taxi, beide unbeholfen, unsicher, wie sie den Abschied hinter sich bringen sollten. Am Taxi stand schon der Flamingo, den rechten Fuß in der Hand, um Silas zu verabschieden, vor allem aber um die Gelegenheit zu nutzen, sich mit Mia zum Schwimmen zu verabreden.

„Ich weiß nicht, wo sie ist, sie ist wohl dringeblieben", vermutete Silas. „Von mir hat sie sich schon im Haus verabschiedet. Arme Mia."

Der Flamingo klappte seinen Fuß nach unten und gewann so sichtlich an Standfestigkeit.

Stefan hatte verärgert zugehört. Ganz ohne Abschied wollte er seine Tochter nicht zurücklassen, aber was sollte er machen? Egal, wie er sich verhielt, für seine pubertierende Tochter war es immer falsch. Noch ein flüchtiger Kuss für seine Frau, kurz aus dem fahrenden Auto winken, das war's.

Der weiße Lieferwagen setzte sich ebenfalls in Bewegung und bog hinter ihnen auf die Umgehungsstraße ein.

Silas vergaß im Nu die getrübte Stimmung dieses unerfreulichen Abschieds. London, here I come. Die drei Wochen Traumurlaub waren für ihn eher eine Geduldsprobe gewesen, drei Wochen Luxushaft, ein überflüssiger Aufschub des Beginns seines neuen Lebens. London. Eine Weltstadt. Das IITN. Wahnsinn.

„Du, Silas." Sein Vater holte ihn in die Wirklichkeit zurück. „Ich muss dir etwas gestehen. Kleine Planänderung. Ich fliege nicht mit dir in die Hauptstadt. Du schaffst das doch allein, oder?"

Was war denn das schon wieder? Silas wusste nicht, ob er verärgert, wütend oder einfach nur cool reagieren sollte. Spielten denn jetzt auf einmal alle verrückt? Sein Vater versuchte es zu erklären. Er hatte seinen Flug umgebucht, da er noch weitere Verhandlungen mit seinen neuen Geldgebern führen musste. Es war ihm aber klar, dass er damit seine Frau noch mehr gegen sich aufbringen würde. Auf keinen Fall hätte sie zugestimmt,

Silas allein um die halbe Welt fliegen zu lassen und ihre unbegründete Abneigung gegenüber den für sie dubiosen Geschäftspartnern hätte alles nur verschlimmert. Deshalb hatte er auch so heftig Mia gegenüber reagiert. Wenn Sie mitgekommen wäre, wäre sein Schachzug aufgeflogen.
„Du schaffst das doch allein, oder?"
Silas schluckte. Allein war er noch nie geflogen, umgestiegen schon gar nicht. Aber das gehörte jetzt wohl zu seinem neuen, selbstständigen Leben.
„Geht klar. Einmal umsteigen in den Flieger nach London. Ich werde mich schon nicht verlaufen. Da ist der Verkehr in London wahrscheinlich weit komplizierter."
„In London wirst du dann vom Leiter des Instituts abgeholt. Professor Sixsmith. Vor einem Jahr war er mit seiner Frau bei uns in Heidelberg, erinnerst du dich noch? Die beiden werden sich in den ersten Tagen um dich kümmern."
Professor Sixsmith? So viele Wissenschaftler waren bei den Kramers ein- und ausgegangen. Aber ja, danke, sollen sie sich um ihn kümmern.
„Alles paletti, Papa. Bleibt unter uns. Und viel Erfolg mit der Mafia. Wird ja auch Zeit, dass du wieder die Brötchen verdienst."
Stefan Kramer war erleichtert, dass sein Sohn die Programmänderung so problemlos hinnahm. Sie fuhren jetzt durch ein dicht bewachsenes Gebiet, schon weit außerhalb des Ortes. Der weiße Lieferwagen fuhr immer noch hinter ihnen. Noch drei, vier Kilometer, dachte Stefan. Dann ist es geschafft.
Plötzlich begann der Motor zu ruckeln, der Fahrer fluchte etwas Unverständliches und bog auf eine Sandpiste ab, die in den Wald führte. Bevor Stefan nachfragen konnte, kam das Taxi zum Stehen. Der weiße Lie-

ferwagen preschte an ihnen vorbei und bremste scharf, die Beifahrertür schon geöffnet. Der Beifahrer sprang heraus, in der sich öffnenden Hecktür des Lieferwagens erschienen zwei weitere Männer. Das alles geschah so schnell, dass Silas überhaupt nicht in der Lage war zu begreifen, was vor sich ging. Bevor ihm klar wurde, dass das Wirklichkeit war, dass sie in einen Überfall geraten waren, oder was auch immer, hatte sein Vater die Tür geöffnet und war voller Wut schreiend auf den Beifahrer des Lieferwagens zugegangen. Hatte er keine Angst? Ohne groß nachzudenken kletterte Silas ebenfalls aus dem Taxi. Die Männer, die vom Heck des Lieferwagens gesprungen waren, zwei hünenhafte Gestalten, hatten irgendetwas aus dem Wagen geholt. Es ähnelte aus der Distanz einer Filmkamera. Sein Vater schrie noch immer in Richtung des Beifahrers, außer sich, wild gestikulierend, offenbar unbeeindruckt von dem unerklärlichen Ereignis. Einer der beiden fremden Männer richtete die seltsame Kamera auf Silas. Er spürte ein Gefühl, das er aus einer weit zurückliegenden Zeit kannte.

Silas hatte lange Zeit unter unerträglichen Kopfschmerzen gelitten, bis er vor fünf Jahren die niederschmetternde Diagnose erhielt. Die Ärzte hatten ihm versprochen, die Schmerzen würden verschwinden, falls es gelänge, den Tumor erfolgreich zu entfernen. Aber die Schmerzen blieben, wochenlang, fast zwei quälende Monate lang. Wenn es zu schlimm wurde, wenn er nicht mehr kämpfen konnte, bekam er ein Schmerzmittel in die Venen gespritzt, das ihm nach wenigen Sekunden friedvolle Bewusstlosigkeit verschaffte. Er war damals süchtig nach diesen Sekunden. Wie er spürte, dass das Medikament Anlauf nahm, seinen Körper still zu legen, wie es sich in ihm ausbreitete, erst unmerklich, scheinbar langsam, dann mit ungeheurer Macht, der er sich freudig entgegenwarf.

Ein ähnlicher Sog stieg jetzt in ihm hoch, diese Kamera, doch diesmal ließ er sich nicht in die Bewusstlosigkeit hineinfallen, sondern kämpfte gegen sie an. Er wandte sich in Richtung zu seinem Vater, der sich inzwischen nach hinten umgedreht hatte, trotz seiner Empörung unwillkürlich einem Geräusch folgend. Seine Wut, sein Zorn waren aus seinem Gesicht gewichen. Aschfahl war es plötzlich, hilflos, verzweifelt, voller Entsetzen.

Hinter dem Taxi kam eine zögerliche Gestalt zum Vorschein, ein Kopf mit kurzen Locken, ein buntes Tuch über den Schultern.

Dann brach Silas' Widerstand, die Dunkelheit strömte unwiderstehlich durch seinen Körper. Er sank neben dem Taxi auf den Urwaldboden.

Kapitel 4

Ein explosionsartiger Donnerschlag riss ihn aus seiner Betäubung.
Der Blitz musste in unmittelbarer Nähe eingeschlagen haben, denn praktisch gleichzeitig folgte der Donner, dessen gewaltige Druckwelle die schmalen Mauern des Gebäudes erschütterte und seine Scheiben klirren ließ.
Das erste, das er wahrnahm, war dieses ungewöhnlich laute, langanhaltende Brummen, das mit einem klirrenden Schlag für mehrere Sekunden verstummte, bevor es wieder einsetzte. Minutenlang lauschte er auf dieses stetig wiederkehrende Geräusch, wie hypnotisiert, zu kraftlos, um richtig wach zu werden und seiner Ursache auf den Grund zu gehen. Erst nach längerer Zeit und mit unendlicher Anstrengung gelang es ihm, die Augen zu öffnen.
Zunächst erkannte er nur wenig. Es musste sehr früh am Morgen sein, eher noch Nacht, denn das spärliche graue Licht, das durch ein paar verbogene Lamellen der heruntergelassenen Jalousien drang, verschaffte ihm kaum Klarheit über den Raum, in dem er sich befand. Ein Tisch, ein Schrank, war da hinten eine Tür, oder waren es zwei? Vergeblich versuchte er sich aufzusetzen. Seine Beine und seine Arme waren unbeweglich, wie bleierne Fremdkörper. Seltsamerweise beunruhigte ihn das nicht, er schloss wieder die Augen, versuchte, wenigstens einen klaren Kopf zu bekommen. Langsam, Stück für Stück. Voll konzentriert auf die Finger seiner rechten Hand gelang es ihm, diese zu bewegen, erst mühevoll und unkoordiniert, dann bald fast mit gewohnter Sicherheit. Dann die andere Hand, die Arme, die Beine. Er empfand eine beinahe kleinkindliche,

amüsierte Befriedigung über die erfolgreiche Rückeroberung seines Körpers. Schließlich gelang es ihm sich aufzusetzen. Eine geraume Zeit hockte er auf der Bettkante, zerschlagen, völlig verausgabt vom Marathon des Aufwachens, aber immerhin mit deutlich wacherem Bewusstsein. Was war geschehen? War das ein Krankenhaus? Hatte er einen Unfall gehabt? Doch seine Erinnerung reichte nicht weiter zurück als bis zu dem nervenden Brummen bei seinem Erwachen.
Dann wurde er sich der drückenden Schwüle bewusst. Das Atmen fiel ihm schwer. Draußen setzte der Regen ein. Das Trommeln der Regentropfen auf dem Dach ging bald in ein einziges, dröhnendes Rauschen über.
Vorsichtig rutschte er vom Bett, stabilisierte sich auf unsicheren Beinen und schlurfte wie ein alter Mann durch das Zimmer, immer auf der Suche nach Halt am Bett, am Tisch oder wenigstens an der Wand. Auf halbem Weg durch den Raum erkannte er, dass da zwei Türen waren, die erste öffnete er vorsichtig und tastete nach einem Lichtschalter. Toilette, Dusche, Waschbecken, ein kleines, schäbiges Badezimmer. Er entdeckte einen Waschlappen und wusch sich lange mit kaltem Wasser das Gesicht. Wie gut das tat. Jetzt war er wach. Er hob den Kopf und schaute in den Spiegel über dem Waschbecken.
Was Silas da sah, ließ ihn erstarren, die Beine versteinert, die Hände gelähmt an das Waschbecken gekrallt, unfähig, den Blick vom Spiegel abzuwenden. Stattdessen erwachte etwas in ihm, mit ungeheurer Kraft, wuchs tief aus seinem Innersten, baute sich auf in einer unwiderstehlichen, turmhohen Woge, die ihn überflutete und hinwegriss. Die Woge des Grauens brach in einem langen, sich überschlagenden Schrei aus ihm heraus. Silas riss sich vom Waschbecken los, rannte, stolperte in das

Zimmer zurück, zu einem Fenster, zerrte an den Lamellen der Jalousie, bis sie zerfetzt herabfiel und schlug, trommelte, hämmerte gegen das Fenster, minutenlang, bis die Panik etwas verebbte.
Dieses Brummen. In einem kurzen Moment des Luftholens erkannte er seine Ursache. Ein fremdartiges Insekt, viel größer als jedes Insekt, das er von zuhause kannte, irrte auf der Suche nach einem Ausgang brummend durch das Zimmer. Flog und flog, bis es gegen ein Fenster klatschte und nach einer kurzen Betäubung taumelnd seine sinnlose Suche neu aufnahm. Silas gelang es, ruhiger zu atmen. Plötzlich kam die Erinnerung an seine Krankheit zurück. Wie er gelernt hatte, mit Angst und Panik umzugehen, sich nicht der Verzweiflung zu überlassen. Was er gesehen hatte, konnte nicht Realität sein. War er noch in einem Traum? Doch dafür fühlte er sich zu wach, dafür war alles zu real. Stand er unter Drogen? Konnte es sich um eine Sinnestäuschung handeln? Wenn das ein Krankenhaus war, befand er sich unter dem Einfluss von Medikamenten? Es musste eine sinnvolle, realistische, erlösende Erklärung für das, was er gesehen hatte, geben.
Diese Fratze im Spiegel, die nicht sein Gesicht war.
Silas versuchte, mit seinem geschulten Verstand gegen die erneut anschwellende Panik anzukämpfen. Es musste eine Erklärung geben. Das musste eine Täuschung gewesen sein. Er klammerte sich an diese einzige Hoffnung, überwand seine Furcht und schleppte sich zurück vor den Spiegel im Bad, versuchte sich gegen das zu wappnen, was er gleich wieder sehen würde.
Diese Fratze im Spiegel, die nicht sein Gesicht war.
Er zerrte an seiner Schlafanzugjacke, ein paar Knöpfe sprangen ab, überhastet und ungeschickt versuchte er sich die Jacke herunterzureißen, bis sie in Fetzen von

ihm herabhing. Die abgestreifte Hose schleuderte er mit einem Tritt in die Ecke, bis er fast nackt im Badezimmer stand. Es war keine Täuschung, keine Illusion, es war ein Realität gewordener Albtraum. Was er im Spiegel sah, was er sah, wenn er an sich hinabblickte, war nicht er, war nicht sein Körper.
Er war zu einem Monster geworden.
Draußen folgte Blitz auf Blitz, Donner auf Donner. Doch dass die Welt da draußen in einer Flut von Lärm und Wasser unterging, registrierte er kaum, als er auf diesen fremden Körper herabstarrte.
Zum zweiten Mal überrollte ihn die Woge der Panik, jetzt noch gewaltiger und unwiderstehlicher. Schreiend rannte Silas zurück in das Zimmer, hämmerte mit beiden Fäusten gegen die Fenster, warf den Tisch um, riss an den Bettlaken, zerfetzte das Kopfkissen, schrie und schrie, bis sich die Tür zum Flur öffnete und zwei Männer hereinstürzten. Einer der beiden, kräftig und groß gewachsen, ein Riese im Vergleich zu Silas, packte den tobenden Jungen und hielt ihn fest, bis der andere die Betäubungsspritze gesetzt hatte.

Kapitel 5

Mama, Mama, ... Mama!

Es ist dunkel.
Der Sturm rüttelt am Dach.
Der Wind tobt durch die Ritzen.
Mama, wo bist du? Ich habe Angst. Deine Hand!

Ah.
Mama, wo warst du?

Der Nachtvogel war da, dort, am Ende des Lagers.
Da saß er.
Er wollte mich mitnehmen - in den Wald.
Mama, wo warst du?

Nein Mama, geh nicht.
Die Geister kommen.
Sie holen mich, sie sind böse.
Sie tun mir weh!!
Mama, hilf mir. Hilf mir.

MAMA!!!

Kapitel 6

Als Silas zum zweiten Mal zu sich kam, dauerte es nur den Bruchteil einer Sekunde, bis er geistig hellwach und sich seiner Situation wieder bewusst war. Doch diesmal half ihm die Wirkung des Beruhigungsmittels seine Lage zu registrieren, ohne in Panik zu verfallen. Daher empfand er seltsamerweise so etwas wie Dankbarkeit gegenüber den beiden Männern, die ihm die Spritze verpasst hatten. Die Angst lauerte zwar noch irgendwo wie ein wildes Tier, war aber vorläufig sicher verwahrt in einem Käfig aus Stahl, so dass er einigermaßen gefasst nachdenken konnte.
Als erstes ging er wieder in das Bad und betrachtete sich - nein, nicht sich, wie seltsam das war, nicht sich, den Fremden - im Spiegel. Das Gesicht, das ihn beklommen und angsterfüllt ansah und ihm in seinem Entsetzen als Fratze erschienen war, erwies sich als das Gesicht eines einheimischen jungen Mannes. Die schwarzen, kurz geschnittenen Haare, die hohen Wangenknochen, die markante Nase, die gebräunte Haut, er hatte viele dieser jungen Männer im Urlaub gesehen. Die Saison spülte sie in die Stadt, wo sie am Strand, in den Hotels oder auf dem Touristenmarkt Arbeit zu finden hofften. Silas streifte den neuen Schlafanzug ab, den man ihm angezogen hatte. Kurz ekelte es ihn vor seinem neuen Körper, kurz empfand er Scheu, sich selbst zu berühren, doch zum Glück ließ die Wirkung der Spritze noch nicht nach. Sein neuer Körper war deutlich größer, muskulöser und durchtrainiert. Damit hätte ich die 900 Punkte im Abi locker geschafft. Silas erschrak über diesen Gedanken, wie kam er in dieser Situation auf einen solchen Witz?

Zurück im Zimmer erfasste er die Einrichtung seiner Gefängniszelle zum ersten Mal bewusst. Vor dem Fenster fiel zwar noch immer sintflutartiger Regen, es schien aber Tag zu sein, zumindest fiel eine gewisse düstergraue Helligkeit durch die zerfetzt herabhängenden Jalousien in das Zimmer. Es machte den Eindruck einer billigen Absteige. Das schlichte Bett aus grau lackiertem Stahlrohr, bei dem an vielen Stellen die Farbe abgeplatzt war, ein Schrank aus dünnem, ebenfalls grauem Blech, eher ein Spind, mit rostzerfressenen Türen, der kleine, wacklige, abgenutzte Holztisch und ein bräunlich angestrichener Stuhl, an dem die Farbe abblätterte. In einer Ecke stand ein kleines Sofa, der Bezug billig und abgewetzt. Dann fiel sein Blick auf die überdimensionale Konsole am Kopfende seines Bettes, das von dem trüben Zwielicht kaum erhellt wurde. Was er da sah, ließ die Wirkung der Spritze schlagartig verschwinden, seine barmherzige Benommenheit wich einer schneidenden Konzentration. Mit ungläubigem Interesse trat an die Konsole heran. Er fühlte sich in das Labor seines Vaters versetzt oder in eine der Forschungseinrichtungen, in die sein Vater ihn gelegentlich mitgenommen hatte. Was er da auf engstem Raum an neuester Computer- und Medizintechnik sah, an Geräten, die ihm bekannt waren und an anderen, die ihm neuartig und fremd erschienen, faszinierte und verwirrte ihn zugleich. Welcher Kontrast zu den schäbigen, heruntergekommenen Möbeln in seinem Zimmer. Welchem Zweck dienten diese Hightechapparaturen? Hatten Sie etwas mit ihm zu tun? Auf dem Tisch stand ein Tablett, ein Teller mit einheimischen Speisen und frischem Obst, zwei große Glaskrüge, der eine enthielt Wasser, der andere wohl irgendeinen Fruchtsaft, ein Glas. Silas' Magen machte sich bemerkbar. Wie hungrig er war, zum ersten Mal seit Beginn seines Albtraums verspürte er ein normales Alltagsgefühl. Zuerst langte er nach dem Wasserkrug. Er brauchte dringend etwas zu trinken.

Das Essen, seine Neugier angesichts der rätselhaften Einrichtung seines Zimmers, die Erinnerung an das Labor seines Vaters - ein schwaches Echo eines normalen Lebens - ließen ihn ruhiger werden. Sein Verstand gewann stückweise wieder die Kontrolle über seine Gefühle zurück. Die Hightechkonsole, so rätselhaft sie auch war, gab ihm ein Gefühl der Vertrautheit und Sicherheit, erinnerte sie ihn doch an die Welt, die er sich durch sein Studium zu eigen machen wollte, an die Welt seines Vaters.

In den letzten Jahren hatte Silas ein grenzenloses, unerschütterliches Vertrauen zu seinem Vater gewonnen. Die emotionale Zuwendung seiner Mutter während seiner Krankheit war für ihn oft mehr Sorge als Fürsorge, zu sehr schimmerte durch ihre gespielte Fröhlichkeit die Verzweiflung durch, die sich dann auf ihn übertrug. Wie sollte er seine unerklärlichen Kopfschmerzen ignorieren lernen, wenn sie ständig nachfragte, ob er sich besser fühle, oder noch schlimmer, ihn mit sorgenvollem Blick bemüht heimlich beobachtete? Manchmal reagierte er dann abweisend oder gar genervt und wütend, versuchte das aber möglichst zu verhindern, um nicht ihr weinerliches ‚Ich mache mir halt Sorgen' ertragen zu müssen. Wer ihm Halt gab, war sein Vater. Sachlich, nüchtern, ohne viel Gefühl zu erkennen zu geben, was ihm Alina oft vorwarf und was er heftig bestritt, arbeitete er, um seinem Sohn zu helfen. Ein Klaps auf die Schulter, ein knappes ‚Jammern hilft nicht' und dann, nach kurzem, konzentriertem Nachdenken, die trotzig, kraftvoll-optimistisch ausgesprochenen Sätze, die ihm eine unumstößliche Gewissheit vermittelten: Wir geben nicht auf. Wir kriegen das hin. Stefan Kramer kämpfte für seinen Sohn mit der Schärfe wissenschaftlicher Präzision, unermüdlich, oft die Nächte hindurch. Dann endlich stellte sich der Erfolg ein. Nach Silas' Genesung begleitete er dessen erfolgreichen Weg durch die Schule, wieder ganz anders als Alina, die für ihn zwischen Sorgen und Freuden, Ängsten und Stolz hin und her zu schwanken schien und ihn wieder eher verunsicherte. Die Haltung seines Vaters war für Silas eine verlässlichere Stütze, präzise, klar, zielgerichtet, und so machte er sich diese Haltung mit der Zeit selbst zu eigen. Mut und Optimismus schöpfte er aus konzentriertem, beharrlichem Denken und Handeln, aus dem Vertrauen darauf, dass sich Probleme mit Logik und Wissenschaft lösen ließen.

In was immer er auch da hineingeraten war, es gab eine Erklärung. Es gab immer eine Erklärung und, wenn man sich nur genügend abmühte, auch eine Lösung.

Kaum war Silas mit dem Essen halbwegs fertig, öffnete sich die Tür und ein riesiger Mann trat in das Zimmer, einen Bademantel über dem Arm. Silas glaubte in ihm einen der beiden Männer zu erkennen, die ihm die Spritze gesetzt hatten. Der Riese bedeutete Silas, sich den Bademantel überzustreifen, gab ihm ein Paar Hausschuhe und wies mit einem Kopfnicken zur Tür. Silas folgte seiner wortlosen Aufforderung. Sie gingen einen langen Korridor entlang, an dessen Ende der Riese an eine Tür klopfte und diese öffnete. Der Raum wirkte wie ein Untersuchungszimmer in einem modernen Krankenhaus. Zwei Ärzte nahmen Silas in Empfang, weitere Personen schienen Assistenten der beiden zu sein. Sie arbeiteten wortlos, aber einigermaßen freundlich, anscheinend bemüht, Silas zu beruhigen. Was sie

von ihm wollten, teilten sie ihm durch Gesten und Zeichen mit oder indem sie kraftvoll und unmissverständlich Hand anlegten, jeden möglichen Widerstand im Keim erstickend, aber gleichzeitig behutsam und respektvoll. Einer der Assistenten begann, den Blutdruck zu messen, ein Arzt untersuchte seinen Augen und Ohren.
Silas entspannte sich.
Zurück im Zimmer legte Silas sich auf das Bett und schloss die Augen. Die Untersuchung war sehr gründlich gewesen und hatte Stunden gedauert, aber alles kam ihm vertraut vor. Man hatte ihn offensichtlich gut behandelt. Anscheinend war *ihnen*, wer immer das auch war, sein Gesundheitszustand wichtig. Seine Ängste zogen sich wieder ein Stück weit zurück.
Erneut öffnete sich die Tür. Silas stellte sich schlafend, die Augen nur einen Spalt weit geöffnet, und beobachtete, wie ein Mädchen mit dem Mittagessen hereinkam. Sie stellte es auf den Tisch, trat an das Bett und berührte den vermeintlich schlafenden Jungen sanft am Arm. Sekundenlang stand sie so da, bevor sie das Zimmer wieder verließ. Silas kam das Mädchen irgendwie bekannt vor.
Das Essen auf dem Tisch vertrieb diesen flüchtigen, unsinnigen Gedanken. Wieso war er schon wieder so hungrig?
Am Nachmittag holten ihn seine beiden Bodyguards, so nannte er für sich den Riesen und seinen Helfer in einem für ihn selbst überraschenden Anflug seines Humors, wieder ab. Silas folgte ihren Anweisungen konzentriert, um ja kein Detail zu übersehen, das ihm einer Erklärung seiner geheimnisvollen Lage näherbringen könnte. Sie führten ihn in eine Art Arbeitszimmer. Der Raum war fast unmöbliert. Ein Schreibtisch, ein Stuhl,

ein Computer, eine Kaffeekanne und eine Tasse. Der kleinere Bodyguard verschwand, sobald Silas den Raum betreten hatte, während der Riese ihm ein Zeichen gab, sich an den Computer zu setzen. Silas musterte den Riesen eindringlich und folgte schließlich zögernd seiner Aufforderung. „Pakos!", hörte er den Kleinen vom Gang aus rufen. Pakos verabschiedete sich mit einem auffordernden Kopfnicken, dann wurde der Schlüssel im Türschloss gedreht.

Der Anblick des Computers wirkte auf Silas wie eine Adrenalinspritze. Endlich hatte er einen Angriffspunkt. Zitternd vor Aufregung suchte er nach einem Internetzugang. „Stefan Kramer" - Die Suchmaschine spuckte die Ergebnisse aus. Eine endlose Liste von Lebensläufen, wissenschaftlichen Artikeln, Zeitungsberichten. „Stefan Kramer Überfall", „Silas Kramer Entführung" - Nichts. Fieberhaft versuchte er weitere Anfragen.

Wie dumm er doch gewesen war zu glauben, sie überließen ihm hiermit ein Schlupfloch in die Welt. Offensichtlich waren alle Artikel ab dem Tag seiner Entführung gesperrt. Zugang zu irgendwelchen sozialen Medien gab es auch nicht. Natürlich nicht. Wozu dann dieser Computer? Silas verstand nicht, was sie damit beabsichtigten, aber vielleicht konnte er doch für sich einen Vorteil daraus ziehen.

Zuerst studierte er die Artikel der letzten paar Monate über seinen Vater und sich. Keine Hinweise. Dann gab er ihren Urlaubsort ein. Nichts, was ihn weiterbrachte. Nach einer Stunde schloss er den Internetzugang und gab auf.

Zu seiner Überraschung erkannte er auf dem Bildschirm eine Reihe der Computerspiele, mit denen er sich zuhause nach angestrengter Arbeit gern entspannte. Er musste sie am Anfang übersehen haben. Aus Gewohnheit startete er eines der Spiele, brach es aber bald wieder ab. Genervt, enttäuscht, mutlos stand er auf, um an die Tür zu hämmern, um dieses sinnlose Experiment abzubrechen.

„Wir geben nicht auf. Wir kriegen das hin."

Eine weitere Stunde versuchte Silas dann doch noch irgendeine Spur zu finden. Am Ende stieß er auf eine Serie, die er zusammen mit Mia in letzter Zeit gern angesehen hatte. Ihr Vater hatte immer nur den Kopf geschüttelt, wenn sie mit diesem Unsinn über Vampire, Werwölfe und Untote ihre Zeit verschwendeten. Nach wenigen Minuten schaltete Silas den Computer aus.

Er starrte durch das Fenster auf das Gelände vor seinem Gefängnis. Der Sturm tobte noch immer, unvermindert goss es in Strömen. So viel Wasser! Im Hof vor dem Gebäude stand es bereits fußhoch. Durch den Regenvorhang konnte man im Hintergrund schemenhaft Palmen erahnen, die sich im Sturm bogen und die zu brechen drohten.

Doch durch seine Tränen hindurch nahm er nichts wahr.

Kapitel 7

Früh am nächsten Morgen schaute Silas zum ersten Mal bewusst aus seinem Fenster. Der Regensturm hatte seine zerstörerische Kraft weitgehend verloren, aber es goss immer noch in Strömen, so dass es ihm schwerfiel, im grauen Licht der endenden Nacht Details zu erkennen. Er befand sich in einem einfachen, U-förmigen Backsteingebäude. Sein Zimmer, von dem aus er links und rechts die schmutzigen, unverputzten Außenmauern der beiden Flügel des Gebäudes sehen konnte, lag in dem sehr breiten Hauptteil. Vor ihm erstreckte sich das Schwimmbecken des Innenhofs. Alles schien wie ausgestorben, die von ihm aus sichtbaren Fenster des Gebäudes starrten ihn leblos an, graue, blinde Augen. Links im Hintergrund wuchs üppiger Baumbestand, der ihn an das Umland ihres Ferienorts erinnerte. Ob er noch in ihrem Urlaubsland war? Dann machte er in einiger Entfernung rechts im Hintergrund ein zweites, dreistöckiges Gebäude aus, das teilweise durch großgewachsene Bäume verdeckt war. Der Kontrast konnte nicht größer sein. Sein Blick fiel unwillkürlich zuerst auf das großzügige Eingangsportal, mit seinen breiten Glastüren, die ihn an ein Hotel oder an ein Museum erinnerten. Die Fenster waren durch modernste Außenjalousien vor Sonne und Hitze geschützt, an der Seite des Gebäudes arbeiteten die Wärmepumpen einer Klimaanlage, deren Anblick ihm zum ersten Mal bewusst machte, wie schwül und drückend heiß es war. Der Anblick da draußen offenbarte ihm denselben Kontrast wie sein Zimmer. Modernste Technik in einem heruntergekommenen, vernachlässigten Umfeld. Erst als die Wolken für eine kurze Zeit aufrissen, erkannte Silas im ersten Licht

der aufgehenden Sonne mehr als die Umrisse des großen Gebäudes. Dass es vollständig von einem Mäuerchen umgeben zu sein schien, hatte er schon bemerkt, nicht aber den hohen Zaun aus Stacheldraht, der auf dieses Mäuerchen nachträglich aufgesetzt worden sein musste, nicht das massive Tor aus Stahlrohr, das den Zufahrtsweg versperrte, nicht die beiden Helikopter, die drohend auf dem Flachdach des Hauses standen, zwei sprungbereite Panther.
Später brachte das Mädchen das Frühstück herein, das Silas gierig herunterschlang. Dann wurde er von Pakos abgeholt und wieder in das Zimmer vom Vortag gebracht. Der Computer war schon hochgefahren. Silas war klar, dass Kooperation seine einzige Chance war.
Auf dem Bildschirm wartete ein Frageprogramm auf ihn. Er sollte seinen Namen eingeben, seinen Geburtstag, Wohnort, den Namen seiner Schule ... Silas tippte. Sein Werdegang, seine Hobbys, seine berufliche Zukunft. Danach kamen Fragen zu seiner Familie, zu seinen Freunden, zu seinem Heimatort, die Fragen nahmen kein Ende. Silas arbeitete beharrlich weiter. Die Arbeit am Computer und die Fragen, denen er sich unter anderen Umständen als unverschämt und inquisitorisch empört verweigert hätte, gaukelten ihm eine Alltäglichkeit, eine Vertrautheit vor, die ihm half, sich zu beruhigen und einigermaßen zu entspannen. Ihm war klar, dass er einen kühlen Kopf bewahren musste. Permanent scannte er die Fragen nach Hinweisen auf ihre Urheber. Was verrieten sie ihm über sie? Welchen Plan verfolgten sie?
Drei Tage vergingen auf diese Weise. Fragen über Fragen. Nach den Fragen über seine Person und sein Umfeld kamen sprachliche Übungen, Rechenübungen aus der Grundschule, Fragen zur Geographie und Biologie,

und so weiter. Oft waren sie lächerlich leicht, dann wieder anspruchsvoll und schwierig, manchmal auch unsinnig oder sogar fehlerhaft. Silas fiel es nicht schwer, die Absicht hinter diesen Fragebögen zu erkennen. Offensichtlich testeten sie jeden Winkel seines Gehirns. Silas staunte über sich selbst, als ihm dies klar wurde. Das Entsetzen über seine Gefangenschaft in einem neuen Körper hatte ihn noch gar nicht an die andere Ungeheuerlichkeit dieses Experiments denken lassen. War bei diesem unglaublichen Transfer ein Teil seines Verstandes, seiner Persönlichkeit verloren gegangen? War er eigentlich noch derselbe? War er noch er?
Mühelos, und daher mit wachsender Erleichterung, hämmerte Silas die Antworten in den Computer, schneller und schneller, es war noch alles da.
Im Verlauf des dritten Tages verflog allmählich seine Euphorie, Zweifel kamen wieder zurück. Selbst wenn sein Verstand noch ganz erhalten war, wozu das Ganze? Er war hier an einem ihm unbekannten Ort gefangen, in einem fremden Körper, ohne die geringste Aussicht auf Rettung. Alles, was er in den drei Tagen gelernt hatte, war, dass er als Versuchskaninchen gehalten wurde. Von wem? Wozu? Wie lange? Seit Tagen hatte niemand mit ihm gesprochen, seit Tagen hatte er keine menschliche Stimme gehört. Dann wurden auch noch die Fragen unverständlich.
Wann findet das Mondfest statt und wie lange dauert es?
Next.
Wie nennen die Weißen den Llao-Yaita?
Next.
Was für eine Gottheit ist Mahata?
Next.
Was ist dein eigentlicher Name?

Bima tippte Silas und war dann völlig überrascht von seiner ihm unerklärlichen Reaktion.

Mit zunehmender Wut scrollte Silas an das Ende des Frageblocks und klickte auf „Next". Dreißig neue Fragen erschienen. Fragen, Fragen, keinen Schritt war er weitergekommen. Wie jeden Tag bisher bildete ein buntgemischter Strauß von Fragen das Ende der Sitzung.

Nennen Sie eine Bauernregel.

Silas' Erregung steigerte sich. Ihr könnt mich mal, dachte er. Nicht mit mir. Sucht euch einen anderen Idioten! Trotzig tippte er los, mit anschwellendem Zorn.

Regnet's im Mai, ist der April schon vorbei.

Was bedeutet ‚das A und O'?

Aufmüpfig schrieb er:

Apfelsaft und Orangensaft.

Wie lautet der Satz des Pythagoras?

lma². lma Quadrat.

Silas verlor die Beherrschung. „Ihr könnt mich mal!", brüllte er in den Computer. Er riss die Tastatur ab und schleuderte sie gegen die Wand, sein Stuhl fiel um, er packte ihn und ließ ihn mit einem Schrei auf den Bildschirm niedersausen. Er rüttelte an der Tür und rammte krachend den Schreibtisch gegen sie. Seine Verzweiflung, seine Hoffnungslosigkeit, seine Angst entluden sich in einer plötzlichen Orgie der Zerstörung. Wieder und wieder warf er sich gegen die Tür, versuchte sie mit der Kraft seiner Fäuste, mit einem Kopfstoß zu durchschlagen, bis ihm das Blut aus einer Risswunde über das Gesicht lief.

Die Tür wurde aufgerissen, Pakos stürzte herein, hinter ihm noch drei andere, die aber Pakos die Arbeit überließen. Der umklammerte den tobenden Silas, hielt ihn

einfach fest, bis sein Widerstand zusammenbrach. Dann trugen sie ihn in sein Zimmer zurück.
Am Abend brachte das Mädchen sein Abendessen auf einem Tablett. Als er die Haube vom Teller hob, lag da nur ein Blatt.
Sie haben die heutigen Fragen mit erstaunlicher Phantasie beantwortet. Was sehen Sie hier auf dem Teller? Stellen Sie sich etwas Leckeres vor. Sie haben ja Phantasie.
Stunde um Stunde lag Silas auf seinem Bett. Die Nacht war, wie immer in den Tropen, schlagartig hereingebrochen. Es war unerträglich schwül. Kein sinnvoller Gedanke wollte ihm gelingen, wie gelähmt lag er da, während Hunger und Durst in ihm anschwollen.
„Verdammter, gefräßiger Indio."
Jetzt fange ich auch noch an, mit meinem Körper zu reden, dachte er. Die Absurdität der Situation ließ ihn bitter lächeln, immerhin lächeln. Das Leben in ihm regte sich wieder.
„Wir geben nicht auf. Wir kriegen das hin."
Silas lag noch regungslos auf dem Bett, versuchte wieder Herr seiner Gefühle zu werden, versuchte, wieder einen klaren Gedanken zu fassen, als die Tür lautlos geöffnet wurde. Er stellt sich schlafend. Das Mädchen kam auf Zehenspitzen herein, vergewisserte sich, dass er schlief, nahm das Tablett an sich und stellte stattdessen einen Teller und eine Flasche ab. Dann trat es an das Bett. Silas lag regungslos und spürte, wie das Mädchen seine Hand auf seinen Arm legte.
Nachdem er endlich gegessen und getrunken hatte, lag er noch lange wach. Die sanfte Berührung des Mädchens hatte ihn beruhigt, beruhigt und gleichzeitig in verwirrender Weise an Pakos erinnert. Als der mit den anderen Bodyguards in das Arbeitszimmer gestürmt kam, hatte Silas sich unwillkürlich geduckt, hatte instink-

tiv Gewalt erwartet, Schläge, Tritte, hatte damit gerechnet, zusammengeprügelt zu werden. Aber Pakos hatte ihn nur festgehalten, kraftvoll zwar und unwiderstehlich, aber gleichzeitig mit einer großen Vorsicht und Sanftheit, als wolle er Silas davor beschützen Schaden zu nehmen. In der Erinnerung wurde ihm klar, dass Pakos eigentlich gar nicht gegen ihn *gekämpft* hatte, vielmehr schien es ihm darum gegangen zu sein, ihn davor zu beschützen, sich selbst noch mehr zu verletzen. Oder war das nur eine Selbsttäuschung, ein Wunsch nach menschlicher Zuwendung in all diesem Horror, ausgelöst durch die Berührung des Mädchens? Lange versuchte Silas sich an die Sekunden dieses Ringens mit Pakos zu erinnern. Wenn er recht hatte, musste er für sie wertvoll sein.
Silas fasste einen Entschluss.

Kapitel 8

Mama, Mama komm.
Durst.
Bima will trinken.

Nicht weinen, kleiner Bima. Nicht weinen.
Papa kommt gleich.

Mama, ist so heiß. Bima hat so großen Durst. Loka haben.

Papa kommt gleich.
Papa bringt Loka.

Schau, da ist die Loka.
Jetzt trink kleiner Mann, langsam, trink langsam. So ist's gut.
Trink langsam.

Papa, sind wir jetzt tief im Dschungel?
Ist das der Baum?

Nein Bima, nicht dieser. Schau dort, hoch oben, zwischen den Blättern, da ist nichts. Das ist er nicht.

Es ist so schwer, Papa. Wie kannst du es erkennen?

Es ist nicht schwer.

Schau genau hin. Schau auf den Stamm da drüben, und dann dort oben, die Blätter. Die länglichen, mit den Zacken.
Siehst du die Früchte? Gelb wie die Sonne.
Siehst du das?

Ja, jetzt sehe ich es.

Jetzt suche die Wurzeln. Suche die Wurzeln der Würgefeige.

Papa, hier, ich habe sie gefunden.

Gut Bima, mein großer Bima,
versuche zu klettern.
Keine Angst, ich bin dabei.

Kapitel 9

Als Pakos am nächsten Morgen kam, um Silas abzuholen, war dieser schon lange wach, obwohl er kaum geschlafen hatte. Seine von den Ereignissen des vergangenen Tages überreizten Nerven, seine pochende Platzwunde an der Stirn, seine verzweifelte, neu gefundene Hoffnung hielten ihn davon ab, wirklich tiefen Schlaf zu finden.

„Listen, Pakos", sprach er seinen Bewacher auf Englisch an. „You can understand me, I guess. Tell your boss, I want to speak to him. I am not going to cooperate any more unless they speak to me."

Demonstrativ setzte er sich auf sein Bett und zog trotzig die Knie an. Pakos schien zu verstehen, jedenfalls verließ er den Raum.

Silas war nervös. Hatte er seine Karten überreizt? Würden sie wirklich auf seinen Erpressungsversuch eingehen? War er so wichtig für sie, dass sie auf ihn zugehen würden?

Eine Stunde verging, eine weitere. Silas spielte in Gedanken ein Treffen mit ihnen durch und versuchte sich auf alle Möglichkeiten vorzubereiten. Doch es wollte ihm nicht recht gelingen sich darauf zu konzentrieren, zu unvorhersehbar war ihre Reaktion, zu viel hing vom Gelingen seines Plans ab.

Der Tag zog sich endlos hin, endlich, gegen Abend, kam Pakos zurück. Eine Kopfbewegung zur Tür.

„Come along."

Wasser für den Verdurstenden in der Wüsten. Die ersten menschlichen Worte seit Tagen.

Wieder ging es den Gang entlang, diesmal aber an seinem Arbeitszimmer vorbei, zwei Räume weiter. Pakos

klopfte an die Tür und verschwand in dem Raum. Kurze Zeit später kam er zurück, wieder diese Kopfbewegung.
„Come in."
In höchster Anspannung betrat Silas den Raum. Jetzt bloß keinen Fehler machen. Er versuchte sich sämtlicher Szenarien zu vergewissern, auf die er sich vorbereitet hatte, aber seine Hände zitterten, seine Gedanken liefen Amok.
Der Raum war deutlich größer als sein Arbeitszimmer, hinter einem Schreibtisch saß ein kleiner, korpulenter Mann mittleren Alters. Sein rundliches, freundlich lächelndes Gesicht, seine Glatze und seine übergroßen Ohren erinnerten Silas an seine Seerobbe, ein Kuscheltier aus seiner Kleinkindzeit. Die Robbe breitete ihre Arme aus.
„Ah, treten Sie herein. Willkommen an Bord." Der Mann sprach zu Silas' Überraschung fließend Deutsch, wenn auch mit einem unüberhörbaren französischen Akzent. „Entschuldigen Sie bitte, dass wir Sie jetzt erst empfangen können. Je suis désolét. Mais ... wir wollten Ihnen erst ein wenig Gelegenheit geben sich ... umzusehen, sich einzuarbeiten. Die Zufriedenheit von unsere Mitarbeiter liegt uns sehr am Herzen. Aber setzen Sie sich doch. Machen wir es uns gemütlich. Darf ich Ihnen ein Kaffee anbieten? Sie trinken doch Kaffee, soviel ich weiß."
Er geleitete Silas zu einer Sitzecke im hinteren Teil des Raumes, goss Kaffee ein und setzte sich breitbeinig in einen Sessel. Lässig und doch zugleich souverän zurückgelehnt, zündete er sich eine Zigarre an und blies mit einer selbstherrlichen Geste den Rauch in die Luft.
„Womit kann ich Ihnen dienen. Ich habe gehört, Sie sind nicht absolumt zufrieden?"

Mit diesen Worten schob er auffordernd eine Schale mit Gebäck in Silas' Richtung.

Silas war perplex. Auf alles Mögliche war er gefasst, aber sicher nicht auf diese Karikatur eines um aufgesetzte Freundlichkeit bemühten Mafiabosses. Was für eine Komödie spielte ihm dieser Idiot eigentlich vor? War er in die Persiflage eines amerikanischen Gangsterfilms geraten?

„Was habt ihr mit mir gemacht?" Silas vergaß alle taktischen Überlegungen und streckte wutentbrannt seinem Gegenüber die Arme entgegen, zeigte auf seinen neuen Körper.

„Ah, je comprends, *das* ist unser Problem. Ein klitzischkleine Unannehmlichkeit. Sie wollen doch in die Forschung, Silas? Ich darf Sie bei Ihrem Vornamen nennen, ja? Das IITN in London, nicht wahr? Wie Sie sehen, können wir Ihnen mehr bieten. Da ist Ihr Beitrag, Ihr kleines unbedeutendes Opfer doch nicht zu viel verlangt. Oder haben Sie etwas an Ihre neue Körper auszusetzen? Konveniert Ihnen dieses, sagen wir, Modell nicht in vollem Umfang? Wir haben uns bei die Auswahl wirklich große Mühe gegeben. Ich glaube, er kann Ihnen von große Nutzen sein. Ihr voriger Körper war doch wirklich etwas, wie sagt man gleich, schmachtig. Sagt man so?"

Der blödsinnige Wortschwall des Franzosen ließ Silas die Fassung verlieren.

„Ein klitzischkleine Unannehmlichkeit." Silas äffte den Akzent seines Gegenübers nach. „Ihr habt mich überfallen, entführt, verwandelt. Welches Recht habt ihr, so mit mir umzugehen? Wer seid ihr? Wo bin ich eigentlich? Was habt ihr mit meinem Vater gemacht?"

„So viele Fragen auf einmal. Trop des question. Zu viele. Beruhigen Sie sich, Silas. Sollten wir nicht zuerst

unsere Zusammenarbeit verbessern? Pakos hat mich informiert, Sie haben einige Problem bei Ihrer Arbeit."
„Arbeit?", schnaubte Silas. „Fragen, Fragen, Idiotenfragen. Wie lange soll ich noch am Computer euren Schwachsinn beantworten? Was habt ihr mit mir vor?"
„Pardon, ich gebe zu, ich bin auch nicht besonders zufrieden mit die Qualité der Fragen. Wir werden das verbessern. Schließlich kam die Zusammenarbeit mit Ihnen auch für uns etwas überraschend, une surprise. Wir haben noch nicht einmal Ihre Bewerbungsunterlagen erhalten, so mussten wir etwas improvisieren."
Alle vorstellbaren Gespräche hatte Silas in der Nacht durchgespielt, aber die unerwartete Show dieses glatzköpfigen Franzosen machte ihn wort- und hilflos. Hektisch suchte Silas nach einem Angriffspunkt, nach einer Stelle, an der er den aalglatten Gegner packen konnte. Wie konnte er sich nur einbilden, für diese Leute von solcher Bedeutung zu sein, dass sie mit ihm verhandelten?
In seiner Ratlosigkeit reagierte er kopflos. Er fuhr von seinem Sessel auf und beugte sich drohend zu dem Glatzkopf vor. Dabei kam er nicht weit. Kaum hatte er sich erhoben, wurde sein rechter Arm gepackt und mit roher Gewalt auf seinen Rücken gedreht. Der Schmerz zwang ihn in die Knie.
„Bilde dir bloß nicht zu viel ein, du kleine Ratte", zischte ihm eine Stimme ins Ohr. „Wir können auch anders."
„Wladimir! Du machst mich traurig. Wie behandelst du unsere beste Mitarbeiter? Wie oft muss ich dir noch sagen, dass du an deine Manieren arbeiten musst. Wie unzivilisiert. Lass ihn los."
Silas sackte zurück in den Sessel, sein Arm hing taub vor Schmerz an seiner Seite herab. Wladimir war offenbar die zweite Person im Zimmer, die Silas beim Eintreten

nur unbewusst registriert hatte, da der Franzose seine Aufmerksamkeit sofort auf sich gezogen hatte. Wladimir schien ein roher, grobschlächtiger Kerl zu sein, der Mann für die Drecksarbeit.

„Setzen wir unser kleine Gespräch doch fort. Wo waren wir gleich? Ach ja, die Fragen. Wir haben das auch schon besprochen und werden sie verbessern. Sie haben natürlich verstanden, dass es uns brennend interessiert, wie gut Ihr Verstand erhalten ist. Der erste Eindruck war ja sehr satisfaisant, äh, sehr zufriedenstellend, aber die Sache ist zu komplex, es gibt so viele Details, finden Sie nicht auch?"

Silas starrte feindselig zurück, gelähmt von der vorgespielten Freundlichkeit des Franzosen und den Schmerzen in seinem Körper.

„Naturellement, Sie fragen sich, was der Lohn Ihrer Mühe sein kann. Schauen Sie."

Der Franzose stand auf und ging quer durch den Raum zur gegenüberliegenden Wand, in der sich ein Wandschrank zu befinden schien. Als er die beiden Türen aufklappte, vergaß Silas augenblicklich seine Schmerzen. Da war er wieder, dieser Kontrast zwischen der schäbigen Umgebung und der hypermodernen Technik, die hinter den Türen zum Vorschein kam. Die Hälfte der Wand bestand aus Monitoren.

„John", rief er zur Monitorwand. „We are ready."

Auf einem der Monitore erschien ein Mann in einer Art Raumanzug. Er grüßte mit erhobener Hand und durchquerte das Zimmer, das auf Silas den Eindruck eines Labors machte. An der gegenüberliegenden Wand angekommen tippte er auf einer Tastatur einen Code ein, worauf langsam eine große, lange Schublade aus der Wand fuhr. Der Franzose zoomte die Überwachungskamera näher an die Schublade heran.

„Voila!"
Vielleicht war der Schock für Silas so gewaltig, weil er mit fast allem, aber nicht damit gerechnet hatte. In der Schublade lag, trotz der Glasabdeckung deutlich erkennbar, er. Lag sein Körper.
„Sie sind ein intelligent junge Mann, nicht wahr? Vielleicht wollen Sie, nach die Beendigung von unsere kleinen Experiment, wieder in diese Körper zurück? Nicht, dass ich Ihnen das raten würde. Wie gesagt, ich glaube, Sie haben sich entscheidend verbessert. Aber ich würde es verstehen, man ist mit sich so vertraut." Mit den letzten Worten tätschelte er seinen Kugelbauch. „Es würde mir sehr schwer fallen, auf diese Muskeln zu verzichten. Aber pardon, was rede ich. Sie wollen wieder zurück, irgendwann. Nun, einmal hat es funktioniert, aber ist das eine Garantie, dass es wieder klappt? Ah, Sie verstehen. Vergewissern wir uns also erst, dass die Maschin fonktioniert, dass die Apparat keine Fehler macht. Wir wollen doch keine halbe Silas haben, am Ende unserer Arbeit. D'accord? - Silas?"
Silas starrte gebannt auf den Monitor, sah sich selbst, wie er dalag, wie in einem Sarg, hörte die Worte des Franzosen, gedämpft, aus unendlicher Entfernung. Die Anspannung der letzten Tage, das Schwanken zwischen Entsetzten und Hoffnung, Angst und Mut, alles wurde weggespült von einem anschwellenden Meer von Tränen, das in ihm aufstieg, als er sich so liegen sah.
„Oh, unser Junge, er ist doch noch eine Kind. Wladimir, haben wir Taschentuch, beeile dich. Ich kann keine Tränen sehen, es bricht mir das Herz."
Während Wladimir missmutig nach Taschentücher suchte und der Franzose die Monitore abschaltete, gelang es Silas, seine Emotionen wieder in den Griff zu bekommen. Er erkannte eine neue Chance. Auch wenn

der Franzose in narzisstischer Begeisterung über sein sadistisches Schauspieltalent sein Mitgefühl nur gespielt hatte, selbst dann war es ihm offensichtlich wichtig, dass Silas weiterhin kooperierte. Sie wollten das Experiment durchziehen. Und Silas wollte seinen Körper zurück. Er konnte wenigstens eines, Zeit gewinnen.
Silas schluchzte hingebungsvoll in ein schließlich gefundenes Taschentuch. Endlich fühlte er sich seinem Gegner ebenbürtig, er durfte es nur nicht übertreiben.
„Ich halte ... das ... nicht mehr aus", stieß er stockend hervor. „Das ist wie Einzelhaft, Isolationshaft. Keine Menschenseele redet mit mir."
Silas vergrub sein Gesicht im Taschentuch, er war sich nicht sicher, wie weit sein Schauspieltalent reichen würde.
„Bin ich keine Menschenseele? Silas, Sie machen mich traurig."
Der Franzose dachte kurz nach. Dann nickte er und strich sich selbstgefällig über seinen Bauch.
„Sehen Sie Silas, wir wollten Sie in den ersten Tagen nicht beeinflussen, wir wollten vermeiden das Experiment zu verderben. Aber diese Phase ist ja jetzt vorbei. Also, wenn es hilft. Un compromis. Was denkst du, Wladimir, es wird unsere jung Wissenschaftler helfen, wenn er etwas an die frische Luft kommt. Ein junger Mann braucht Bewegung. Und das Reden, Wladimir? Die Kleine, das könnte gut passen. Ich glaube, sie ist so alt wie er. D'accord, Silas?"
Silas schaute noch immer nicht hoch, sondern hielt sein Gesicht lieber weiterhin im schützenden Taschentuch vergraben. Der Franzose gab Wladimir mit einer arroganten, wegwerfenden Handbewegung das Zeichen, dass das Gespräch beendet war. Wladimir packte Silas an der Schulter und riss ihn grob nach oben. Ein schar-

fer Schmerz durchfuhr seine Schulter, doch dieser Schmerz war nichts gegen die Schärfe, mit der der Blick des Franzosen ihn nun durchfuhr. Seiner Rolle hatte er in Sekundenschnelle abgelegt.

„Denke bloß nicht, dass du uns, wie sagt man, arschen kannst."

Mit unerwarteter Geschwindigkeit war die Doppelkugel auf den Beinen und zerrte Silas an das Fenster.

„Siehst du die Berge da hinten? Da kommt keiner durch, und sonst überall Urwald, Urwald, Urwald. Kilometer um Kilometer."

Er brachte sein Gesicht ganz nah an das von Silas heran.

„Versuche erst gar nicht, etwas zu drehen. Du würdest es bereuen. So wie der Junge, der vor dir in diese Schädel war."

Silas wich dem eisigen Blick des Franzosen aus.

„Oh, pardon, jetzt habe ich Sie erschreckt. Das war nicht meine Absicht. Wie ungeschickt von mir."

Er zog noch einmal kräftig an seiner Zigarre und paffte ihm den Qualm mitten ins Gesicht.

„Au revoir, Silas."

Zurück im Zimmer dauerte es lange, bis tief in die Nacht, bis Silas in der Lage war, in Ruhe über die seltsame Begegnung nachzudenken.

An der absoluten Rücksichtslosigkeit seiner Entführer gab es nichts zu zweifeln, aber das stand ja angesichts des Verbrechens, das sie an ihm verübt hatten, ohnehin außer Frage. Ob die in Aussicht gestellte Rückverwandlung ein ernst gemeintes Angebot darstellte, war eher zu bezweifeln. Aber auf der Habenseite hatte er ein paar Posten zu verbuchen, an die er sich klammern konnte. Erstens wollten sie unbedingt seine Mitarbeit, denn die Schaltung in den Raum, in der sein Körper verwahrt war, war eindeutig vorbereitet gewesen. Solange sie ihm Fragen stellten, war er sicher. Zweitens durfte er ab sofort das Zimmer und das Gebäude verlassen. Zum ersten Mal hatte Pakos die Tür nicht abgeschlossen, so war er zumindest nicht mehr wie in einem Gefängnis eingesperrt. Drittens, und das erfüllte ihn ein wenig mit Stolz und Mut, drittens hatte er dem Franzosen dieses Zugeständnis abgetrotzt. Seine gewonnene Bewegungsfreiheit hatte dieser nicht vorgeplant. Vielleicht würde er da draußen irgendetwas finden, das ihm weiterhelfen konnte.

„Wir geben nicht auf. Wir kriegen das hin."

Vater, wo bist du?

Allmählich gewann die Müdigkeit die Oberhand über sein fieberhaftes Nachdenken. Schlafen, einfach nur schlafen, dachte er. Doch ein letzter Gedanke schob sich zwischen ihn und die Gnade der Nacht. „Die Kleine, das könnte gut passen." Wer war die Kleine? Meinte er das Mädchen, das ihm das Essen hinstellte?

Silas spürte ihre Hand sanft auf seinem Arm.

Seine Augenlider fielen ihm zu.

Kapitel 10

Warme Sonnenstrahlen weckten Silas am nächsten Morgen. Der Sturm hatte sich ausgetobt und die heftigen Regenfälle waren zum Erliegen gekommen. Silas blinzelte in die Sonne, die schon hoch am Himmel stand. Zum ersten Mal hatte er lang und friedlich geschlafen. Auf dem Tisch stand das Frühstück, ein Zettel lag neben dem Teller.
„Wir erwarten dich täglich in deinem Büro ab morgen, 9.00 - 12.00 Uhr."
Wie großzügig. Man hatte ihm einen Tag Urlaub spendiert.

Das von dem Gedanken an Urlaub ausgelöste Gefühl von Normalität, von Entspannung und Erholung wuchs zu Silas' Verwunderung in den folgenden Tagen. Als verlören die größten Katastrophen, einmal halbwegs verstanden und vorübergehend, wenn auch widerwillig akzeptiert, ihren größten Schrecken. Sein Überlebenswille und Kampfgeist setzte sich zunehmend gegen seine Ohnmacht und seine Ängste durch, auch wenn sich noch nirgends ein Ausweg abzeichnete.
Die Arbeit am Computer hatten sie auf ein erträgliches Maß reduziert. Offensichtlich entwarfen sie die tägliche Portion an Fragebögen jetzt mit großem Aufwand und Verstand und benötigten daher viel Zeit für die Vorbereitung und Auswertung. Das Potpourri an wirren Fragen war Vergangenheit, stattdessen arbeiteten sie sich schrittweise und konsequent durch seinen Verstand durch, Thema um Thema, Schwierigkeitsstufe um Schwierigkeitsstufe. Silas war längst klar, dass sein Verstand nicht gelitten hatte, doch er beantwortete alle

Fragen präzise und gewissenhaft, um Zeit zu gewinnen. Solange sie ihn testeten, konnte sich seine Lage nicht verschlimmern und er hatte die Chance, nach einem Ausweg zu suchen. Oft war er schneller mit seiner Arbeit fertig und verließ sein Arbeitszimmer frühzeitig, ohne Sanktionen.

Auch mit seinem neuen Körper schloss er eine Art Frieden, eine Waffenbrüderschaft auf Zeit. Schon bald hatte er angefangen, wie mit einer anderen Person mit ihm zu sprechen, teils weil ihm dieser Körper offensichtlich wie ein Fremder vorkommen musste, teils weil er in den ersten Tagen niemand hatte, mit dem er reden konnte.

„Hast du schon wieder Hunger? Wie verfressen du bist, Indio."

Er würde mit der Zeit einen treffenden Namen für ihn finden müssen, auch wenn er dieses *Indio* aussprach wie einen Kosenamen.

Nicht nur der ungewohnt große Appetit seines Indios bereiteten Silas einige Umstellungsprobleme. Sein großer, muskulöser Körper erinnerte ihn an die Anfänge seiner Pubertät, als der bisher zarte und kleingewachsene Junge, den man *Wurzel* nannte, was ihn unweigerlich dazu veranlasste mit seinen Fäustchen auf jeden loszugehen, der dieses Wort in den Mund nahm, als dieser bisher zarte und kleingewachsene Junge plötzlich und endlich zu wachsen begann. Zu plötzlich und zu schnell für seinen Verstand, so dass er regelmäßig über seine Füße stolperte, ungeschickt mit seinen langen Armen hantierte und überhaupt monatelang nicht so recht wusste, wie er mit seinem wie über Nacht hochgeschossenen Körper umgehen konnte. Silas wurde aber auch schnell klar, welche Vorteile sein kräftiger Indio ihm bot. Trotz ehrlicher Anstrengung war er im Sportunter-

richt selten über eine mittelmäßige Note hinausgekommen und war so gezwungen, für die Abiturabrechnung so viele Sportnoten streichen zu lassen, wie erlaubt war. Jetzt fand er Gefallen an der ungewohnten Fitness und genoss die Leichtigkeit, die seine neu gewonnen Kräfte in sein Leben brachten. Allerdings war ihm bewusst, dass er diesen neuen Körper auch trainieren musste.
„Auf geht's, Indio. Krafttraining. Du brauchst das jetzt."
Jeden Morgen nach der Arbeit am Computer machte Silas mit wachsender Zufriedenheit seine Übungen. Was ihm bisher theoretisch einsichtig war, setzte er nun auch in die Praxis um, und irgendwie begann er sogar zu erahnen, warum für manche seiner Schulkameraden Sport das halbe Leben war.

„Wir erwarten dich täglich in deinem Büro ab morgen, 9.00 - 12.00 Uhr."
Also hatte er heute frei. Schnell aß Silas sein Frühstück, nach den Tagen des Eingesperrtseins drängte es ihn nach draußen. Aber wo sollte er hin, was erwartete ihn dort? Während er noch unentschlossen vor seinem leer gegessenen Frühstücksteller saß, klopfte es an die Tür.
Das Mädchen trat herein.
„Hallo."
Überrumpelt vom plötzlichen Erscheinen des Mädchens begann Silas zu stottern.
„Hallo, äh, hallo, ich bin Silas."
„Ich weiß, Silas. Hast du Lust auf einen kleinen Spaziergang? Der Sturm ist endlich vorbei, der Morgen ist herrlich da draußen."
Silas wurde noch verwirrter.
„Du sprichst Deutsch? Wieso sprichst du Deutsch?"

„Du sprichst doch auch Deutsch." Das Mädchen lächelte geheimnisvoll. „Kommst du?"
Fast eine Woche hatte er in Einsamkeit verbracht, ohne mit einer Menschenseele ein Wort sprechen zu können, doch jetzt, als ihn dieses Mädchen zu einem Spaziergang aufforderte, brachte er kein einziges Wort heraus. Er folgte ihr einfach aus dem Zimmer hinaus in den Hof, in dem nur noch wenige Wasserlachen an die tagelangen Regengüsse erinnerten. Die erdrückende Schwüle hatte sich verzogen, der Tag war klar und erfrischend. Das änderte aber nichts an der Beklemmung, die er beim Anblick des von außen schäbigen Gebäudes empfand, in dem er gefangen gewesen war. Schnell durchschritten sie den Hof, dann vorbei an dem modernen Gebäude im hinteren Teil des Geländes, das im hellen Tageslicht mit seinem Stacheldrahtzaun noch bedrohlicher wirkte. Erst als sie die dichte Baumgruppe erreicht und die Häuser hinter sich gelassen hatten, gingen sie langsamer. Was er für die Anfänge des Urwalds gehalten hatte, erwies sich als kleines Wäldchen, das sich bald lichtete. Einige Minuten wanderten die beiden unsicher schweigend durch Felder, die nach den heftigen Regenfällen der letzten Tage zum Teil unter Wasser standen.
„Wenn du einverstanden bist, gehen wir ins Dorf. Es ist nicht sehr weit, heute ist Markttag. Ich zeige dir den Markt, es wird dir gefallen", erklärte das Mädchen. „Es gibt dort viel zu sehen und zu entdecken. Vielleicht findest du dort auch deine Sprache wieder", scherzte sie.
Der kurze Fußweg durch das Wäldchen und die Felder, der kaum mehr als zehn Minuten gedauert haben mochte, hatte doch so viel Distanz zwischen ihn und sein Gefängnis gelegt, dass er für die neuen Eindrücke, die auf ihn einströmten, frei war. Statt Unwetter und Dunkelheit, statt Einsamkeit und Verzweiflung, statt Tech-

nik und Stacheldraht entfaltete sich vor ihm eine Welt von Farben, Formen, Stimmen und Gerüchen.

Das Dorf erschien Silas wie ein Relikt aus einer vergangenen Zeit, wie eine Kulisse für einen Film über längst untergegangene Ureinwohner. Vor traditionellen Behausungen spielten Kinder, Hunde und Hühner streunten herum, hinter etlichen der Hütten befanden sich kleine Gemüsegärten, in denen hier und da Frauen in bunten Gewändern die Schäden des Unwetters beseitigten. Sie gingen weiter, die Hütten standen zunehmend dichter, bis sie auf einen Platz kamen.

Welche Explosion von Farben, Geräuschen und Düften! Eine große Zahl von Händlern hatte ihre Markstände aufgestellt. Früchte, Wurzeln, Gemüse, Gewürze und Getränke, Körbe und Tongefäße, Stoffe und Schmuck waren ausgebreitet. Kunden handelten und feilschten lautstark, übertrieben schimpfend und lachend, voller Freude über die Waren, den Tag, das Markttreiben.

Silas trat näher an einen der ersten Stände heran. Der Händler sprach ihn zu seiner Überraschung in seiner Landessprache an. Wie sollte er ihn denn verstehen? Dann erst wurde ihm bewusst, dass der Händler in ihm einen Einheimischen sehen musste.

„Hättest ruhig ein bisschen von deiner Sprache behalten können, Indio", murmelte Silas zu sich. Der Händler blickte verwirrt.

Das Mädchen griff erklärend ein.

„Der Händler möchte dir eine Lokafrucht verkaufen. Das ist eine Delikatesse."

„Ich weiß, die faustgroßen, gelben Früchte links."

„Woher kennst du sie?", erwiderte sie verdutzt.

„Warum nicht? Du kennst sie doch auch", grinste er schelmisch zurück.

Julia lächelte vergnügt über die gelungene Retourkutsche.

„Sie sind wirklich lecker. Und sehr selten. Die wenigen, die wissen, wie man sie im Urwald findet, hüten ihr Geheimnis wie einen Schatz."

Das Mädchen kaufte für jeden von ihnen eine Loka und öffnete sie. Silas trank aus der ihm angebotenen Frucht. Ihr Saft war wirklich erfrischend und außerdem hatte er nun etwas, an dem er sich festhalten konnte.

„Komm, ich zeige dir den Markt."

Das Mädchen führte Silas von Stand zu Stand. Ihre Erläuterungen hörte er wie von fern, gedämpft durch einen Nebel in seinem Kopf, der ihm fremd war. Während sie so redete und erklärte, betrachtete Silas seine Begleiterin zum ersten Mal bewusst.

Sie war eine junge Frau, ein ganzes Stück kleiner als er selbst, die eines der farbenfrohen, phantasievoll gemusterten Gewänder trug, mit denen die Frauen den Marktplatz in eine blühende Blumenwiese verwandelten. Mit ihrem Wuschelkopf von tiefschwarzen, schulterlangen Korkenzieherlocken, ihren ebenmäßigen Zügen und vollen Lippen, ihren gebräunten Armen und kunstvollen Armreifen wirkte sie auf den ersten Blick wie eine Einheimische. Doch ihr deutlich hellerer Teint und ihr Stupsnäschen verrieten eine andere, eher europäische Herkunft. Um den Hals trug die junge Frau, eigentlich eher noch ein Mädchen, ein Kettchen mit einer kleinen, blassblauen Blume.

War es die Stimmung dieses zauberhaft schönen Platzes, war es die Erlösung des ersten Tages außerhalb seines Verlieses, war es die Tatsache, dass er das Mädchen zum ersten Mal wirklich bewusst sah? Silas verspürte ein ihm fremdes Gefühl im Magen.

„Wie heißt du?", fragte er nach einiger Zeit.

„Ich dachte schon, dir hat es die Sprache verschlagen", lachte das Mädchen. „Die Menschen hier nennen mich Nomawethu, aber du kannst mich Julia nennen, so wie meine Mutter."
„Was machst du im ... bei denen?"
„Ich bringe dir dein Essen, das weißt du doch. Aber heute habe ich frei, so wie du."
„Wieso sprichst du Deutsch?"
Julia lachte vergnügt.
„Hatten wir das nicht schon einmal? Wieso sprichst *du* Deutsch? Ich spreche gern Deutsch, ich habe so selten Gelegenheit dazu. Komm, gehen wir zum See."
Julia sprang aufgekratzt voraus, so dass Silas nichts anderes übrig blieb, als seiner geheimnisvollen Begleiterin zu folgen.

Silas und Julia trafen sich nun fast täglich und verbrachten die Nachmittage gemeinsam. Nach den Tagen der Sprachlosigkeit und des Alleinseins merkte Silas erst, wie ausgetrocknet seine Seele war, wie verzweifelt durstig er sich nach Worten und Zuwendung sehnte. Andererseits versuchte er, sich nicht täuschen zu lassen. Konnte er diesem Mädchen trauen? Schließlich arbeitete Julia für sie. So beschränkte er sich zunächst weitgehend auf das Zuhören, lauschte ihren Erklärungen und Geschichten wie Musik, oft ohne dem Sinn ihrer Worte immer nachzuspüren zu wollen und ertappte sich gelegentlich dabei, wie er sich in den langen Locken ihres tiefschwarzen Haares verlor, oder im sanften Schwung ihres Stupsnäschens. Es bestand eine Art stillschweigende Übereinkunft zwischen den beiden, sowohl seine Situation als auch ihre Arbeit für ‚sie' auszuklammern, stattdessen genossen sie zunächst einfach die gemeinsamen Nach-

mittage, gingen spazieren, badeten im See, spielten Spiele und alberten herum.
„Bringst du mir morgen wieder das Frühstück?", fragte Silas am zweiten Tag am See. „Heute hat es schon wieder Tacos gebracht. Dein Frühstück schmeckt mir viel besser."
„Pakos, heißt er, nicht Tacos."
„Ich nenne ihn aber Tacos, oder Enchilada." Silas lachte über seine nur ihm verständlichen Späße. Julia schaute ihn fragend an.
„Weißt du, ich und Mia ...", Silas verstummte. Die Erwähnung des Namens seiner Schwester unterbrach jäh seine Heiterkeit. Er war so sehr mit sich selbst beschäftigt gewesen, dass er Mia ganz an den Rand seines Bewusstseins gedrängt hatte.
„Ja, Mia, deine Schwester."
Silas sprach nicht weiter.
„Es geht ihr sicherlich gut." Julia legte ihre Hand auf die seine. „Was ist nun mit Mia und dir?"
Silas fing sich wieder.
„Wir haben ein gemeinsames Hobby, wir erfinden Namen. In den letzten Tagen unseres Urlaubs, zum Beispiel, zog eine englische Familie mit ihrem Sohn in das Nachbarhaus. Der war scharf auf Mia, aber so schüchtern, dass er kein Wort herausbrachte. Stattdessen nahm er immer, wenn er verlegen wurde, und das war bei ihm praktisch ein Dauerzustand, seinen rechten Fuß in die Hand und ...", Silas konnte kaum an sich halten, „stand heftig schwankend auf seinem linken Bein. So."
Silas' Vorführung endete damit, dass er vor Lachen zu Boden stürzte.
„Er heißt jetzt *der Flamingo*."
Julia lächelte.

„Das ist lustig, aber nicht gerade einfühlsam. Der arme Kerl."
„Ach was. Erstens bleibt so etwas strikt unter uns und zweitens haben wir auch nettere Ideen. Seine Mutter zum Beispiel. Die predigt permanent gesundes Essen, wenn man nicht rechtzeitig von ihr davonrennt. Dabei sieht sie aus wie ein Leichentuch, und das beim Badeurlaub. Nicht gerade eine Werbung für ihre Kost. Die habe ich *das vegane Gespenst* getauft. Oder unser Nachbarsjunge. Als der kleiner war, schoss er pausenlos Pfeile, Bälle, Frisbees, alles was fliegen konnte in unseren Garten. Wenn wir es nicht schnell genug zurückwarfen, kam er an das Gartentor und klingelte. Der hat vielleicht genervt! Wir nannten ihn *das kleine Arschloch*."
„Ich sehe", antwortete Julia. „Das ist wirklich eine viel nettere Idee als *Flamingo*. Und sehr originell. Aber was ist nun mit Pakos?"
„Pass auf. Das ist eine Assoziationskette, eins ergibt sich aus dem anderen. Pakos klingt wie Tacos, das ist ein Fast-Food-Gericht in Mexiko, ein anderes mexikanisches Fast-Food-Gericht ist Enchilada. Also heißt Pakos auch Tacos oder Enchilada."
Julia amüsierte sich, wenn auch mehr über Silas' kindliche Freude als über seine Wortschöpfungen.
„Pakos ist aber ein Einheimischer und kein Mexikaner."
„Dann such du ein einheimisches Essen ... oder halt! Wir machen das auf Deutsch. Wir nennen ihn - Currywurst!"
Das Herumblödeln tat Silas gut. Für einige kurze Momente konnte er seine ausweglose Lage, wenn schon nicht vergessen, so doch wenigstens etwas verdrängen. Die Idee mit der Currywurst schien Julia endlich zu gefallen.
„Currywurst ist gut. Riesencurrywurst."

„Nein, der Riese Currywurst." Silas musste das letzte Wort haben.
Julia gab mit einem Lächeln nach.
„Komm, gehen wir schwimmen."
Schon war Julia am Wasser, ihr Gewand fiel zu Boden und nackt, wie sie nun war, nackt bis auf die Halskette mit der kleinen blassblauen Blume, glitt sie in das Wasser. Silas streifte sein T-Shirt über den Kopf und zögerte.
„Genier dich nicht, wir haben hier keine Badeanzüge, alle baden nackt. Außerdem sind wir allein, die Leute hier meiden den See."
„Das ist es nicht, ich weiß nicht, ob ich - ob *er* schwimmen kann."
Julia lachte.
„Wir können alle schwimmen, schon die allerkleinsten. Und du kannst echt gut schwimmen, du wirst es sehen."
Silas nahm seinen Mut zusammen, dreht sich um, zog seine Hose aus und ließ sich rücklings ins Wasser fallen.
Nach dem Baden lagen sie am Ufer und aßen Brot und Früchte, die Julia auf dem Markt gekauft hatte. Silas langte kräftig zu.
„Er ist so verfressen", erklärte er und deutete auf seinen Körper. „Früher musste ich halb so viel essen. Aber jetzt! Mein Indio hat immer Appetit."
„Hast du denn keinen Namen für ‚deinen Indio', du großer Schöpfer aller Namen?"
„Leider nein, noch nicht. Ich denke, er war mir am Anfang noch zu fremd. Ich werde mir einen Namen ausdenken müssen."
„Bima. Nenne ihn Bima."
„Bima?"
„Ja, so heißt er." Julia war unerwartet ernst geworden, so dass Silas beschloss, nicht weiter nachzufragen.

„Also gut. Bima."
„Jetzt habe ich dir einen Namen geschenkt, schenkst du mir auch einen Namen? Aber einen schönen, nicht so einen verrückten wie Flamingo oder Currywurst."
„Ich denke, du hast schon zwei", erwiderte Silas wenig charmant.
„Ja, Nomawethu von meinem Vater und Julia von meiner Mutter, aber keinen von dir."
Julia schaute Silas direkt in die Augen. Irgendwie entstand in ihm eine gewisse Ahnung, warum der Flamingo immer seinen Fuß in die Hand nahm.
„Einen schönen Namen, keinen verrückten", beharrte Julia.
Braune Augen, dachte Silas, sie hat braune Augen. Das wusste ich ja gar nicht.
„Gut. Ich werde für dich einen Namen finden, den passendsten und schönsten Namen der Welt. Aber das geht nicht von heute auf morgen, das braucht Zeit."
Julia lächelte still.
„Ich kann warten. ,Die Sonne und die Zeit machen die Früchte reif' sagen wir hier. Ich kann warten."

Oft dachten sie sich Spiele aus. Julia nannte ihr Lieblingsspiel ,Wolkenlesen'. Dabei lagen sie auf dem Rücken, spähten nach besondere Wolken am Himmel und deuteten sie. Silas tat sich dabei schwer. Während Julia mit Leichtigkeit einen Elefanten in einer Wolke erkannte, ein Fabelwesen oder ein Vogelnest, war für Silas eine Wolke eben eine Wolke. Nur einmal überraschte er Julia mit einer gelungenen Idee.
„Heute deuten wir Pflanzen statt Wolken. Schau dort, die Agave, da sitzt ein kleiner Hund mit gewaltigen Schlappohren. Und da drüben, dieses runde Ding, das

ist der Franzose mit seiner Glatze und den Segelfliegerohren."

„Was für ein Franzose?"

„Er scheint ein Chef bei ihnen zu sein, sie testen mich, ob mein Verstand noch voll funktioniert. Ich habe ihn *die Robbe* getauft."

„*Die Robbe?*"

„Ja, wegen seiner Glatze und seiner abstehenden Ohren. Ich hatte mal so ein Kuscheltier, das sah genauso aus. *Die Robbe*, ist doch echt gut, oder?"

„Arbeitest du mit ihnen zusammen?", fragte Julia unvermittelt.

Silas reagierte heftig.

„Bist du verrückt? Wie kannst du so etwas fragen, nach allem, was die mir angetan haben? - Du arbeitest doch für sie."

Die Ausgelassenheit des Nachmittags war verflogen, bald darauf machten sie sich vorzeitig auf den Rückweg, auf dem sie kaum etwas sprachen.

Am Abend lag Silas im Bett, immer noch verstimmt wegen Julias Frage. Wie konnte sie nur glauben, er sei einer ihrer Komplizen? Er, das Opfer ihres verbrecherischen Experiments? Oder hatte dieses Mädchen den Auftrag ihn auszuhorchen? War das nur ein weiterer Test für ihn? Welche Rolle spielte dieses Mädchen?

Silas fand keine Antwort.

Kurz bevor er endlich Schlaf fand, sah er Julia am Ufer stehen. Ihr Gewand fiel zu Boden und nackt, wie sie nun war, nackt bis auf die Halskette mit der kleinen blassblauen Blume, glitt sie in das Wasser.

Kapitel 11

Die Verstimmung zwischen den beiden überdauerte kaum die Nacht. Der düstere Gedanke, Julia sei auf ihn angesetzt um ihn auszuhorchen, verflog, sobald er sie am nächsten Tag erblickte. Dafür hatten sie wahrlich andere Mittel und außerdem hatte Julia nie versucht ihn auszufragen. Im Gegenteil. Es war fast gespenstisch, welche minimale Rolle seine Situation in ihren Gesprächen spielte. Sie umgingen sie ja geradezu.
Aber dies änderte sich nach Julias Frage.
Die Sorglosigkeit, die Leichtigkeit und Verspieltheit der ersten Tage hatten Silas geholfen, seelisch wieder auf die Beine zu kommen. Sie hatten ein Gegengewicht zu dem nur mühevoll und notdürftig weggesperrten Grauen gebildet, das in seiner Seele an den Gitterstäben seines Gefängnisses rüttelte und auszubrechen drohte. Doch jetzt hatte Julia ihm mit ihrer Frage, so verletzend er sie zunächst auch empfand, eine Hand gereicht, die er dankbar ergriff. Endlich konnte er mit jemand über das Unsagbare reden. Schweigend, geduldig und aufmerksam hörte Julia seiner Erzählung zu. Ihre gelegentlichen Nachfragen zeigten Silas, wie genau sie seinen Bericht aufnahm und brachten ihn dazu, immer offener zu ihr zu sprechen. Eine Schleuse hatte sich geöffnet und die angestauten Fluten donnerten zu Tal.
Auch an den beiden folgenden Tagen sprach Silas nur über sich. Julias Versuche, ihn abzulenken, ihn mit Spielen und Späßen aufzuheitern, liefen ins Leere. Silas kreiste nur noch um seine eigene Person und redete sich zwangsläufig immer tiefer in einen Strudel des Jammerns und Selbstmitleids. Dabei bekam er nicht mit, wie sich Julias Miene allmählich verdunkelte.

„Hör auf, hör endlich auf, dich zu bejammern." Julia war aufgesprungen, sie konnte nicht mehr still dasitzen. „Ich ... ich ... ich .... Immer nur ‚ich'. O. K., dir ist etwas Schreckliches, etwas Unfassbares widerfahren, aber du bist damit nicht der einzige auf dieser Welt. Hast du überhaupt einmal daran gedacht, was mit deinem Vater passiert ist, oder mit Mia? Was glaubst du eigentlich, wie deine Mutter sich fühlt, die keine Ahnung hat, wohin du verschwunden bist? Und was ist mit mir? Wie viele Tage haben wir miteinander verbracht, ohne dass du nur einmal gefragt hast, wie es mir geht, wie ich lebe, wer ich bin. Ich ... ich ... ich, alles dreht sich um dich! Was bist du für ein Egoist."
Silas schwieg getroffen. Schließlich stieß er trotzig hervor.
„Dir hat man deinen Körper nicht geraubt. Du kannst nachher heimgehen zu Mama und Papa."
Eben noch wutentbrannt aufgerichtet, sackte Julia zusammen und kauerte sich auf der Erde.
„Meine Eltern sind tot, seit vielen Jahren. Ich war erst zehn."
Die beiden Sätze kamen gehaucht, kaum hörbar, doch sie trafen Silas mit einer Wucht, die ihm den Boden unter den Füßen wegzog. Zum zweiten Mal sah er Julia mit anderen Augen, wie sie zusammengekrümmt dasaß wie ein hilfloses, kleines Etwas. Eine junge Frau, die nicht von Himmel gefallen war, um ihn aufzuheitern, sondern die ein eigenes, dunkles Schicksal hatte. Alles, was Silas als Antwort einfiel, war klischeehaft und banal. Schüchtern legte er wortlos seine Hand auf die ihre.
Nach einer Weile begann Julia mit ihrer Erzählung.
„Meine Mutter war Deutsche. Sie hatte in Heidelberg Ethnologie und Sprachwissenschaften studiert und kam als Assistentin ihres Doktorvaters in das Reservat ..."

Dieser hatte sich dem Studium der letzten Bevölkerungsgruppen verschrieben, die ihre ursprüngliche Lebensweise noch weitgehend bewahrt hatten. Damals, vor etwa zwanzig Jahren, lebten die meisten Menschen in diesem Reservat noch ihr jahrhundertealtes, traditionelles Leben. Schon im vorletzten Jahrhundert hatte die damalige Landesregierung das Reservat eingerichtet, um seine Bewohner vor dem Einfluss der modernen Welt zu schützen. So hatten es die Führer der Stämme verlangt. Lediglich eine Krankenstation und eine kleine Schule im Hauptort am See hatten sie akzeptiert, die aber beide von der Mehrzahl der Einheimischen gemieden wurden. Heilung suchte man lieber beim Schamanen, das Wissen gaben die Mütter und Stammesführer weiter. Die wenigen Stammesmitglieder, die vom Besuch der schlecht ausgestattete Schule infiziert den Kontakt zur Außenwelt suchten und das Reservat verließen, kamen meist nicht mehr zurück. So wurde die Zeit hier auf diesem tropischen Fleckchen Erde eingefroren, ein Fenster in die Vergangenheit entstand.
Bald zeigte sich, dass der Professor den Herausforderungen des Klimas nicht gewachsen war. Er wurde krank, die bescheidenen Behandlungsmöglichkeiten des Krankenhauses erwiesen sich in seinem Fall als untauglich. So musste er seiner Assistentin Maren die Forschung überlassen. Sie beteuerte ihm gegenüber, wie sehr sie das bedauerte - und konnte seine Abreise doch kaum erwarten. Maren war jung und abenteuerlustig, neugierig und mutig, und fühlte sich von dem schon etwas tütteligen Bücherwurm eher gebremst als gefördert. Sie hielt nicht viel von dessen endlosen Gesprächen mit den Stammesführern, die ihnen gefiltert und verzerrt durch fragwürdige Dolmetscher weiß Gott was erzählen konnten. Maren wollte die Menschen hautnah

erleben, ihre Sprache und ihren Alltag, als Mitglied ihrer Gemeinschaft, ohne dubiose Mittelsmänner. Für ihren Professor, den alten Herrn, war das natürlich keine Option gewesen, aber jetzt war sie ihre eigene Chefin. Jaya sollte ihr dabei helfen.

Jaya war einer der Dolmetscher. Der Unterricht in der armseligen Reservatsschule hatte in ihm die Sehnsucht nach den Verlockungen der Welt da draußen geweckt. Mit Hilfe eines der wenigen Stipendien, die die Regierung den Bewohnern des Reservats anbot und die doch meist verfielen, weil niemand sie in Anspruch nahm, besuchte er eine Schule in der Hauptstadt, lernte Englisch und fand Arbeit in der Tourismusbranche. Doch reichen Touristen den Arsch abzuputzen, so beschrieb er seine Arbeit, machte ihn nicht glücklich. Alles in ihm sträubte sich gegen die Wahl zwischen einem in der Steinzeit eingefrorenen Leben und einem Dasein am Katzentisch der modernen Welt. Das Reservat war ihm fremd geworden, die Hauptstadt bot ihm keine neue Heimat. Die Begegnung mit dem Professor und seiner jungen Assistentin bei einem seiner seltenen Besuche im Reservat betrachteten alle als Glücksfall. Die beiden Deutschen brauchten einen ortskundigen Dolmetscher, Jaya brauchte Geld und sah Marens kurze blonde Locken und ihr sanft geschwungenes Stupsnäschen.

Es war nicht leicht für Jaya, seine Eltern dazu zu bringen, Maren für eine Weile in ihre Familie aufzunehmen. Die Dorfmitglieder gingen der weißen Frau misstrauisch aus dem Weg und das angebotene Geld bedeutete den Eltern nichts. Doch ihre Zustimmung war der Preis dafür, dass ihr Sohn im Dorf bleiben und nicht gleich wieder in die Hauptstadt zurückreisen würde. Aus einer Weile wurden Wochen, aus Wochen Monate. Marens einfühlsamer Umgang mit den argwöhnischen Einheimischen ließ deren Abneigung langsam schwinden. Sie war eine feinfühlige Zuhörerin. Anstatt wie der Professor die Einheimischen mit Fragebögen und Interviews zu plagen, versuchte sie einfach, sich unauffällig und geräuschlos in ihr Leben zu integrieren. Es war ein einfaches Leben, die dafür notwendige Sprache lernte sie unter Jayas Anleitung schnell. Nach wenigen Monaten fiel sie unter den Frauen des Dorfes nur noch wegen ihrer inzwischen langen blonden Haare auf, die im Kontrast zu ihrer braun gebrannten Haut noch heller glänzten.

Nach einem Jahr musste sie wegen der Finanzierung des Projekts zurück nach Deutschland. Es fiel ihr nicht schwer, weitere Fördermittel für ihre einzigartige Forschung zu bekommen, zumal sie im Reservat kaum Geld brauchte. Es fiel ihr nicht schwer, dorthin zurückzukehren. Jaya wartete auf sie.

Seine Eltern und das Dorf hatten mit der blonden Frau ihren Frieden geschlossen. Bald zogen Maren und Jaya in eine eigene Hütte, und bald konnte jeder sehen, dass Maren ein Kind erwartete.

Sie verlor es nach wenigen Wochen. Genauso das zweite, genauso das dritte. Im Dorf begann man zu tuscheln. Die alten Frauen hatten es von Anfang an gewusst. Es war eine schwere Zeit für Maren. Sie hatte sich ganz dem Augenblick hingegeben, als sie sich in das Leben mit Jaya stürzte, sie hatte ihre Forschung, sie hatte ihre Liebe. Die Zeit hatte sie ausgeblendet. Jetzt, nach drei Jahren, kamen ihr Zweifel. War sie einer romantischen Illusion aufgesessen? Dann wurde sie wieder schwanger. Wieder Tage und Nächte voller Hoffen und Bangen, wieder das Getuschel und die heimlichen Blicke der alten Frauen. Eines Morgens, nach fünf Monaten, ging Maren in das Krankenhaus. Sie kam an diesem Tag

nicht mehr zurück. Auch nicht in den nächsten Tagen, Wochen, Monaten.
Nach neun Monaten kam ihre Tochter auf die Welt. Maren nannte sie Julia, Jaya gab ihr den Namen Nomawethu, Geschenk Gottes.
„Ein wunderbarer Name." Silas unterbrach Julias Erzählung. „Das wird es mir schwermachen, selbst einen Namen für dich zu finden."
„Dann, wenn ich es dir wirklich wert bin, wirst du ihn finden." Der Ernst in ihrer Antwort verunsicherte Silas. Schnell stellte er die nächste Frage.
„Dann bist du also hier im Reservat aufgewachsen?"
„Ja, wir waren manchmal auch in Deutschland, in England, in Amerika, aber aufgewachsen bin ich hier. Ich hatte eine wunderbare Kindheit. Sie war nur viel zu kurz."
Julia hatte Eltern, die sich liebten und die sie vergötterten. Sie bekam zwar keine Geschwister - eine weitere Schwangerschaft wäre für ihre Mutter zu riskant gewesen - aber die Schar der Dorfkinder waren ihr Schwester und Bruder. Jaya sprach mit ihr in seiner Sprache, von ihrer Mutter lernte sie Deutsch.
„Ich versuche manchmal, mich an diese Zeit zu erinnern. Kannst du dich an deine ersten Jahre erinnern, Silas? Was ich dann sehe, ist der Himmel, der Wald, der Fluss, in dem wir tollen, oder der See, in dem wir schwimmen lernen, Kinder, unzählige Kinder. Mein Vater, der mir den Urwald erklärt und meine Mutter, die das Essen macht und die in Bücher schreibt, während wir Kinder spielen. Geschichten, die sie mir erzählen. Ich war geborgen."
Dem kleinen Mädchen blieb verborgen, wie sein Glück kaum fassbar zu zerrinnen begann. Hier wurde es von einem Kind beim Spielen gemieden, dort traf es der

misstrauische Blick eines Erwachsenen. Vielleicht war die Mutter eine Spur weniger fröhlich, wenn sie ihm am Bett ein Abendlied sang. Im Dorf begannen einige, Jaya und seine weiße Frau zu meiden. Wenn Jaya mit Maren von ihren Reisen zurückkam, brachte er zunehmend Geräte mit, die die Leute beunruhigten. Sie zauberten Bilder und Stimmen von anderen Orten in das Dorf, sie verscheuchten die Dunkelheit der Nacht aus den Hütten. Jaya bedrängte seine Leute, ihre Kinder in die Schule zu schicken, er schwärmte ihnen von Stipendien für die Begabtesten für Schulen draußen in der Welt vor. Die Kranken versuchte er zu überreden, in das Krankenhaus zu gehen. Hatte das Krankenhaus nicht seiner Frau geholfen, doch noch eine Tochter zu bekommen? Doch die Leute sahen nur, dass Maren vier Monate weg gewesen war. Dann war sie mit einem Kind zurückgekommen. Niemand wusste, wie das geschehen war, sagten die Schamanen.
In dieser Zeit kamen auch die Fremden in das Reservat. Sie bestärkten die Schamanen in ihrer Ablehnung von Jayas Ideen, sie warnten sie vor dem Einfluss der Regierung und der Menschen außerhalb des Reservats. Dann kauften sie ein Stück Land und bauten ein großes Haus.
Eines Abends gab es kein Lied zum Einschlafen für das kleine Mädchen. Es gab keine Geschichte. Die Großmutter nahm Julia in die Arme und hielt sie lang umfangen. Ihre Eltern waren am Mittag nicht von einem Nachbardorf zurückgekehrt. Am Abend fand man sie im Wald, von einem umgestürzten Baum erschlagen.
Julia verstummte. Sie drehte sich von Silas weg und starrte geradeaus in den Dschungel.
Wieder suchte Silas hilflos nach Worten. Er war es gewohnt, dass jemand die richtigen Worte fand, um auf

ihn einzugehen, um ihm Mut zu machen. Selbst jemand zu helfen, hatte er dabei nicht gelernt.

„Du warst erst zehn!" Eine lange Pause folgte. „Ich war mit elf sehr krank, todkrank. Aber ich hatte meine Eltern und Mia. - Was ist dann mit dir passiert?"

An diesem Abend, an dem die Großmutter das kleine Mädchen lange im Arm hielt, endete Julias Kindheit abrupt. Sie verlor nicht nur ihre Eltern, sondern ihr ganzes bisheriges Leben. Nach ein paar Tagen brachten die Stammesführer Julia in eine Familie im Nachbardorf. Als sie kamen, war die Großmutter nicht da, um sie zu beschützen. Wurde sie von den Stammesführern gezwungen oder glaubte sie den Stimmen, die behaupteten, die weiße Frau sei schuld am Tod ihres Sohnes? Julia wusste es nicht. Die neue Familie gab ihr Essen und Trinken, Kleidung und einen Platz zum Schlafen. Liebe gaben sie ihr nicht. Für die anderen Kinder war sie fortan eine Fremde. Wenn sie über sie tuschelten, nannten sie sie ‚die Weiße', nicht mehr Nomawethu.

„Weißt du Silas, was mich gerettet hat? Die Schule. Im Dorf sahen sie mich am liebsten von hinten, also kümmerte es niemand, wenn ich lange in der Schule blieb, Hauptsache ich war weg und störte sie nicht. Ich war ein wissbegieriges Kind, das hatte ich sicherlich von meinen Eltern. Also blieb ich lange in der Schule. Dort hatte ich meine eigene Welt, dort blieb ich in Kontakt mit der Welt da draußen, dort wollte ich irgendwann einmal verstehen lernen, was mir zugestoßen war."

Mit vierzehn spätestens endet hier die Schulzeit. Die wenigen Kinder, die überhaupt so lange in der Schule bleiben, kehren dann zurück in ihr Dorf und arbeiten in ihrer Familie. Meine Pflegefamilie schickte mich weg, ich war froh darüber. Man gab mir Arbeit im Krankenhaus. Das war in dem Gebäude, in dem du lebst. Es gab aber immer weniger Patienten dort und bald blieben sie ganz aus. Es gibt nicht viel zu tun."

Julia hatte das Ende ihrer Erzählung erreicht. Lang saßen sie schweigend beisammen. Silas' Hände zeichneten Kreise und Linien in den Sand, strichen ihn wieder glatt, nahmen ihn auf und ließen ihn durch die Finger rinnen. Er hatte das Auftauchen dieses Mädchens mit größter Selbstverständlichkeit und ohne es zu hinterfragen nur auf sein eigenes Leben bezogen. Sie heiterte ihn auf, sie leistete ihm Gesellschaft, sie hörte zu und gab ihm durch ihre Zuwendung Trost. Dass auch sie ein Wesen mit Vergangenheit und Gegenwart, Sorgen, Ängsten und Hoffnungen war, war ihm nie in den Sinn gekommen.

„Seit sechs Jahren lebst du also praktisch allein?"

Julia nickte stumm. Ihre Finger spielten mit der Halskette mit der kleinen blassblauen Blume. Sie strich sich das Kleid glatt, das sie selbst gefertigt hatte, ihr schönstes, das sie am Morgen ausgewählt hatte. Silas hatte es nicht bemerkt.

„Es ist manchmal schwer, die Hoffnung nicht zu verlieren."

„Es tut mir leid. Ich ... "

Die Flut seiner Worte, mit denen er Julia sein eigenes Schicksal ausgemalt hatte, war versiegt, nicht einmal ein Rinnsal blieb.

Es war spät geworden. Julia stand als erste auf. Auf dem Rückweg nahm sie wortlos seine Hand. Silas hielt sie zaghaft fest.

„Deine Eltern haben dir Geschichten erzählt?", fiel ihm endlich ein.

„Jeden Abend vor dem Schlafen. Ohne eine Geschichte konnte ich nicht einschlafen", erwiderte sie träumerisch.

„Von meinem Vater lernte ich die Sagen und Legenden

der Menschen hier, von meiner Mutter die aus ihrer Heimat. Mein Vater hat auch oft Geschichten einfach erfunden. Die schönsten waren die Geschichten von der Affenfamilie, die eine Tochter hatte. Das Affenmädchen war mir so ähnlich, das fand ich schön. Erst später begriff ich, dass ich diese Tochter war. Mein Vater erzählte einfach meine eigenen Erlebnisse des Tages nach. - Meine Eltern deckten mich jeden Abend mit einer Geschichte zu."
Silas kannte dieses Gefühl. Auch seine Eltern hatten ihm vorgelesen, ihm Geschichten erzählt. Als er klein war, ließ sich sein Vater das selten nehmen. Später, als dieser immer weniger zuhause war, setzte seine Mutter das Abendritual fort, auch noch, als er schon längst selbst lesen konnte. Wenn sich Mia abends bei ihrer Mutter und ihren Geschichten einkuschelte, saß er etwas abseits dabei und genoss die Kindergeschichten, für die er eigentlich schon zu alt war.
„Heute Abend decke ich dich mit einer Geschichte zu", versprach Silas, „auch wenn ich sie dir erst morgen erzählen kann."
„Dann werde ich heute gut schlafen", erwiderte Julia.

An diesem Abend wälzte sich Silas endlos in seinem Bett hin und her ohne Schlaf zu finden. Tastend fand seine Hand ihren Weg unter die dünne Decke, ruhte kurz dort an ihrem Ziel, die fremde Hand am fremden Glied, und zuckte dann erschrocken zurück. Sein Indio war wirklich ein starker, gesunder junger Mann, in dem er nun schon fast drei Wochen lebte. Seine Hand wanderte wieder nach unten.
Das Gefühl Julias zierlicher Hand in der seinen - ihre Traurigkeit und Zartheit - und nackt, wie sie nun war,

nackt bis auf die Halskette mit der kleinen blassblauen Blume ...
Hinterher lag er schluchzend in seinem Bett. Trostlos, verlassen, froh. Morgen würde er Julia eine Geschichte schenken.

Kapitel 12

Von nun an wurde das Geschichtenerzählen zu einem festen Bestandteil ihrer Nachmittage.
„Du erinnerst dich doch bestimmt noch an die Lokafrüchte, die ein Händler dir verkaufen wollte, als ich dir den Marktplatz zeigte?"
„Die Dschungel H-Milch? Klar, die waren echt gut."
Die Früchte hatten ein ungeheuer saftiges Fruchtfleisch und dort, wo man einen dicken Kern erwartet hätte, waren sie mit Fruchtwasser gefüllt.
Julia kicherte.
„Wenn du schon Späße mit unserer heiligen Frucht machen musst, dann nenne sie doch lieber Cola, oder?"
„He, das ist gut. Das ist Spitze! Loka - Cola. Das könnte von mir sein. Du machst mir richtig Konkurrenz."
„Konkurrenz? Du musst erst einmal in die Nähe meines Niveaus kommen. Aber mit der Loka macht man keine Späße, sonst bekommt man Ärger mit Mahata. Er hat den Menschen die Loka geschenkt."
Julia erzählte die Geschichte so, wie sie sie von ihrem Vater gehört hatte.

Es gab eine Zeit, da stieg Mahata, der Gott des Himmels und der Erde, oft auf die Welt herab, um sich mit den Menschen zu unterhalten. Er liebte die Menschen und unterhielt sich mit ihnen mit großer Freude. Die Menschen erzählten ihm von ihrem Leben. Sie brachten ihm Opfer, Früchte und Tiere des Waldes. Es gab eine Zeit, da waren die Menschen froh und das Leben war leicht.

Mahata stieg auf die Welt herab. Er wählte dazu den Vulkan Llao-Yaita, den die Weißen Mount Nelson nennen. Unter diesem Berg aber lebte der Gott der Unterwelt, Djaro. Auch Djaro liebte es, die Welt zu besuchen. Aber Djaro liebte die Menschen nicht. Er schlüpfte durch eine Höhle aus dem Inneren seines Berges nach oben, stieg auf den Gipfel, und sein Kopf berührte die Sterne. Eines Tages erblickte Djaro bei einem seiner Besuche Loka, die Tochter des Häuptlings. Loka war schön wie eine weiße Orchidee. Djaro verliebte sich in sie. Sie aber wies ihn zurück, denn er kam aus der Unterwelt und war hässlich wie die Sumpfkröte. Da wurde Djaro wütend und stieß feurige Flüche aus. Erschreckt baten die Menschen Mahata um Hilfe.

Mahata stieg vom Himmel hinab und die beiden Götter kämpften miteinander unter Donnergetöse. Sie ließen die Erde erzittern und bewarfen sich mit heißem, rotglühendem Gestein. Es regnete brennende Asche. Die Blätter der Bäume verfärbten sich braun und fielen von den Zweigen. Die Blumen ließen die Köpfe hängen und starben. Auch das grüne Gras verwelkte, nachdem es der Atem des Feuers getroffen hatte. Die Erde versank in tiefer, schrecklicher Dunkelheit.

Alle Geister mischten sich in den Kampf ein und die Menschen waren voller Entsetzen. Der Kampf tobte immer heftiger. Die Menschen wollten Mahata helfen. So opferten sie schließlich zwei Medizinmänner. Gemeinsam stürzten sie sich hinab in den Schlund des Berges Llao-Yaita. Mahata, der Gott des Himmels und der Erde, war zutiefst beeindruckt und er kämpfte erbitterter denn zuvor.

Endlich trieb Mahata Djaro in die Unterwelt zurück. Mit einem Hieb zertrümmerte er die Spitze des Llao-Yaita über dem Kopf seines Gegners. Er schlug mit seiner rechten Faust einen tiefen Krater in den Berg und füllte ihn mit wunderbarem blauen Wasser. Das Wasser versperrte Djaro den Weg zurück. Djaro war gefangen unter dem zerborstenen Gipfel des Llao-Yaita. Doch die Menschen wussten von Höhlen am Fuße des Berges. Sie führten in den Berg hinein. Da türmte Mahata um den Llao-Yaita weitere Berge auf. Sie versperrten alle Höhlen und Erdlöcher. So entstand das Große Gebirge.

Der Kampf war zu Ende. Mahata kehrte in den Himmel zurück.

Aus der Asche des verbrannten Landes erwuchs ein gewaltiger Wald. Die Pflanzen und Tiere kehrten zurück, doch die Seen und Flüsse waren gestorben. Ihre Wasser waren in der Hitze verdampft. Die Menschen hatten nur den Regen des Waldes zu trinken. Das Wasser der Pfützen und Tümpel war schlecht. Loka flehte Mahata an, ihr und ihrem Volk noch einmal zu helfen.

Da stieg Mahata erneut vom Himmel. Er brachte den Menschen ein Geschenk. Er brachte ihnen einen Baum mit großen Früchten. Die Früchte waren so kostbar wie Loka schön war, so nannten die Menschen die Früchte Loka. Die Frucht war gefüllt mit köstlichem Wasser, süßer und kühler als das Wasser der Quellen der alten Zeit. Die Menschen litten keinen Durst mehr.

Doch manche Menschen waren böse. Der Geist Djaros hatte sie vergiftet. Sie zerstörten die Lokabäume der anderen Stämme und wollten die Früchte für sich behalten. Bald tobte wieder eine Schlacht. Diesmal kämpften nicht die Götter, sondern die Menschen.

Noch einmal stieg Mahata vom Himmel. Doch nun war er böse mit den Menschen. Sie waren ohne Dankbarkeit gewesen, sie hatten sein Geschenk nicht geachtet, sie hatten wegen seines Geschenks Krieg geführt. Er setzte den Kämpfen ein Ende, denn er liebte die wenigen gu-

ten Menschen noch immer. Neue Früchte aber brachte er nicht wieder mit.
Einige Lokabäume hatten die Kämpfe überlebt. Ihre Zahl ist so klein wie die Zahl der Tiger des Waldes, ihre Früchte so kostbar wie das Leben.
Mahata brachte nie wieder Lokabäume auf die Erde.
Seit dieser Zeit hüten die Schamanen das Wissen um die kostbaren Bäume. Und die Menschen beten zu Mahata, wenn sie durstig sind und die seltenen Früchte im großen Wald suchen.

Silas hatte gebannt der Erzählung gelauscht, durch die ein Jahrtausende altes Volk zu ihm sprach, durch die Jaya zu ihm und Julia sprach.
„Danke für deine wunderbare Geschichte, Nomawethu", sagte er nachdenklich, bevor sich wieder der Schalk in ihm regte. „Du hast recht, ich werde die Loka nie mehr Cola nennen, und schon gar nicht H-Milch."
„Zeigt der alte Spötter etwa Respekt vor unseren Traditionen?" Julia freute sich über Silas' Reaktion.
„Schon, aber lässt sich diese Lokafrucht nicht züchten und anbauen? Hat das denn niemand versucht?"
„Sie ist ein Geschenk des Himmels, Silas. Kein Produkt aus einem 3D-Drucker. Sie ist ein kostbares, göttliches Geschenk."
Sie saßen wie so oft am See, wo sie von niemand gestört wurden. Hinter dem gegenüberliegenden Ufer erstreckte sich der Urwald, dahinter erhoben sich die Berge.
„Schau, da drüben, der größte Berg, das ist der Mount Nelson, ein erloschener Vulkan. Mein Vater hat ihn einmal bestiegen, er hat mir von dem blauen See in seinem Krater erzählt. Es muss dort wunderschön sein."
„Du bist nie dort gewesen?"

„Nur auf der anderen Seite des Sees, am Ufer. Meine Eltern besaßen ein Boot. Jetzt darf man den See nicht mehr überqueren."

Bevor Silas noch genauer nachfragen konnte, wechselte Julia das Thema. Sie ließ sich rücklings ins Gras fallen und blinzelte ihn herausfordernd an.

„Du weißt, du schuldest mir jetzt eine Geschichte. Die Gutenachtgeschichte von gestern, du hast es mir versprochen."

„Ich habe die ganze Nacht überlegt", prahlte Silas, „kein Auge habe ich zugetan. Unsere Sagen handeln nur von Mord und Totschlag. Die großen Helden waren eigentlich nur Raufbolde. Meine Mutter hat mir auch die griechischen Sagen erzählt, ich war ganz versessen darauf. Aber es ist dasselbe. Hektor tötet Patroklos, sein Freund Achill erschlägt deswegen Hektor, dafür schießt Paris dem Achill einen Pfeil in die Ferse und bringt ihn so um die Ecke. Und Paris? Weiß ich nicht mehr. Irgendein Hooligan hat ihn dann auch wohl niedergestreckt."

„Du hast keine Lieblingsgeschichte?"

„Doch, du hast recht. Die werde ich dir jetzt erzählen. Hast du schon von Dädalus und Ikarus gehört?"

„Dödelus und Ikarus?"

„Respekt bitte, und mach mir nicht schon wieder Konkurrenz. Ironische Namen vergebe nur ich. Also, die Legende von Dädalus und Ikarus, so wie die alten Barden sie uns sangen."

Dädalus war ein berühmter Baumeister und Bildhauer aus Athen. Seine Skulpturen waren so perfekt, dass er sich damit rühmte, sie glichen lebenden Menschen. Denn er war nicht nur kunstfertig, sondern auch eitel und süchtig nach Erfolg. Daher ertrug er es auch nicht, dass sein bester Schüler Talos ihn an Kunstfertigkeit zu übertreffen drohte. Er stürzte ihn von der Burg Athens hinab, wurde dabei aber beobachtet, vor Gericht gestellt und verurteilt. Zusammen mit seinem Sohn Ikarus floh er auf die Insel Kreta.

König Minos gewährte Dädalus und seinem Sohn Schutz, denn er hatte von den ungewöhnlichen Fähigkeiten des Dädalus gehört und wollte sich diese zunutze machen. Als erstes hieß er den Baumeister einen Bau für den Minotaurus, ein gewaltiges Ungeheuer, zu errichten. Dädalus ersann das berühmte Labyrinth, aus dem es kein Entrinnen gab, so dass das Ungetüm darin sicher gefangen gehalten werden konnte.

Aber auch er selbst und sein Sohn waren auf der Insel Kreta gefangen, da König Minos nicht mehr auf die Dienste des genialen Dädalus verzichten wollte. Wann immer Dädalus die Insel verließ, etwa um Marmor für seine Skulpturen zu beschaffen, musste er seinen Sohn Ikarus zurücklassen, denn König Minos wusste, dass der Vater seinen Sohn nie im Stich lassen würde. Viele Jahre, in denen Ikarus heranwuchs und zum besten Schüler seines Vaters wurde, sann Dädalus auf Rettung.

„Mag uns Minos auch von Land und Wasser aussperren", sprach Dädalus eines Tages, „so bleibt uns doch noch die Luft."

Er sammelte mit seinem Sohn Vogelfedern, ordnete sie der Größe nach an und verband sie mit Faden und Wachs, so dass das vollendete Kunstwerk den Schwingen eines Riesenvogels völlig glich. So schufen sie gemeinsam zwei Paar Flügel, eines für Dädalus, eines für seinen Sohn Ikarus. Bevor sie damit ihrem Gefängnis entflohen, sprach der Vater eindringlich mit seinem Sohn.

„Achte darauf immer in der Mitte zu fliegen. Wenn du zu tief fliegst, können die salzigen Wogen deine Fittiche

streifen und die Nässe wird dich mit ihrem Gewicht in die Tiefe ziehen. Fliegst du aber zu hoch, kann die Sonne dein Gefieder verbrennen."
Dann umarmte und küsste der Vater seinen Sohn.
Zunächst verlief die Reise gut. Dädalus flog neben seinem Sohn und behütete so seinen Flug. Bald passierten sie die Inseln Paros und Delos und kamen auf das offene Meer. Unsicher über den richtigen Weg flog Dädalus ein Stück voraus. Da geschah das Unglück.
Ikarus wurde übermütig. Anstatt seinem Vater genau zu folgen, erprobte er seine Schwingen und erhob sich in größere Höhen. Höher und immer höher. So hoch, dass die Strahlen der Sonne das Wachs schmelzen ließen, das die Federn zusammenhielt. Die Flügel lösten sich auf und Ikarus stürzte in die Tiefe. Nach Tagen fand der verzweifelte Vater den ans Ufer gespülten Leichnam seines Sohnes und beerdigte ihn. So rächten die Götter die Ermordung seines ehemaligen Schülers Talos.
Dädalus lebte noch viele Jahre und schuf wunderbare Werke, aber glücklich konnte er nicht mehr werde. Er starb in hohem Alter kummervoll und verzweifelt auf der Insel Sizilien und wurde dort begraben.

„Und?", sagte Silas gespannt, als Julia nach dem Ende der Erzählung schweigend dasaß, „gefällt dir meine Geschichte nicht?"
„Sie macht mich traurig."
„In den Heldensagen hätte es noch jede Menge Tote mehr gegeben."
„Die muss man nicht ernst nehmen. Prügelnde Hooligans, das hast du selbst gesagt. Aber stelle dir nur vor, du bist am Tod deines Kindes mitschuldig! Du wirst es nie wiedersehen. Ich weiß, was das heißt, nie wiedersehen."

„Ach, Julia. Es ist nur eine Geschichte. Sie es doch mal so. Die beiden haben einen Fehler gemacht, dafür haben sie bezahlt. O.K. Das war bei den Griechen und ihren eifersüchtigen Göttern üblich. Die stürzten die Menschen ins Unglück, wenn sie zu mächtig werden und den Göttern Konkurrenz zu machen drohten. Aber lass mal die Götter weg, lass mal den Fehler weg. Heute würden wir es nicht vermasseln. Dädalus konnte Skulpturen erschaffen, die menschenähnlich waren! Er erfand das Fliegen, einen ... einen Menschheitstraum! Das ist es doch, was wir heute können, die Welt beherrschen! Wir hätten das im Griff."
„Was nützt dir das Fliegen, wenn du dein Kind verlierst?"
„Ach, Nomawethu, lass die alten Geister ruhen. Heute würden die beiden es richtig machen, alles digital abgesichert, Chips statt Wachs, sie bekämen den Nobelpreis, Vater und Sohn."
Julia sah Silas nachdenklich an. In seiner euphorischen Begeisterung schien er ihr plötzlich weit weg zu sein, hoch oben am Himmel, nahe an der Sonne.
„Pass auf, Ikarus", sagte sie leise. „Auch deine Flügel sind nur aus Federn und Wachs. Fliege nicht zu hoch."
Es war spät geworden, Zeit zurückzugehen. Die beiden sprachen nicht viel auf dem Weg nach Hause.

Kapitel 13

Eine weitere Woche verging, die Morgen mit der inzwischen monotonen Arbeit am Computer, die Nachmittage mit Julia. Mittlerweile war er mit ihr fast so vertraut wie mit seiner kleinen Schwester Mia, zu der seine Gedanken vielleicht gerade deswegen immer öfter zurückkehrten. Aber dann war Julia doch nicht wie Mia, war seine Beziehung zu ihr unausgesprochen doch wieder ganz anders.
Einmal hatte Julia auf dem Weg zurück vom See auf ein paar Felsbrocken am Rand des Weges balanciert und war dabei abgerutscht. Zufall oder Absicht? Er griff nach ihr, um sie zu stützen, so landete sie genau vor ihm, halb in seinem Arm, weich und warm. Wie zart und leicht sie war. Aber verlegen und unsicher ließ er sie los, sobald sie wieder sicher stand, ließ die Gelegenheit verstreichen und glaubte eine Spur von Enttäuschung in ihrem Blick zu erkennen.
Zurück in seinem Zimmer übte er Küsse auf seiner eigenen Hand.

Seine Hoffnung, durch die Bearbeitung der Fragebögen am Computer einen Ausweg aus seinem Dilemma zu finden, schwand immer mehr. Die Arbeit langweilte ihn zunehmend. Daher freute er sich eines Tages, als ihm persönliche Fragen vorgesetzt wurden, Fragen zu seinen Eltern, zu Mia, zu seinem eigenen Leben. Was die alles von ihm wussten! Woher? Am Ende erschien das Bild eines bunten Tuchs.
„Wem gehört dieses Tuch?"
Silas überlegte, irgendwo hatte er das Tuch schon gesehen. Aber wo? Fast wollte er die Frage überspringen,

was kümmerte ihn ein Fetzen Stoff, aber das Tuch ließ ihn nicht los. Er grübelte lang.

„Mia", tippte er schließlich ein. Das musste das Tuch sein, das seine Mutter in den Ferien für Mia auf dem Markt gekauft hatte. Mia hatte sich so gefreut. Ja, jetzt kam die Szene wieder zurück, die Eltern waren vom Markt zurückgekommen, seine Mutter hatte von dort das Tuch für Mia mitgebracht. Und dann, mit einer ungeheuren Wucht und Klarheit, erinnerte er sich auch an die letzten Sekunden seiner Entführung, die Sekunden, nach denen er bisher vergeblich sein Gehirn durchforstet hatte. Endlich sah er alles deutlich, wie in Zeitlupe, immer wieder. Die Kidnapper richteten ein Gerät auf ihn, eine Art Kamera, sein Vater blickte zurück zum Taxi, Silas sah Wut in seinem Gesicht, Zorn, dann Entsetzen, und hinter dem Taxi, halb verdeckt, eine Gestalt, kurze blonde Haare, ein buntes Tuch über den Schultern. Mia? Das war unmöglich. Sie war nicht im Taxi mitgefahren.

Der Schock hatte wohl diese Bilder in ihm blockiert, das Abbild des Tuchs im Computer hatte sie wieder freigelegt.

Mia!

Mia!

Silas ging in sein Zimmer zurück. Es dauerte lange, bis er sich wieder gefasst hatte. Er zwang sich, ruhiger zu werde, tief einatmen, langsam, nachdenken. In den letzten Tagen war er ganz davon abgekommen, nach einem Ausweg aus seiner Situation zu suchen. Julia war für kurze Zeit so eine Art Ausweg gewesen, aber die Erinnerung an seine Schwester zerriss den Kokon, den er um sich herum gesponnen hatte. Woher wussten sie von diesem Tuch? Mia hatte es nie benutzt, nachdem Mutter es ihr geschenkt hatte, wer brauchte ein Tuch bei der

Schwüle und Hitze? Aber bei dem Überfall, da, hinter dem Taxi, da trug diese Gestalt es um die Schultern. Wenn das nun doch Mia gewesen war?

Silas sprang auf, rannte aus dem Zimmer und den Korridor entlang. Vielleicht war das nur eine verrückte Idee, vielleicht überschätzte er auch seine Bedeutung für sie, wahrscheinlich war er nach den vielen Fragebögen für sie längst wertlos geworden - aber diese Chance wollte er nutzen, so klein sie auch war. Er stürmte zu dem Büro, in dem das Gespräch mit dem Franzosen und Wladimir stattgefunden hatte, und riss ohne anzuklopfen die Tür auf. Die Robbe saß tatsächlich an ihrem Schreibtisch, zu überrascht, um etwas sagen zu können.

„Ich will Mia sehen!", stieß Silas ohne Einleitung hervor. „Sonst mache ich nicht mehr mit."

Völlig außer Atem, mehr wegen der Aufregung als wegen des kurzen Sprints, stand Silas in der Tür. Regungslos, mit offenem Mund saß der Franzose völlig überrascht da und glaubte kaum, was er vor sich sah. Silas wartete. Dann huschte ein Lächeln über das Gesicht seines Gegenübers.

„Oh, lá lá, trés bien. Unser bester Mitarbeiter. Schön, Sie so wohlbehalten zu sehen. Wir konnten uns schon davon überzeugen, dass Ihr Verstand kein Schaden genommen hat. Die Fakten sind zumindest noch da, soweit wir das überprüfen konnten bisher. Aber Sie können auch noch wunderbar kombinieren, das haben Sie gerade bewiesen. Wie kamen Sie darauf? Ah, sagen Sie nichts! Lassen Sie mich raten. Ich weiß, was es war. - Das Tuch, n'est-ce pas? C'est génial! Nun, der Bruder und die Schwester, gerührt, nein, wie sagt man, helfen Sie mir, rührend."

Mit seinem runden Mondgesicht strahlte er Silas voller gespielter Güte an.

„Ich denke, wir sollten das unterstützen. Schließlich haben Sie bisher sehr gute Arbeit geleistet. Sagen wir, heute Nachmittag? Geben wir ihrer, eh, kleine Freundin ein Tag frei? D'accord? Schließen Sie doch bitte die Tür hinter sich, ich muss jetzt wirklich arbeiten."
Damit wandte sich der Franzose wieder seiner Lektüre zu, das Gespräch war für ihn abgehakt. Silas war für ihn nur noch Luft. Überrumpelt verließ er den Raum und schloss die Tür hinter sich, ohne etwas sagen zu können. Zum zweiten Mal hatte ihn dieser verrückte Kerl mit seiner Charmnummer aus der Fassung gebracht. Aber zumindest hatte er sich bisher an sein Wort gehalten.
Das Mittagessen, das in seinem Zimmer auf ihn wartete, rührte Silas kaum an. Er wusste nicht, wie er sich ablenken sollte, die Zeit schien still zu stehen. Der Hof vor dem Gebäude lag menschenleer da, wie immer. Auch das Abendessen rührte er nicht an.
Irgendwann klopfte jemand an die Tür. Pakos. Er ging voraus, immer den Korridor entlang, diesmal in die andere Richtung. Endlich öffnete er eine Tür und forderte Silas mit einer Kopfbewegung auf, einzutreten. Silas betrat den langen, fast leeren Raum. Am anderen Ende befand sich eine weitere Tür, in deren Rahmen ein Mädchen stand.
Mia.
In den langen, einsamen Abenden in seinem Zimmer hatte sich Silas oft ausgemalt, wie es sein würde, Mia oder seine Eltern wiederzusehen. In seiner Vorstellung tobte er dann immer vor Glück herum, schrie seine Erleichterung hinaus und war in seinem Hochgefühl völlig außer sich. Doch jetzt war es ihm kaum möglich, sich zu rühren. Eine ungeheure Traurigkeit, derer er sich nicht wirklich bewusst gewesen war, lähmte ihn, bis sie

sich ganz langsam in ihm auflöste und er mit zögernden Schritten auf Mia zukam.
„Mia, Schwesterherz, Mia."
Mia war ihm ein paar Schritte entgegengekommen, hielt dann aber inne und schien vor ihm zurückzuschrecken.
„Mia, komm, was hast du?"
„Wer bist du? Du bist nicht mein Bruder."
Natürlich, wie konnte er das vergessen? Es war ein Schock für Silas, als ihm in diesem Augenblick klar wurde, wie sehr er sich schon an seinen neuen Körper gewöhnt hatte. Er sah sich ja kaum selbst, den Spiegel in seinem Bad hatte er zertrümmert und in Julias Augen spiegelte sich nur sein Herz. Wenn er an sich selbst dachte, sah er, fühlte er den Silas von früher. Sein tatsächlicher Körper und der Körper seiner Selbstwahrnehmung existierten unabhängig nebeneinander. Ältere Menschen, die sich innerlich noch so jung fühlen, deren Jugendzeit noch in jeder Faser ihres Körpers lebendig ist, nicht einmal einen Wimpernschlag entfernt, hätten ihm das erklären können. Jedes magersüchtige Mädchen weiß das tief in seinem Innern, wenn es seinen dürren, ausgemergelten Körper fett und aufgebläht im Spiegel sieht. Jeder schüchterne Junge sollte das wissen, wenn ihn seine Verklemmtheit im Spiegel erschreckt und er dabei nicht sehen kann, wie nett er eigentlich ist.
„Doch, ich bin es, Mia. Schau, das haben sie aus mir gemacht."
Mia kam nicht näher. Die letzten Wochen hatten sie gelehrt argwöhnisch zu sein.
„Ich bin es, Mia, dein Bruder Silas."
Mia zögerte. Sie streckte misstrauisch einen Arm aus.
„Bleib stehen! Du bist nicht mein Bruder. Wer bist du?", wiederholte sie.

„Doch, ich bin es. Sie haben mir meinen Körper geraubt, sie haben mich verwandelt."
Mia schüttelte ungläubig den Kopf.
„Das gibt es nicht, das kann nicht sein. Was für ein Spiel treibst du mit mir?"
Silas suchte verzweifelt nach einer Möglichkeit, Mia seine ungeheuerliche Verwandlung beweisen zu können.
„Sie haben uns überfallen und entführt. Nach unserem Urlaub, ich sollte mit Papa nach London fliegen. Mama und du. ihr solltet später heimfliegen." Das bewies gar nichts, das konnte ein Fremder auch herausgefunden haben. „Ich habe dich hinter dem Taxi am Tuch erkannt, das bunte Tuch vom Markt. Und, äh, der Flamingo, du weißt doch noch, der Engländer, der Flamingo."
Mia trat ungläubig an Silas heran, sie zeichnete mit zögernden Fingern die Konturen seines fremden Gesichts nach, dann, nach langem Nachdenken, sagte sie mit zitternder Stimme.
„Du musst dein Sprüchlein sagen. Sonst schließ ich mein Türlein nicht auf."
„Mein Schwesterlein, lass mich hinein."
„Silas, bist du es wirklich? Silas!"
Lange standen sie fest umschlungen da, verwirrt, glücklich, weinend, lachend.
Silas strich Mia über die lange nicht geschnittenen Haare.
„Du hast dich verändert. Du siehst ganz anders aus."
„Das sagt der Richtige!", prustete Mia unter Tränen.
Pakos war verschwunden. Silas nahm Mia mit sich auf sein Zimmer, es war niemand da, der sie gehindert hätte. Und dann erzählte Silas seiner Schwester alles, alles seit seinem ersten Aufwachen im Reservat bis zu dem Augenblick, in dem er ihr Tuch erkannt hatte.

„Hast du es also damals doch registriert", staunte Mia.
Es war schon spät, die Sonne war längst untergegangen.
„Ach Mia, verzeih, ich rede und rede und habe noch gar nicht gefragt, wie es dir ergangen ist."
„Kein Problem, im Gegenteil, so habe ich wenigstens einen unwiderlegbaren Beweis, dass du es bist."
„Aber eben habe ich nachgefragt, du siehst, ich bessere mich."
„Im Schneckentempo."
„Mia, sei nicht böse. Erzähl. Wie kommst du denn hierher? Weißt du, was mit Vater ist?"
Mia begann.
„Du erinnerst dich sicher, wie heftig Vater reagiert hat, als ich euch zum Flughafen begleiten wollte. Ich war so wütend. Deshalb tat ich so, als sei ich in meinem Zimmer, lud aber schnell die Koffer ins Taxi und versteckte mich dahinter im Kofferraum. Irgendwann merkte ich, dass das Taxi plötzlich stoppte und dass etwas Komisches passiert sein musste. Dann hörte ich Vater laut schreien und toben ... "
Als Mia die Hecktür des Lieferwagens geöffnet hatte und vorsichtig nach vorn spähte, sah sie gerade noch, wie Silas zusammenbrach. Sie rannte zu ihrem Vater, der außer sich vor Wut die Kidnapper anbrüllte. Dann ging alles sehr schnell. Einer der Männer packte sie und zerrte sie in den Lieferwagen. Dort betäubte sie ein weiterer Mann.
„Haben Sie dir etwas getan? Haben sie dich misshandelt?"
„Das sollten sie mal wagen! Diese Dreckskerle!"
Mutige Mia. Silas konnte es kaum glauben, wie seine Schwester den Überfall weggesteckt zu haben schien.
Mia wachte allein auf, irgendwann, im anderen Teil des Gebäudes, in dem auch ihr Bruder lag. Aber das wusste

sie zu dem Zeitpunkt natürlich nicht. Zuerst dachte sie an eine Lösegelderpressung, aber es geschah nichts. Tagelang war sie in ihrem Zimmer gefangen, ohne dass sich jemand um sie kümmerte, abgesehen davon, dass man ihr Essen brachte. Allmählich dämmerte es ihr, dass die Kidnapper wohl selbst nicht wussten, was sie mit ihr anfangen sollten. Sie konnten ja nur mit Silas und Vater gerechnet haben. Nach zwei Wochen erklärte ihr eine der Aufseherinnen, die das Essen brachten, sie müsse in Zukunft in der Küche bei der Arbeit helfen. Froh, das Zimmer verlassen zu können, erledigte Mia alles, was man ihr auftrug, sehr sorgfältig. Bald wurde sie wie eines der einheimischen Mädchen behandelt, die in dem Haus arbeiteten. Niemand schien sich für sie weiter zu interessieren.

„Dann lebst du schon vier Wochen mutterseelenallein hier, ohne mit jemand sprechen zu können?"

„Wieso vier? Es sind schon sieben Wochen."

Silas war verwirrt.

„Nein Mia, vier, ich weiß das doch."

„Unsinn, dein Indio kann nicht richtig zählen. Aber keine Sorge, ich war nicht allein. Ganz und gar nicht."

Die zwei Wochen Einsamkeit und Ungewissheit in ihrem Zimmer hatten Mia nicht gebrochen, sie hatten sie im Gegenteil sogar noch stärker gemacht. Sie wusste, dass sie nur sich selbst hatte, dass sie zugrunde ginge, falls sie aufgäbe. Vielleicht war sie auch einfach noch zu jung, um sich das Schlimmste vorstellen zu können. Gefangen in einem exotischen Land, verschleppt von zwielichtigen Gesellen. Irgendwie fühlte sie sich in einen ihrer Jugendromane versetzt, die sie leidenschaftlich verschlang. Die jugendliche Heldin würde am Ende unweigerlich triumphieren. Mia gibt nicht auf! Außerdem würde niemand es wagen, der Tochter des weltbekannten Forschers Stefan Kramer etwas zuleide zu tun.

Zuerst versuchte sie, auf Englisch Kontakt mit den einheimischen Mädchen anzuknüpfen, konnte sich aber nur mit Gesten verständlich machen. Immerhin hatten sie so oft etwas zum Lachen. Dann bemerkte sie, wie ein Mann, so Mitte dreißig, der eine Art Hausmeister zu sein schien, ihre erfolglosen Bemühungen belauschte.
„They no speak English."
„Do you speak English?", fragte Mia hoffnungsvoll.
„Yes, a little."
„Hi, I'm, Mia."
„Hi Mia, I'm Wilhelm der Dritte."
„Was?", platzte Silas dazwischen, „Wilhelm der Dritte? Hat er das auf Deutsch gesagt?"
„Verrückt, wie?"
Wilhelm der Dritte erklärte Mia, habe einmal als junger Mann eine weiße Frau aus Deutschland gekannt. Er habe ihr geholfen, ihre Sprache zu verstehen, dafür habe sie ihm Geschichten aus ihrer Heimat erzählt.
„And you know, you have no king in Germany! We have king here. But you, big country, have no king. Last king Wilhelm the Second. Even emperor. You need king. Big country must have king. So I am your king, Wilhelm der Dritte. Me live in Neuschweinstein castle. Great king."
„Neuschweinstein hat er immer gesagt", lachte Mia.
Mia und Wilhelm der Dritte, so verrückt er auch war, freundeten sich an. Mit seinen Späßen und seinem lustigen Englisch schenkte er ihr ein bisschen Normalität. Außerdem war er ihre einzige Chance, irgendetwas über ihre eigene Situation herauszubekommen, denn sonst redete kaum jemand mit ihr.

Silas wurde langsam bewusst, wie spät es geworden war. Mia hielt nur noch mit Mühe ihre Augen offen.
„Komm Mia, lass uns schlafen. Du bleibst heute bei mir. Sie haben wohl nichts dagegen. Ich bin auch hundemüde."
Mia zögerte, noch war ihr der neue Körper ihres Bruders fremd, aber dann zog sie ihr T-Shirt über den Kopf und kuschelte sich im schmalen Bett doch an den Rücken ihres großen Bruders, so dass dieser die kleine blassblaue Blume an der langen Kette nicht bemerken konnte, die unter Mias T-Shirt verborgen war.

Kapitel 14

Silas hatte lange nicht so tief und ruhig geschlafen, obwohl sie zu zweit nicht viel Platz in seinem Einzelbett hatten. Auch Mia hatte eine gute Nacht gehabt.
„Der nimmt ganz schön viel Platz ein, dein Indio, aber er ist so gemütlich und kuschelig", grinste Mia beim Aufwachen.
Silas erkannte sofort die Kette mit der kleinen blassblauen Blume.
„Woher hast du die?"
„Von Wilhelm dem Dritten. Er hat sie mir geschenkt. Ist doch süß, oder?"
Silas wurde ernst.
„Da stimmt doch einiges nicht. Julia hat auch so eine Blume. Wieso? Genau dieselbe Blume. Dann hast du gestern gesagt, du bist sieben Wochen hier, aber seit unserer Entführung sind nur vier Wochen vergangen. Und noch etwas, darüber habe ich mich schon immer gewundert, Julia ..."
„Was ist mit Julia?"
„Bei unserem ersten Treffen wusste sie schon meinen Namen, und als ich deinen Namen erwähnte, sagte sie ‚deine Schwester'. Sie schien uns schon zu kennen."
„Und das fällt dir erst jetzt auf?" Mia staunte, wie begriffsstutzig ihr ach so schlauer Bruder gewesen war.
„Ja, ich weiß, es war alles so viel und ich war so erleichtert, mit jemand reden zu können. Ich dachte, sie hat nur geraten, dass Mia der Name meiner Schwester ist."
Mia schüttelte den Kopf.
„Das ist doch sehr merkwürdig."
Silas suchte nach einer Erklärung.

„Merkwürdig, was ist hier nicht merkwürdig?" Er hob die Arme und zeigte auf seinen Körper. „Ich war einfach nur froh, sie zu treffen."
Mia grinste.
„So, so, hat die schöne Julia meinen großen Bruder etwas durcheinandergebracht?"
„Du bist blöd", protestierte Silas.
„Wo wohnt denn deine Prinzessin? Fragen wir sie!"
Silas war wieder verblüfft. „Ich ... ich weiß es nicht. Wir haben uns immer nachmittags am See getroffen."
Mia war fassungslos.
„Das glaube ich jetzt nicht. Da verbringst du Morgen für Morgen am Computer in der Hoffnung, einer Erklärung für das alles hier auf die Spur zu kommen, was aber offen vor deinen Augen liegt, siehst du nicht. Da ist doch etwas faul mit deiner Dschungelblume, die spielt doch ein undurchsichtiges Spiel mit dir."
„Nein, Mia." Alles in Silas sträubte sich gegen diesen Verdacht. „Julia gehört nicht zu denen, sie ist doch genauso ein Opfer wie ich."
„Opfer. Dass ich nicht lache. Die kann dir alles erzählen."
Silas blickte gequält und unglücklich zu Boden.
„Ich weiß das ... ich fühle das. Sie macht mir nichts vor."
Mia schüttelte nur den Kopf.
„Silas, mein kluger Bruder. Benutze deinen Verstand! Mit Gefühlen hast du nicht so viel Erfahrung, oder?"
Silas verstummte. Mia fasste einen Entschluss.
„Komm, wir klären das. Ich habe keine Lust bis heute Nachmittag zu warten. Wir gehen zu Wilhelm."
„Und die Computerarbeit?"
„Wird geschwänzt. Ich weiß, eine weitere neue, revolutionäre Erfahrung für dich. Wird dir guttun. Und wenn

du erwischt wirst, sagst du, du warst es nicht, es war Bimas Idee."

Sie mussten nicht lang nach Wilhelm dem Dritten suchen. Er hantierte an der Tür zur Küche, an der etwas defekt zu sein schien. Kaum sah er sie, sprudelte er schon auf Englisch los.

„Ah Mia, guten Morgen, und Bima, äh, Bruder, guten Morgen. Du sehen, Tür kaputt. Ich wechseln Schließzylinder. Das ist eine Ding, wo du stecken Schlüssel. Du drehen, Scheiße, nix gehen. Schlüssel stecken. Problem da drin ... "

„Ist ja gut Wilhelm", unterbrach Mia seinen Wortschwall. „Wir wissen, was ein Schließzylinder ist."

Leise, auf Deutsch, murmelte sie zu ihrem Bruder. „Lass dir nie etwas von ihm erklären. Seine Erklärungen sind berüchtigt. Die bringen dich um."

„Ich dir erklären", fuhr Wilhelm unbeirrt fort. „Problem hier in diesem, wie sagen, Kasten. Schließzylinder. Du schrauben raus ... "

„Wilhelm!", unterbrach ihn Mia ungeduldig. Sie holte die Kette unter ihrem T-Shirt hervor. „Was ist mit dieser Blume? Wieso hat Julia dieselbe Blume?"

„Julia? Wer ist Julia?"

„Ich glaube, du weißt, von wem ich rede. Stell dich nicht dumm! Warum hast du meinen Bruder eben Bima und Bruder genannt?"

„Leise!", zischte Wilhelm plötzlich. Er sah von Mia zu Silas, man konnte an seinem Gesicht ablesen, wie er nachdachte. Dann arbeitete er an seinem Schloss weiter.

„Ah, hier ist Übeltäter. Kaputte Zylinder. Ich gehen neue Zylinder holen." Während er sein Werkzeug einpackte, flüsterte er kaum hörbar, ohne die beiden anzusehen. „Drei Stunden. Am Weg in Dorf, hinter der Wald. Ich erst fragen."

Nach drei Stunden erschien Wilhelm an der verabredeten Stelle.
„Wir gehen zu Dorf, ihr gehen dann auf Markt, allein, einkaufen. Picknick. Dann ihr gehen durch Wald zu See. Ihr aufpassen, jemand folgt. Niemand folgen dürfen, OK.! Du kennen großer Stein, halber Weg zu See? Dort warten."
Am Anfang des Dorfs ließ Wilhelm sie allein. Silas und Mia erledigten ihren Einkauf, wie Wilhelm ihnen aufgetragen hatte, und machten sich auf den Weg Richtung Urwald. Niemand schien sie zu beachten oder gar zu verfolgen. Der große Stein war ein gewaltiger Felsblock, einer der riesigen Gesteinsbrocken, die vom Ausbruch des Mount Nelson stammten und die überall verstreut im Urwald zu finden waren. Als sie ankamen, war Wilhelm nicht da. Sie warteten einige Minuten. Schließlich ging Mia um den Felsbrocken herum.
„Silas, komm! Ist das Julia?"
Hinter dem Felsen kam Julia Nomawethu hervor. Sie winkte die beiden zu sich.
„Ich denke, es ist euch niemand gefolgt. Kommt."
Da sie keine Erklärungen erhielten, blieb Mia und Silas nichts anderes übrig, als Julia kreuz und quer durch den Dschungel zu folgen, auf einem für sie unsichtbaren Weg, den Julia zu kennen schien. Manchmal hielt sie inne und lauschte. Dann ging sie beruhigt weiter. Endlich kamen sie an eine überwucherte Felswand, vor der ein weiterer Felsklotz lag. Julia machte sich an dem Gestrüpp von Lianen, Sträuchern und Ästen zu schaffen, das die Felswand überwucherte, bis ein breiter Spalt zum Vorschein kam.
„Kommt, hier herein."

Sie kamen in eine Art Höhle, Julia verschloss den Zugang mit Zweigen und Gestrüpp, so dass es in der Höhle fast stockfinster wurde. Nur langsam gewöhnten sich ihre Augen an die Dunkelheit.
„Hier entlang." Julia ging voraus.
Die Höhle erwies sich als eine Art Tunnel, der in die Felswand hineinführte. Sie tasteten sich behutsam vorwärts, wie lang? - Schwer zu sagen. Zeit und Raum verloren ihre gewohnte Bedeutung, zu aufregend, zu unwirklich war dieses Tasten durch die Dunkelheit. Endlich erschien in einiger Entfernung ein Licht, der Tunnel endete in einer großen Höhle, in die durch einen breiten Felsspalt an der Decke das Sonnenlicht drang. Geblendet durch die plötzliche Helligkeit taumelte Silas in die Höhle. Als er wieder sehen konnte, drehte er sich nach Mia um - und erstarrte.
Sie waren verraten worden.
Hinter ihm, an der Höhlenwand, durch die er hereingestolpert war, wartete Pakos.
„Julia!", schrie Silas in Panik. „Julia!"
Pakos löste sich von der Wand der Höhle und ging langsam auf Silas zu. In seiner Panik stand der wie festgenagelt da, unfähig sich zu rühren oder gar wegzurennen. Wohin auch? Sie waren in der Höhle gefangen, Pakos versperrte den einzigen Zugang. Drohend kam der riesige Mann näher. Als seine Pranken ihn packten, versagten Silas' Arme ihren Dienst.
„Hab' ich dich endlich, Bürschchen", zischte ihm Pakos ins Ohr. „Jetzt kannst du büßen!"
„Julia! Julia!" Endlich überwand Silas seine Lähmung, es gelang ihm den Kopf zu drehen, sein Blick fiel auf Julia.
„Tacos - Enchillada - ..."
Julia stand da und - lachte. Lachte so sehr, dass sie sich kaum auf den Beinen halten konnte. Julia lachte!

„Currywurst! Du Schandmaul! Currywurst wird dich zu Hackfleisch verarbeiten, du kleines Würstchen."
„Hör auf Pakos, hör auf." Immer noch lachend kam Julia auf sie zu und befreite den perplexen Silas aus Currywursts Klauen.
„Entschuldige Silas. Das tut mir leid. Pakos ist einer von uns. - Pakos, wie kannst du Silas so erschrecken? Das war eine saublöde Idee. Aber ... ", sie fing wieder an zu lachen, „aber so was von komisch."
Erst allmählich begriff Silas, was sich gerade abgespielt hatte.
„Sorry, Kumpel", Pakos schlug Silas kräftig auf die Schulter, „aber das hast du verdient, respektloser Lümmel."
„Setzt euch her." Julia wechselte das Thema. „Wir sind nicht hier, um Blödsinn zu machen."
Auf dem Höhlenboden lagen Schilfmatten verstreut. Julia, Pakos, Mia und Silas setzten sich, jetzt erst sahen Mia und Silas, dass auch Wilhelm der Dritte anwesend war.
„Die Geschichte, die ich dir über mich erzählt habe, Silas, stimmt", begann Julia. „Ich habe dich nicht belogen. Aber ich habe dir nur die Hälfte erzählt, nur den privaten Teil."

Maren, Julias Mutter, erregte mit ihren Forschungen weltweit Aufsehen, nicht nur in Fachkreisen. Das lag nicht nur daran, dass das Reservat eines der letzten Gebiete war, in dem Ureinwohner ein noch einigermaßen traditionelles Leben führen konnten, sondern auch daran, dass sie deren unbekannte Sprache erforschte, eine schriftliche Form für sie erfand und sie so den Fachleuten zugänglich machte. Ihrem Freund Jaya war die Erforschung und Beschreibung seines Volkes und seiner

Lebensweise aber nicht genug. Warum sollten seine Leute in der Steinzeit gehalten werden, nur damit Anthropologen und Sprachwissenschaftler ein Forschungsobjekt hatten? Er wollte sein Volk allmählich an das moderne Leben heranführen und es an ihm teilhaben lassen, genauso wie auch er gelernt hatte, seine Tradition mit der modernen Zivilisation zu versöhnen. Als erstes versuchte Jaya, die Krankenstation zu einem brauchbaren Krankenhaus auszubauen und für die Schule modernes Material und qualifizierte Lehrer zu beschaffen. Das Geld war dank Marens Ansehen kein großes Problem, aber die vielen Fremden, die dadurch in das Reservat kamen, wurden von den Stammesführern nicht gern gesehen. Bald wuchs Jaya die Entwicklung im Reservat über den Kopf. Architekten wurden gefragt, Bauarbeiter folgten, Mitarbeiter von Banken kamen zu Gesprächen - schon bald hatte Jaya keinen Überblick mehr, wer sich alles im Reservat einzumischen begann. Oft warnte Maren Jaya vor dieser Entwicklung, der aber träumte von einer glücklichen Zukunft für sein Volk und nahm das Treiben einiger dubiosen Gestalten nicht ernst.

Eine besondere Gruppe unter den Fremden - Forscher, Geschäftsleuten, niemand wusste das so genau - gewann Einfluss über die Stammesführer. Plötzlich hatte einer eine neue Hütte, ein anderer goldglänzendes Geschirr oder kostbare Kleidungsstücke. Obwohl sie selbst auch von draußen gekommen waren, schürten sie erfolgreich das im Volk schon vorhandene Unbehagen über die vielen Fremden und ihre Aktivitäten. Jaya war wütend, nahm diese Entwicklung aber nicht ernst. Bis es zu spät war.

Eines Tages beschlossen die Stammesführer, zum Schutz der Traditionen der Stämme alle Fremden des

Reservats zu verweisen. Natürlich mit Ausnahme von ‚ihnen'. Einen Namen hatten ‚sie' nie.
Sie übernahmen das inzwischen hochmoderne Krankenhaus und das, was die Schule werden sollte, und verpflichteten sich im Gegenzug, das traditionelle Leben der Einheimischen zu schützen und nicht in dieses einzugreifen. Jaya versuchte zu spät seine Landsleute vor der Gefahr zu warnen, sein und Marens Einfluss war schon lange nicht mehr der alte. Trotzdem bemühten sie sich, Widerstand gegen den Beschluss der Stammesführer zu organisieren.
„Dann kam der Tag, an dem meine Eltern nicht mehr aus dem Wald zurückkamen."
Den letzten Satz sprach Julia kaum hörbar. In der Höhle wurde es still. Durch den Felsspalt drangen von weit entfernt die Geräusche des Urwalds.
„Es war kein Unfall", fuhr Pakos fort. „Sie haben Maren und Yaya einfach erschlagen und einen Baumstamm über sie geworfen. Sie haben sich nicht einmal die Mühe gemacht, es wie einen Unfall aussehen zu lassen. Jeder sollte sehen können, was mit denen passiert, die sich ihnen in den Weg stellen."
Die Drohung verfehlte ihre Wirkung nicht.
Einige Freunde und Anhänger Jayas, darunter auch Pakos und Wilhelm, gründeten danach eine Untergrundgruppe. Viel konnten sie nicht tun, denn die Verbindungen des Reservats zur Außenwelt wurden bald gekappt. Zwei Mitglieder der Gruppe, die sich nicht einschüchtern ließen, verschwanden spurlos. Die meisten Einheimischen begrüßten die neue Ruhe im Reservat und ließen ‚sie' gewähren. Was immer ‚sie' auch taten, es spielte sich in der ‚Schule' und in dem Krankenhaus ab, das vielen Einheimischen schon immer nicht geheuer gewesen war. Kaum registrierten sie, dass

ein Stacheldrahtzaun um das Krankenhaus gezogen wurde.

Alles, was Pakos und seine Gruppe tun konnten, war, die Erinnerung an das Unrecht zu bewahren und auf eine Chance zu warten, sich von ‚ihnen' befreien zu können. Sie versuchten mit Erfolg, ein paar Mitglieder als Hilfskräfte bei ‚ihnen' einzuschleusen, um mehr über ‚ihre' Aktivitäten herauszufinden. Wann immer sich die Chance bot, schafften sie Informationen nach draußen, aber das war selten möglich. ‚Draußen' war zweihundert Kilometer entfernt. Außerdem kümmerten sie sich heimlich um Julia, solange sie bei der Pflegefamilie leben musste. Danach verschafften sie ihr Arbeit bei ‚ihnen'.

„Jetzt weißt du alles, Silas", fügte Julia Pakos' Bericht hinzu. „Das hier ist unser Treffpunkt. Wir müssen sehr vorsichtig sein. Diese blaue Blume", Julia zeigte auf ihr Halsband, „ist unser Zeichen."

„Warum hast du mir das nicht alles gleich gesagt?", wollte Silas wissen.

„Wir müssen sehr vorsichtig sein."

„Wie konntest du annehmen, dass ich für sie arbeite, gerade ich, schau mich an!" Silas war aufgebracht.

„Überlege doch", griff Pakos beruhigend ein. „Wir wussten nicht, was sie mit dir gemacht haben. Sie haben deinen Verstand in diesen Körper transferiert, vielleicht hätten sie auch deinen Verstand verändern können. Das war eine Gefahr für uns."

„Genau!", meldete sich Wilhelm der Dritte zu Wort. „Transferiert. Den Verstand transferieren. Ich dir erklären. Dein Verstand in deinem Körper. Sie nehmen Verstand heraus, wie Nuss aus Schale, nehmen neue Schale ..."

„Willi!", unterbrach ihn Julia, „wir wissen, was transferieren heißt."

Wilhelm der Dritte schwieg schmollend. In der Höhle wurde es wieder still. Mia und Silas hatten zu viel zu verdauen.

„Und nun?", fragte Mia schließlich, „Was machen wir nun?" Sie schaute Julia und Pakos ratlos an.

„Immerhin wissen wir jetzt genau, was sie in ihrem sogenannten Krankenhaus machen", erklärte Pakos. „Wir werden versuchen, diese Information nach draußen zu schmuggeln. Irgendwann finden wir einen Weg. Irgendwann muss die Welt bemerken, was hier vor sich geht. Sonst können wir erst einmal nichts tun. Aber ihr beiden", damit wandte er sich an Mia und Silas, „ihr beiden kommt hierher, wenn euch Gefahr droht. Wir könnten euch helfen unterzutauchen, wir haben genug Helfer."

„Ich glaube, im Augenblick sind wir sicher", wandte Silas ein. „Sie geben Mia und mir solche Freiheiten, offenbar ohne uns zu beobachten. Entweder habe ich meinen Zweck erfüllt und bin ihnen inzwischen egal oder sie überlegen sich gerade etwas Neues."

„Seid jedenfalls vorsichtig", ermahnte sie Julia, „und wenn ihr Anzeichen für eine Gefahr spürt, kommt sofort hierher. Ich zeige euch auf dem Rückweg genau, wie ihr den Weg zu unserer Höhle findet."

„Ah", Wilhelm erwachte zu neuem Leben, „der Weg hierher! Ich erkläre!!"

Kapitel 15

Silas und Mia brauchten ein paar Tage, um ihre Gedanken und Gefühle neu zu sortieren. Um keinen Argwohn zu erregen, erschien Silas wieder regelmäßig zu seiner morgendlichen Arbeit am Computer und Mia erledigte das bisschen Arbeit im Haus und in der Küche, das ihr aufgetragen wurde. Wenn einer von ihnen Pakos begegnete, verhielten sie sich distanziert wie zuvor, was leicht zu bewerkstelligen war. Schwieriger hatte es dagegen Mia mit Wilhelm dem Dritten. Ihr vertrautes, lockerlustiges Verhältnis fortzusetzen, glich einer gefährlichen Gratwanderung. Die Angst vor Entdeckung führte anfangs dazu, dass Mia verkrampfte und gerade dadurch Aufmerksamkeit auf sich zu ziehen drohte. Andererseits war sie so oft mit ihm in Anwesenheit anderer zusammen, dass sie ständig auf der Hut sein musste, nichts Verräterisches zu sagen. Und Wilhelm, der Plaudertasche, traute sie ohnehin die nötige Umsicht und Selbstbeherrschung nicht zu. Doch es war gerade Wilhelm, der die Situation entspannte. Er quasselte einfach unbedarft weiter, trieb mit allen unvermindert seine Späße, so dass niemand auf die Idee kam, den beiden mehr Aufmerksamkeit zu schenken als zuvor. Mia entspannte sich.
Die Nachmittage verbrachten sie meist am See. Zu dritt im Dorf oder gar in aller Öffentlichkeit auf dem Markt aufzutauchen, schien ihnen doch zu gefährlich, auch wenn das Syndikat, so nannte Pakos ‚sie', nichts gegen ihre Treffen zu haben schienen. Das Auftauchen seiner Schwester und das Wissen um die Widerstandsgruppe im Untergrund waren für Silas ein erster Lichtblick, keine konkrete Hoffnung, aber eine vage Ahnung, doch

irgendwie einen Ausweg zu finden. Mit Mia hatte ein Teil seines vertrauten Lebens den Weg in diesen Albtraum gefunden und diesen so eines kleinen Teils seiner Macht beraubt.

„Ich schlafe endlich wieder gut", freute sich Silas, „keine seltsamen Träume mehr."

„Wovon hast du geträumt?", wollte Mia wissen.

„Ich weiß nicht. Von Dingen, die ich nicht kenne. Manchmal von einem Mann, einem Vater, der mich Bima nennt. Ich denke, das sind die Reste meines Indios in mir. Julia, wer war Bima?"

Julia blickte ernst.

„Ein Junge aus einem Nachbardorf. Er muss uns auf die Schliche gekommen sein, vielleicht hat er uns im Wald beobachtet, wir wissen es nicht. Er glaubte wohl, eine Gruppe von Magiern oder Geisterbeschwörern aufgespürt zu haben. Vielleicht war er auch einfach nur gelangweilt und neugierig. Wir haben uns dann eine Weile sehr vorsichtig verhalten und jeden Kontakt unter uns vermieden, aber er forschte bei allen möglichen Leuten nach. So wurden sie auf ihn aufmerksam. Wahrscheinlich vermuteten sie, er selbst wolle eine geheime Gruppe gründen. Ich weiß nicht. Eines Tages war er verschwunden. Ich begegnete ihm, dir, nach Wochen wieder, in dem Bett, in dem du, in deinem eigenen Körper, vorher gelegen hattest."

„Du hast mich gesehen, bevor sie mich ..."

„Ja, du lagst drei Wochen lang in diesem Zimmer."

„Das kann doch nicht sein", unterbrach Silas sie, „ich weiß nichts davon."

„Sie haben dich irgendwie betäubt, ich weiß nicht, wie ich das erklären soll."

„Schade, dass Willi nicht da ist", unterbrach Mia die gedrückte Atmosphäre, „er könnte es bestimmt perfekt erklären."

„Ich versuche es lieber selbst", lachte Julia. Mias Bemerkung tat ihnen gut, sie lockerte die Stimmung.

„Du hattest die Augen offen, wenn du nicht schliefst. Aber sprechen oder dich bewusst bewegen konntest du nicht. Ich habe dich gefüttert, essen konntest du, und gekämmt und gewaschen."

„Was, du hast mich gewaschen?"

„Wie ein Baby."

Silas verzog das Gesicht.

„Überall?"

„Es ist heiß hier in den Tropen. Da kommt man schon mal ins Schwitzen, auch wenn man nur im Bett liegt."

Die Mädchen kicherten. Mia wechselte das Thema und rettete so ihren Bruder aus seiner Verlegenheit.

„Damit ist auch klar, warum dir in deiner Zeitrechnung drei Wochen fehlen. Die ersten drei Wochen hast du verpennt, Brüderlein. Wie ein süßes, kleines Baby."

„Macht ihr euch nur über mich lustig", spielte Silas den Beleidigten. „Ich bin mir nicht sicher, dass es mir besser geht, seit ihr beiden aufgetaucht seid."

Was als Spaß gemeint war, hatte einen ernsthaften Kern. Die beiden Mädchen hatten sich auf Anhieb blendend verstanden, vor allem, wenn sie sich spielerisch gegen ihn verbünden konnten. Das fing schon mit dem Schwimmen an. Während Julia im Wasser in ihrem Element war und die sportliche Mia ihr in nichts nachstand, konnte sich Silas trotz seines neuen, athletischen Körpers wenig für ihr Tauchen und Herumtollen im Wasser begeistern, vor allem, wenn sie dann auch noch anfingen ‚Bima-Tunken' zu spielen. Prustend und nach Luft schnappend rettete er sich ein paar Mal ans Ufer, bis er schließlich so böse wurde, dass die beiden ausgelassenen Mädchen ihn in Zukunft verschonten. Sport war wohl vor allem auch eine Kopfsache, dachte er, nicht nur eine Frage der körperlichen Fitness. Fast peinlich für ihn wurde es dann, als die Mädchen unweit ihres vertrauten Platzes einen kleinen Felsüberhang entdeckten, von dem aus man wunderbar hinunter in das Wasser hinabtauchen konnte. „Mein Indio hat keinen Bock auf so was", erwiderte er auf ihre übermütigen Aufforderungen mitzuspringen.

Auch sonst fühlte er sich gelegentlich überflüssig und ausgeschlossen. Mia erkannte natürlich sofort, dass die blassblaue Blume, die sie an einer Kette um ihren Hals trug, dem Schmuckstück Julias aufs Haar glich und war voller Begeisterung, als sie hörte, dass Julia diese wunderbaren Schmuckstücke selbst herstellte. Genauso überschwänglich interessierte sie sich für Julias selbst genähten Gewänder und ließ sich in scheinbar endlosen Gesprächen die Technik des Färbens und Nähens erklären. Zu Hause hätte er sich einfach zurückgezogen, aber hier am Strand des Sees blieb ihm nichts anderes übrig, als unter Qualen zu lernen, worüber sich Mädchen stundenlang unterhalten können. Als er einmal zurück in seinem Zimmer Mia gegenüber eine Andeutung machte, reagierte diese nur mit einem verständnislosen Kopfschütteln.

„Ist dir denn noch nicht in den Sinn gekommen, dass Julia sich für dich so hübsch macht?"

Silas wusste nichts zu antworten.

„Na, noch nie darüber nachgedacht, großer Bruder?"

„Ich weiß nicht, sie hat halt immer so bunte Sachen an, das ist normal hier, oder?"

Wenn er aber ernsthaft darüber nachdachte, ja, es stimmte schon. Ohne sich selbst je darüber klar gewor-

den zu sein, kein Mädchen, das er auf dem Markt oder im Dorf sah, kleidete sich so gut wie Julia. Auch wenn er es nicht bewusst wahrnahm, so hatte er es doch schon immer instinktiv so empfunden. Er stand am Fenster und schaute hinaus in Richtung Dorf.
„Sie ist wunderschön."
Mia blickte ihren Bruder nur an, ohne darauf zu antworten. Der völlig ungewohnte Ton in seiner Stimme und der verträumte Blick erinnerten Mia an ihren Vater. Damals, vor etlichen Jahren, bevor ihre Eltern mit ihren Streitereien begannen, damals hatte ihr Vater ihre Mutter oft so angesehen, mit demselben verträumten Blick, mit dem Silas eben irgendwo in der Ferne Julia ansah.
„Ob unsere Eltern wissen, von wem und wo wir festgehalten werden? Sie müssen doch irgendetwas unternehmen, um uns hier herauszuholen!"
„Du weißt wirklich nicht, was mit Vater passierte, als wir entführt wurden? Irgendein Detail, an das du dich noch nicht erinnert hast?"
„Nein, ich weiß doch nichts", erwiderte Mia gequält.
„Das weißt du doch. Sie haben mich in den weißen Lieferwagen gezerrt, in dem du schon bewusstlos lagst. Vater stand noch draußen, ich glaube, er war völlig überrascht, als ich auch noch auftauchte. Dann raste der Wagen los, Vater stand einfach da und blickte uns entsetzt nach. Das war das letzte, woran ich mich erinnern kann."
Wenn jetzt nur Vater da sein könnte, dachte Silas. Er wusste immer einen Ausweg. Mias und Julias Anwesenheit hatten seine Situation erträglicher gemacht, er war nicht mehr allein seinem absurden Schicksal ausgeliefert. Vor allem, wenn er mit Mia zusammen war, konnte er sich kurz wie früher fühlen und vergessen, was ihm widerfahren war. Aber was änderte das schon?

Vater würde einen Ausweg finden.

„Sie müssen doch irgendetwas unternehmen, um uns hier herauszuholen!", wiederholte Mia. Acht Wochen waren sie nun schon gefangen. Hatten denn die Entführer keinen Kontakt mit ihren Eltern aufgenommen? Lösegeld aufzutreiben und zu übergeben, das konnte doch nicht so lange dauern. Es sei denn, sie hatten ihn nur entführt, um mit ihm dieses Experiment zu machen. Vielleicht war er nur durch Zufall in diese Sache geraten und danach hätte er für sie seinen Zweck erfüllt. Aber diesen Gedanken durfte er Mia gegenüber nicht äußern.

„Vater wird bald einen Ausweg finden." Es klang nicht sehr überzeugend.

„Ich weiß, was du denkst, Silas. Ich habe natürlich auch schon daran gedacht, ganz am Anfang. Aber wir sind nicht aus Zufall hier, zumindest du nicht. Denke doch an die ganzen Fragen, mit denen sie dich löchern. Die wissen perfekt über dich Bescheid. Hinter allem hier steckt ein Plan, wir wissen nur noch nicht, welcher."

Kapitel 16

Einige Tage nach Mias Auftauchen, Silas war gerade dabei, sich für seine morgendliche Arbeit fertig zu machen, öffnete ein Mann ohne anzuklopfen die Tür zu Silas' Zimmer. Silas hatte ihn vorher noch nie gesehen. Er sah europäisch aus, war mittleren Alters, fast glatzköpfig und erinnerte Silas ein wenig an die Computernerds, denen er im Institut seines Vaters in Heidelberg früher begegnet war. Silas trödelte gerade herum, nach einer unruhigen Nacht hatte er Mühe wach zu werden.
„Hurry up. Change of programme today", drängelte der Fremde, „get ready and come along." Sein Englisch hatte einen starken Akzent, Italienisch vielleicht?
Verschlafen folgte ihm Silas. Auf größere Überraschungen hatte er an diesem müden Morgen wirklich keine Lust. Konnten Sie ihn denn nicht wenigstens seinen Kaffee trinken lassen? Sie verließen das Gebäude und überquerten den staubigen Vorplatz. Schlagartig wurde Silas wach. Sie gingen geradewegs auf das stacheldrahtbewehrte alte Krankenhaus zu. Nach erfolgreicher Identifizierung per Gesichtserkennung und Fingerabdruck öffnete sich das Eingangstor, der ‚Italiener' bedeutete Silas, ihm zu folgen.
Es erwartete ihn eine andere Welt.
Das Innere des Gebäudes hatte nichts mehr mit irgendetwas zu tun, das er bisher auf dem Reservat gesehen hatte. Was er hier auf den ersten Blick sah, konnte es in puncto Material, Ausstattung und Technik mit jedem modernen Gebäude der Welt aufnehmen. Sie passierten eine zweite Sicherheitsschleuse und gelangten danach in einen größeren Raum.

„Wait here." Der ‚Italiener' verließ den Raum durch eine Tür am anderen Ende.
Silas schaute sich mit ehrfürchtigem Erstaunen um. Vom ehemaligen Institut seines Vaters und von den wenigen Besuchen der Institute in Paris, London und San Francisco, bei denen er seinen Vater begleiten durfte, war er mit der modernsten Technik ziemlich vertraut. Was er aber in diesem Raum sah, schien alles in den Schatten zu stellen, auch wenn er die Bedeutung dessen, was er hier antraf, nur erahnen konnte. Es schien sich um eine Art Schaltzentrale zu handeln, von der aus man mit Hilfe zahlreicher Monitore das ganze Gebäude überwachen und steuern konnte. Personen waren auf keinem der Monitore zu erkennen, lauter menschenleere Räume. In einem - kein Raum, eher eine Halle - reihte sich endlos Server an Server. Silas war so gebannt von den Dimensionen und der Neuartigkeit der Zentrale, dass er nicht bemerkte, wie sich die Tür am anderen Ende des Raums öffnete. Der Mann, der eintrat, schloss die Tür hinter sich und blieb stehen.
„Silas."
Silas erstarrte. Er erkannte den Tonfall sofort. Wie seltsam, dass gerade die Stimme eines Menschen so charakteristisch ist, viel unverwechselbarer als die Gestalt oder selbst das Gesicht. Geschickt aufgetragene Schminke, eine starke Emotion, eine völlig neue Frisur, und schon konnte man an der Identität einer Person zweifeln. Aber nur seinen Namen zu hören, so ausgesprochen zu hören, genügte. Oder trieben sie ein Spiel mit ihm? Langsam, hoffnungsvoll, voller Angst, enttäuscht zu werden, drehte sich Silas um.
„Papa!"
„Silas!"

Lässt man Sand immer auf dieselbe Stelle herabrieseln, wird sich ein stetig wachsender Kegel bilden, bis ein Sandkörnchen, ein einziges, winziges Sandkörnchen das Ganze zum Abrutschen bringt, so wie ein entscheidender Windhauch oder ein Geräusch eine Lawine auslösen können. Acht Wochen lang hatte Silas Unerhörtes ertragen, hatte sich tapfer gegen die Last seines Schicksals gestemmt, hatte Angst und Verzweiflung, Schmerz und Hoffnung in sich eingeschlossen, um nicht zu zerbrechen. Über acht Wochen hatte er durchgehalten. ‚Wir geben nicht auf. Wir kriegen das hin.' Jetzt endlich war Vater gekommen. Silas sank in sich zusammen und weinte, schluchzte, bebte am ganzen Körper, bis sein Vater bei ihm war und ihn hielt, lange, endlos lange, fest umschlungen. Endlich.

Auch als Silas sich einigermaßen beruhigt hatte, fanden sie zunächst keine Worte, sondern saßen schweigend beieinander.

Schließlich überschüttete Silas seinen Vater mit einem Schwall von Fragen.

„Wie geht es dir? Haben Sie dir etwas getan? Ist alles in Ordnung? Holst du uns hier raus? Schau, was sie mir angetan haben! Sie haben mir meinen Körper genommen! Hast du das schon gewusst? Wieso bist du eigentlich ...?"

„Beruhige dich, beruhige dich Silas. Ja, mir geht es gut. Es ist alles in Ordnung. Ich bin ja jetzt da."

Silas fasste sich ein wenig und fing an, wieder klarer zu denken, was ihn aber sofort wieder beunruhigte. Die überwältigende Freude, seinen Vater wiederzusehen, hatte die Ungereimtheiten ihres Wiedersehens überdeckt. Wieso tauchte sein Vater hier so plötzlich auf, hier, ausgerechnet in diesem Gebäude? Wieso konnte er sich anscheinend völlig frei bewegen?

„Silas, du musst versuchen, dich jetzt zu beruhigen und mir gut zuzuhören. Das ist ganz wichtig, hörst du? Ja? Ich muss dir einiges erklären, ich muss dir sehr viel erklären. Schau hier."
Stefan Kramer deutete auf die Monitore, die den Raum mit den langen Reihen von Servern zeigten. Er ging an die Schaltkonsole und zoomte die Kamera näher heran.
„Was du hier siehst, ist einmalig. Das sind keine normalen Server, das hast du bestimmte schon erkannt. Es sind ja auch nicht wirklich extrem viele. Aber diese Computer haben es in sich, die gibt es nur einmal auf der Welt, nur hier in diesem Gebäude. Noch bei deiner Abiturfeier hast du von ihrer Erfindung geschwärmt, hier hast du sie, zum Greifen nah, für dich ist das keine Zukunftsmusik mehr, die neuromorphen Computer."
Silas war so überrascht, dass es ihm die Sprache verschlug. Gebannt folgte er den Erklärungen seines Vaters, die mit zunehmender Geschwindigkeit aus ihm heraussprudelten.
„Mit der Rechenleistung dieser Computer können wir zum ersten Mal die gesamten Verknüpfungen eines Gehirns erfassen. Schau hier!" Stefan Kramer öffnete eine Datei. Zwei Unterdateien erschienen, *Silas* und *Bima*. „Das bist du. Alles. Dein ganzer Verstand. Nichts ist verloren gegangen. Es funktioniert perfekt. Zum ersten Mal in der Geschichte der Menschheit."
„Papa", Silas fand seine Sprache wieder, „was heißt das? Hast du …?"
Stefan legte seine Hand auf den Mund seines Sohnes. Silas erschrak, wie grob sein Vater ihn anpackte, wie aufgewühlt und leidenschaftlich er auf ihn einredete.
„Hör zu. Um Himmels willen, hör zu! Dein Verstand, nein, du bist hier im Computer - und in Bimas Körper. Dein Verstand ist auf Bima überspielt. Es hat funktio-

niert! Wir sind am Ziel! Wir haben es endlich geschafft! Ist das nicht Wahnsinn?"
Silas riss sich los und sprang auf.
„Wahnsinn, ja Wahnsinn. Papa, du machst mir Angst. Was hast du gemacht?"
Stefan ging zu seinem Sohn, packte ihn an den Schultern und schüttelte ihn. Woher nahm er diese Kraft? Silas erkannte seinen sonst so ruhigen und nüchternen Vater nicht mehr. Stefan Kramer wirkte wie besessen. Wie entfesselt redete er auf seinen Sohn ein.
„Silas, verstehe doch. Das ist nur der Anfang. Jetzt können wir alles erreichen! Wir können Alzheimer heilen und Demenz. Weißt du noch, wie wir bei deiner OP Angst hatten, ein Teil deines Gehirns könnte beschädigt werden? Kein Problem mehr, wir speichern es vorher und spielen es wieder zurück."
Stefan redete schneller und schneller, eindringlicher und eindringlicher.
„Wir bekommen das in den Griff. Und du bist dabei! Du kannst dabei mitwirken, du, mit deinen sechzehn Jahren. Zusammen mit mir!"
Silas schlug mit aller Kraft die Hände seines Vaters weg und hämmerte mit seinen Fäusten auf ihn ein.
„Hör auf, hör auf, hör endlich auf! Du bist ja wahnsinnig. Schau mich an!" Seine Stimme überschlug sich.
„Schau mich an! Bin ich das, Silas, dein Sohn?"
Silas stand da, seine Arme ausgebreitet, seine fremden Arme, Bimas Arme, und starrte seinem Vater ins Gesicht, verwirrt, ungläubig, entsetzt. Beide schwiegen, nur das leise Geräusch der Klimaanlage störte die Stille. Kurz war es Silas, als würde er eine tiefe Trauer in den Augen seines Vaters erkennen, aber dessen Reaktion zeigte ihm, dass er sich wohl getäuscht hatte.

„Ich weiß, aber auch das kriegen wir hin. Wir sind nicht die ersten Wissenschaftler, die das entscheidende Experiment an ihrem eigenen Körper durchgeführt haben. Haben wir nicht oft über die Opfer gesprochen, die die Wissenschaft nun einmal erfordert? Vertrau mir Silas, vertrau deinem Vater, wir bekommen das wieder hin."
„Wir, wir, wir! Du redest immer von wir. Arbeitest du mit denen zusammen? Papa, hast du mir das angetan? Hast du, hast *du* aus mir dieses Monster gemacht?"
Als Stefan Kramer nicht antwortete, sackte Silas zusammen. Ein Schluchzen erschütterte seinen ganzen Körper. Das bisschen vage Hoffnung auf irgendeine Rettung aus diesem Albtraum, dieses kleine Pflänzchen, das er in den letzten Wochen zu bewahren versucht hatte, wurde brutal ausgerissen und auf den Müll geworfen. Sein eigener Vater!
Stefan trat wieder zu seinem Sohn und nahm ihn in die Arme.
„Silas, ich flehe dich an. Du musst mir zuhören. Ich habe dir noch nicht alles gesagt."
Silas hatte keine Kraft mehr sich zu wehren. Zusammengesunken und stumm saß er da, schutzlos den Worten seines Vaters ausgeliefert, die in ihrer Ungeheuerlichkeit auf ihn einpeitschten. Die Striemen, die sie verursachten, würden ein Leben lang nicht vernarben.
„Damals, bei deiner OP vor fünf Jahren, mussten wir befürchten, dass es Folgeschäden geben würde. Der Tumor war eigentlich inoperabel, er war so groß, schon zu sehr mit dem umliegenden Gewebe verwachsen. Vielleicht würdest du nicht mehr gehen können, dachten wir, oder nicht mehr sprechen. Professor Reinmuth machte uns nicht viel Hoffnung. Zwanzig Prozent, dass es gut gehen würde, höchstens. Ich hatte damals schon längere Zeit mit Chips experimentiert, die ich Affen in

das Gehirn implantierte. Eine alte Methode, du kennst das, das wird schon seit einhundert Jahren versucht, aber ich habe sie endlich beherrscht, wirklich beherrscht. Es hat wunderbar funktioniert. Als dein Tumor entfernt wurde, Silas, haben wir dir einen Chip implantiert."

Silas starrte seinen Vater ungläubig an, außerstande etwas zu sagen.

„Es war deine Lebensversicherung, Silas. Nur für den Fall, dass die OP schiefgehen sollte. Weißt du noch, wie du an den ersten Tagen deine Beine nicht bewegen konntest? Klar weißt du das, wir haben das über den Chip hinbekommen, es war nur eine kleine Starthilfe nötig, dann hat dein Gehirn wieder allein gearbeitet, Professor Reinmuth und seine Leute haben an dir ein Wunder vollbracht."

„Warum erzählst du mir das?"

„Nun, der Chip war nun einmal implantiert. Er war für weit mehr ausgelegt, als nur eine Verbindung zu deinen Beinen herzustellen. Du weißt, wie deine Schulleistungen danach geradezu explodiert sind."

Silas drehte sich langsam zu seinem Vater um. Er hatte das Gefühl, als strömte sein Blut, sein Leben aus ihm heraus.

„Sag, dass das nicht wahr ist."

Stefan trat wieder an Silas heran, sein Gesicht ganz dicht vor dem seines Sohnes. Silas nahm mit Schrecken seine dunklen Augenringe wahr, die roten Flecken, die sein Gesicht übersäten, die Schweißperlen auf der unrasierten Oberlippe.

„Silas, das war eine Chance, die wir einfach ergreifen mussten. Es hat ein paar Wochen gedauert, du erinnerst dich noch an diese Kopfschmerzen, aber dann warst du perfekt eingestellt."

„Soll das heißen, ich habe das alles nicht selbst gelernt?"
„Ja meinst du, du wärst plötzlich ein Genie geworden? Einfach so?"
„Mein Wissen sitzt also in deinem Scheißchip?"
„Nein, Silas, so ist das nicht. Lernen und verstehen musst immer noch du, das nimmt dir die Technik nicht ab, aber du kannst es zwanzigmal schneller und intensiver. Mit diesem kleinen Chip und meiner Hilfe hast du eine Lern- und Denkfähigkeit, wie kein anderer. Schau, was du erreicht hast!"
Unvermittelt schlug Silas seinem Vater ins Gesicht, so dass er zurückweichen musste.
„Schau, was *du* erreicht hast!", brüllte er. „Toll, Papa! Super gemacht! Du bist ja wahnsinnig, du bist ja völlig von Sinnen!"
Stefan hatte Mühe, den Schlägen seines Sohns auszuweichen, nur mühsam drängte er ihn zurück.
„Beruhige dich, Silas. Ich weiß, das ist jetzt alles zu viel, aber beruhige dich. Du musst mir jetzt vertrauen, hörst du." Und dann wiederholte er diesen Satz, Silbe für Silbe betonend. „Du musst - mir - vertrauen."
„Vertrauen, dir? Dein Sohn ist ein Affe mit einem Chip im Hirn, eine Datei auf einem Computer und ein Hirn in einem Indio. Gefangen in einem Scheißreservat!"
„Deswegen bin ich ja da, Silas. Es gibt einen Weg zurück, aber nur, wenn du mir vertraust. Sonst geht es nicht. Hör zu."
Silas setzte sich wieder. Nicht, weil er sich von seinem irrsinnig gewordenen Vater noch etwas erhoffte, sondern weil er keine Kraft mehr aufbringen konnte, sich zu wehren. Hörte er also zu, welche andere Möglichkeit blieb ihm denn auch sonst?
„Wir ... sie ... die Leute hier ...", Stefan deutete auf die Schaltzentrale, die Bildschirme, „wir haben überprüft,

dass dein Verstand wirklich vollständig übertragen werden konnte. Du hast das ja bestimmt schon lange vor uns gewusst. Die Sache ist ... also ... abgeschlossen. Es funktioniert. Ein Mensch kann vollständig in einen anderen Körper verpflanzt werden, aber damit ist die Beeinflussung auch beendet. Verstehst du, es gibt keinen weiteren Zugriff mehr. Aber über den Chip in deinem Hirn, ich meine, in deinem eigenen Körper, da gibt es die Möglichkeit, dauerhaft Einfluss zu nehmen. Verstehst du das? So wie du jetzt bist, in Bimas Körper, kann zum Beispiel kein Arzt der Welt heilend über dein Hirn eingreifen, über den Chip ginge das. Silas, du bekommst deinen alten Körper zurück, ich ... wir verwandeln dich wieder, falls du bereit bist, danach ein paar Experimente durchzuführen, mit mir, zusammen mit mir."

Hörte das denn nie auf? Konnte sich die Spirale dieses Albtraums denn immer weitedrehen, tiefer und tiefer?

„Silas, vertrau mir! Wie viele Wissenschaftler haben Experimente am eigenen Leib durchgeführt, das lässt sich manchmal nicht vermeiden. Aber der Lohn, Silas, der Lohn! Wir werden Dinge entdecken, die sich noch kein Mensch erträumt hat. Wir beide, wir beide zusammen!"

Silas erkannte seinen Vater nicht mehr, seinen nüchternen, sachlichen, stets besonnenen Vater. Vor ihm ging ein Irrer auf und ab, erregt mit seinen Händen herumfuchtelnd, mit sich überschlagender Stimme.

Unvermittelt platzte eine Stimme aus einem Lautsprecher dazwischen.

„Professor Kramer."

Stefan Kramer trat zwei Schritte zurück.

„Silas, ich beschwöre dich, vertrau mir! Vertrau mir."

Silas beobachtete wortlos, wie sein Vater sich umdrehte und durch die Tür, durch die er gekommen war, den Raum verließ. Dann saß er lange regungslos da, unfähig, etwas zu denken oder zu tun, bis der Italiener wieder erschien, um ihn abzuholen. Silas folgte ihm zurück zu seinem Zimmer. Dort fiel er wie ein Stein auf sein Bett.

Kapitel 17

„Silas, ich beschwöre dich, vertrau mir! Vertrau mir. Stellt euch das mal vor, das hat er noch zu mir gesagt. Vertrauen! Ihm!"
Silas hatte das Ende seines Berichts erreicht. Nach der Begegnung mit seinem Vater war er zuerst lang in seinem Zimmer gesessen, unfähig, einen klaren Gedanken zu fassen. Dann endlich raffte er sich auf und informierte Mia und Julia, um sich mit ihnen an ihrem geheimen Treffpunkt im Wald zu beraten. Auch Willi erschien in der Höhle, irgendwie hatte er Silas und Mia wohl beobachtet und war ihnen gefolgt. Mia war die erste, die nach langem Schweigen das Wort ergriff. Sie sprach langsam, zögerlich, auf der Suche nach einer Erklärung für das Ungeheuerliche.
„Ich weiß nicht. Irgendetwas stimmt da nicht. Papa würde so etwas nie machen."
„Würde?", empörte sich Silas. „Schau mich an. Er *hat* es gemacht. Sein Sohn ist sein bestes Versuchskaninchen. Und das schon seit fünf Jahren! Allein die Computer. Das ist sein Gebiet. Er hat das alles hier aufgebaut. Dauernd war er in den letzten Monaten auf Reisen, irgendwohin. Jetzt wissen wir wohin. Weißt du noch, diese dubiosen Geschäftspartner im Urlaub? Die wollte er noch treffen, anstatt mit mir nach London zu fliegen."
Mia stand auf und schaute durch die Felsspalte in den Himmel. Hier unten in der Höhle war es kühl und dunkel. Trotz des schräg hereinfallenden Tageslichts war es schwierig, sich in der Höhle zu orientieren. Da oben war alles hell und klar. Es musste eine Erklärung geben, eine andere, eine, die zu ihrem Vater passen würde.

Julia griff vorsichtig und behutsam in das Gespräch ein.
„Mein Vater hat mich immer beschützt, solange er konnte. Dein Vater war doch auch immer für dich da, wie könnte er dir das antun? Es muss eine andere Erklärung geben. Kein normaler Vater der Welt würde das tun."
„Er ist nicht normal, er ist wahnsinnig geworden, durchgeknallt. Wir haben doch schon in den letzten Monaten gespürt, wie er sich verändert hat. Nie war er zuhause, und wenn doch, gab es Streit. Mama hat immer versucht, das zu vertuschen, aber es war doch nicht zu übersehen, Julia. Wir sind ihm egal geworden, Hauptsache seine Forschung hat Erfolg."
Silas konnte sich nicht beruhigen. Mia begann wieder, als würde sie laut denken.
„Den Chip hat dieser Professor implantiert. O.K., es war Papas Idee, aber es war auch medizinisch sinnvoll. Sie wollten dir helfen, falls die Operation schiefginge. Jetzt bietet Papa dir an, dich zurück zu verwandeln. Ich weiß, die Experimente, die er dann mit dir machen will, aber trotzdem: Du hast die Chance, wieder in deinen Körper zurückzukehren. Und noch etwas. Das wichtigste. *Professor Kramer.* Kam das wirklich durch einen Lautsprecher? Er hat dann sofort euer Gespräch abgebrochen, das stimmt doch, oder? Hieße das dann aber nicht, dass da jemand ist, dessen Anweisungen Papa befolgen muss?"
Silas war so aufgewühlt, dass er Mias tastenden Gedanken nicht folgen konnte. Unruhig ging er auf und ab, strich sich mit seinen Händen durchs Haar, kratzte sich im Gesicht, er wusste nicht, wohin mit sich. Seine linke Hand wanderte in seine Hosentasche und fand dort allerlei Krimskrams, eine Nuss, einen winzigen Bleistift-

stummel, ein gefaltetes Blatt Papier, alles warf er achtlos zu Boden.

Während Julia dem Gespräch der Geschwister aufmerksam gefolgt war, hatte Willi angefangen sich zu langweilen. Silas hatte in seiner Erregung bald ins Deutsche gewechselt, so dass Willi nicht genau verstand, warum Silas so aufgebracht war. So nahm er als einziger das gefaltete Blatt Papier wahr, das Silas unbedacht zu Boden hatte fallen lassen. Er faltete es auseinander und studierte es interessiert.

„Hey, man, das interessant. Das ich kenne aus Schule, Landkarte, unser Land, hier Dorf, hier See."

„Du kannst so viel argumentieren, wie du willst. Laborratte eins und zwei habe ich gespielt, jetzt soll ich Nummer drei abliefern. Nur ein paar Experimente! Forscher machen so was! Schwachsinn! Weißt du, was die mit mir vorhaben? Wie die mir in mein Hirn hineinfunken können? Vokabeln und chemische Formeln werden es diesmal wohl nicht sein."

„Wieso du haben Landkarte?", fragte Willi dazwischen.

„Ach, lass mich. Das gehört mir nicht", erwiderte Silas unwirsch.

„Doch, du haben fallen lassen. War in dein Hosentasche. Schau, ich kann erklären. Ist alte Landkarte von unser Volk, ich kenne aus Schule, als ich Junge war. Verbrecher haben Schule geschlossen und Bücher gestohlen, das ist Karte von uns. Hier Dorf, See, Berge. Du sehen, Zeichnung von unseren weisen Männer, hier nur Bilder wie von Kind, kein Maßstab. Ihr kennt Maßstab? Ich erkläre! Ist kleine Strich mit Zahl, sagt, wie weit ist ... "

Mia fiel ihm ins Wort.

„Willi, wir wissen, was ein Maßstab ist. Bitte, wir haben jetzt Wichtigeres zu besprechen. - Julia, was denkst du?"

Julia zögerte.

„Was euren Vater betrifft, ich kenne ihn nicht und wir wissen nicht, welche Rolle er hier spielt. Aber offensichtlich kennt er sich hier aus. Er muss also schon öfter im Reservat gewesen sein, oder? Ich weiß nicht, ich sehe nur, dass das für dich, Silas, die Chance ist, vielleicht die einzige, dass du wieder du selbst wirst."

„Was ist das für dummes Wort?", platzte Willi dazwischen. „Ikarus. Jemand hat gekritzelt auf unsere Landkart. Schau, kostbare alte Landkart von unseres Volk, und jemand, dummer Schüler, schmiert seine Name darauf. Und drei Kreise. Kein Respekt vor kostbares Dokument. Ikarus, was für ein blöder Name."

Julia wurde sofort hellhörig, sie schaltete als erste.

„Ikarus? Hast du Ikarus gesagt?"

Willhelm der Dritte zeigte den anderen die Landkarte. Wie er schon gesagt hatte, glich sie eher einer Kinderzeichnung als einer exakten geographischen Karte, eine Karte wie aus dem Mittelalter oder aus einem Jugendbuch über eine Sagenwelt, aber der See, das Dorf ... die Berge jenseits des Sees waren weitgehend korrekt dargestellt. Eine gestrichelte Linie führte von einem Punkt am anderen Seeufer durch den Dschungel an den Rand des Gebirges und von dort in das Gebirge hinein. Was aber Willi so aufgeregt hatte, war die nachträgliche, handschriftliche Eintragung im rechten unteren Eck. *Ikarus*, dahinter drei Kreise.

„Unsere Lehrer streng verbieten. Nicht schreiben in Bücher, nicht schreiben in diese Karten, heilige Karten. Das unser Land. Wer so etwas machen?"

„Woher hast du diese Karte, Silas?", fragte Julia. Ihr kam ein unglaublicher Gedanke.

„Sie gehört mir nicht. Was wollt ihr nur mit dieser Karte? Lasst mich doch endlich mit eurer bescheuerten

Karte in Ruhe. Haben wir nichts Besseres zu tun? Die lag halt hier herum."

„Nein", widersprach Willi, „du haben Karte geholt aus Hosentasche."

„Das stimmt", pflichtete Julia bei. „Das habe ich auch gesehen. Du hast etwas auf den Boden geworfen, ein Stück Papier. Das muss diese Karte gewesen sein. Wenn du diese Karte noch nie gesehen hast, wie kommt sie dann in deine Hosentasche?"

„Heute Morgen beim Anziehen war sie noch nicht da, das hätte ich bemerkt."

Julia sprang elektrisiert auf, ihre Vermutung schien sich zu bestätigen.

„Silas, dann kann das nur dein Vater gewesen sein. Wer sonst kennt den Namen Ikarus? Kann er dir die Karte zugesteckt haben?"

Silas überlegte.

„Schon möglich. Wir haben uns umarmt. Ich bin auf ihn losgegangen. Wir haben gekämpft. Ja, das ist denkbar. Aber was beabsichtigt er damit?"

Julia hielt vor Spannung den Atem an. Entweder war das eine Falle, ein makabres Spielchen oder es war die Rettung, zumindest eine kleine Chance auf Rettung.

„Denkt mal mit. Angenommen Mia hat recht, angenommen euer Vater ist irgendwie in die Sache verwickelt, aber er selbst hat sie nicht in der Hand. Er bietet dir an, dich zurückzuverwandeln. Er steckt dir eine Landkarte zu, auf der ein Weg eingezeichnet ist. Er kritzelt ganz klein Ikarus in eine Ecke, das verstehst nur du, nur du weißt, was das heißt."

„Und was sollen die drei Kreise?", unterbrach sie Mia.

„Das sind keine Kreise. Unser Volk feiert das Mondfest, unser heiligstes Fest, drei volle Nächte lang. Drei lange Nächte wird hier nur gefeiert, am Tag wird geschlafen,

selbst ‚sie' stellen die Arbeit ein, alle, die für sie arbeiten, bekommen drei Tage frei. Hier geht dann alles drunter und drüber. Keiner hat mehr einen Überblick."
Silas verstand. Wenn Julia recht hatte!
„Wann ist dieses Fest?"
Julia schaute Silas lang direkt in die Augen.
„In zwei Wochen."
Silas schluckte. Er schaute zu Mia, dann zu Julia. Wie oft sollte sich dieses Karussell noch drehen, durch wie viele Höhen und Tiefen sollte er noch getrieben werden?
Silas, ich beschwöre dich, vertrau mir! Vertrau mir.
„He, was ist? Sprache geschluckt?", ereiferte sich Wilhelm der Dritte. „Was ist Problem. Niemand Wilhelm etwas erklären."
„Du kennst diese Karte, Willi?", wollte Julia wissen.
„Ah, Willi, Willi, warum du immer sagen Willi. Ich sagen auch nicht Juli zu dir." Willi lachte dröhnend. „Juli, du kapieren Witz? Nein? Ja, ich kenne Karte, nicht dieses Papier, aber in Schule wir haben viele Karten. Hier unser Dorf, hier See, ..."
„Das weiß ich, aber was bedeutet diese Linie, weißt du etwas über die Berge?"
Wilhelm der Dritte strahlte. Er stellte sich wie ein großer Redner in Pose, bedeutete den drei auf dem Boden vor ihm Platz zu nehmen und wartete etliche Sekunden, bis er das Gefühl hatte, ihre volle Aufmerksamkeit zu besitzen.
„O. K., Wilhelm der Dritte erklären."
In seiner Jugend hatte ihn sein Vater oft auf die andere Seite des Sees mitgenommen. Sie war zwar unbewohnt, dafür aber umso geeigneter zum Jagen und Sammeln von Früchten. Von einem Landungssteg aus, den man schon in der Mitte des Sees mit bloßem Auge erkennen

konnte, hatte er mit seinen großen Brüdern auf Trampelpfaden den Urwald durchstreift, oft bis an den Fuß der Berge, die man nach weniger als einem Tag erreichte. An einem kleinen See, der von einem Gebirgsbach gespeist wurde, hatte ihn sein Vater die Jagd mit Pfeil und Bogen gelehrt, wenn sich dort in der Abenddämmerung die Tiere des Urwalds zum Trinken einfanden. Dort begann auch der auf der Karte gestrichelt eingezeichnete Pfad, der in die Berge führte. Zunächst zur Landesgrenze, zu einem Gebirgspass, über den früher die Händler aus dem Nachbarland gekommen waren, um Waren zu tauschen. Die Mutigen kletterten weiter zum Krater des Llao-Yaita, den die Weisen Mount Nelson nennen.

„Der See dort wie eine blaue Perle in einem Ring. Gibt nichts Schöneres", schwärmte Willi, „außer Frauen, natürlich."

Er lachte dröhnend über sein charmantes Kompliment.

„Wie lang braucht man vom See zum Pass?"

„Zwei Tage. Ein Tag Urwald, ein Tag Berge. Nicht weit. Dann in andere Land. Deswegen sie haben See gesperrt."

Vor sechs Jahren, als die Fremden das Reservat übernahmen, verboten sie den Einheimischen auf dem See zu fahren. Zunächst dachte niemand daran, ihren Anweisungen zu folgen, aber dann kehrte ein Boot nicht mehr vom anderen Ufer zurück. Dann noch eines, und noch eines. Die Häuptlinge erklärten, die Wasser des Sees seien verhext.

„So, jetzt ich gut erklären Karte, aber ihr, ihr nicht erklären euer Problem. Was für schlechte Freunde ihr sein."

„Tut mir leid, Wilhelm", griff Julia besänftigend ein. „Die Sache ist die … "

Wilhelm der Dritte verstand Julias Erklärung schnell, seine gespielte schlechte Laune löste sich im Handumdrehen auf.

„Ihr brauchen eine Führer. Ihr sonst gehen verloren im Wald. Wilhelm gehen nach Deutschland. Der Kaiser kommen zurück zu seinem Volk. Wann losgehen, noch heute, morgen? Oh, Wilhelm, dummer Kopf, du erst müssen Bima loswerden. Silas, was du sagen?"

Silas schwirrte der Kopf. Er brauchte Zeit, Zeit um all das zu verdauen, was an diesem einen Tag auf ihn eingestürmt war, Zeit zu überlegen, welche Möglichkeiten ihm blieben, wo Fallstricke versteckt waren. Sie verabredeten, sich am nächsten Tag wieder zu treffen. Mia und Willi sollten als erste gemeinsam zurückgehen, dann er und schließlich Julia, getrennt. Sie durften jetzt keine Aufmerksamkeit erregen, jetzt bloß keinen Fehler machen.

Nachdem Mia und Willi gegangen waren, saßen Silas und Julia noch eine Weile beisammen. Die Begegnung mit seinem Vater und das Auftauchen der mysteriösen Landkarte hatten ihn so aufgewühlt, dass er nicht aufhören konnte, immer wieder darüber zu reden und zu spekulieren. Julia hörte zu, sie sprach nicht viel. Je aufgedrehter Silas wurde, desto stiller wurde sie.

„Dann wirst du vielleicht doch bald ein bedeutender Student an deinem berühmten Institut in London sein."

„Ja, ich kann es gar nicht glauben. Meinst du, es kann funktionieren? Ich traue mich gar nicht, darauf zu hoffen."

„Warum nicht? Das ist doch ein Kinderspiel für einen vielversprechenden jungen Forscher."

Julias Ironie drang endlich bis zu Silas durch.

„Was hast du? Habe ich etwas Falsches gesagt?"

„Nein, überhaupt nicht."

Julia stand auf und ging zum Ausgang der Höhle.
„Überdenke alles eine Nacht. Und gute Reise."
‚Was bin ich für ein Idiot!' - ‚Was bin ich für ein Idiot!' durchfuhr es Silas. Er sprang auf und war mit ein paar Sätzen bei ihr. Von hinten fasste er sie mit beiden Händen an ihren Schultern.
„Entschuldige, Julia, ich weiß, aber verstehe bitte, es war alles so viel heute. Zu viel. Das ... "
Julia dreht sich zu ihm, ihr Gesicht nah an dem Seinen.
„Ich will, dass du mitgehst."
„So, willst du das?"
„Ja, natürlich, du kommst mit. Ist doch klar."
Julia schaute auf den Boden.
„Ach so, das ist klar."
Silas beugte sich zu ihr herunter. Für einen kurzen Moment dachte er daran, wie er vor dem Spiegel das Küssen auf seiner Hand geübt hatte. Unsicher und unbeholfen. Aber dann berührten sich ihre Lippen. Wie weich sie waren. Wie einfach es doch war, dieses Küssen.
„Du solltest jetzt gehen. Ich bleibe noch, wie verabredet."
Julia schob Silas von sich. Der zögerte, blickte Julia unsicher und fragend an. Als er keine Antwort in ihrem Blick sah, verschwand er im Tunnel.

Kapitel 18

„Was soll ich bloß tun, Mia? Was würdest du an meiner Stelle tun?"
Silas und Mia saßen unweit ihrer Unterkunft am Rand des Urwalds. Aus Angst vor Abhöranlagen trauten sie sich nur im Freien offen miteinander zu sprechen. Trotzdem sprachen sie leise, das Konzert der Tierstimmen kurz vor Sonnenuntergang übertönte fast ihr Gespräch.
Vater würde ihn zurückverwandeln, er würde wieder er sein, er könnte das Gefängnis von Bimas Körper verlassen und danach das des Reservats. Was er sich wochenlang gewünscht und erträumt hatte, ohne einen Funken konkreter Hoffnung, ohne jede realistische Aussicht, war zum Greifen nah. Falls er sich auf Vaters Versprechen verlassen konnte, falls der Transfer wieder erfolgreich verlaufen sollte, falls sein eigener Körper nach den vielen Wochen noch funktionieren sollte, wie vorher. Falls, falls, falls … Vielleicht würde er mit halbem Verstand erwachen. Vielleicht wäre er auch wieder ganz er selbst, gefangen in seinem alten Körper, mit dem er sich nicht mehr richtig würde bewegen können, geschweige denn fliehen. Vielleicht würde er sterben. Vielleicht, vielleicht, vielleicht, …
Sie könnten auch so die Flucht versuchen. Hatte er sich nicht fast schon an ein Leben in Bimas Körper gewöhnt? Die Risiken eines Rücktransfers ließen sich so vermeiden. Aber würde er wirklich ein Leben lang mit einem fremden Körper leben wollen? Er würde seinen richtigen Körper zurücklassen müssen, er würde sich zurücklassen.

„Mia, ich frage mich, was sie dann mit meinem Körper anfangen würden. Im Dschungel entsorgen? Oder wieder zum Leben erwecken? Beherbergt er eigentlich noch meinen Verstand, so wie er war, als sie uns gekidnappt haben? Es macht mich wahnsinnig, darüber nachzudenken. Ich würde als Silas-Bima in London leben und gleichzeitig als Silas hier, ein Silas, der keine Ahnung von dem hat, was in den letzten Wochen geschehen ist."
„Vergiss nicht den Silas, der als Datei im Computer gespeichert ist. Den können sie noch auf beliebig viele andere Personen überspielen."
Silas starrte seine Schwester entgeistert an.
„Nein Silas, ich mache mich nicht über dich lustig, aber verstehe doch. Das führt zu nichts. Vergiss diese Gedanken, sie machen dich krank und entscheidungsunfähig, und mich auch. Vertrau auf Vater. Was immer er auch getan hat, vielleicht verbrochen hat, wahrscheinlich verbrochen hat, vertraue ihm und folge seinem Rat."
Sie legte ihren Arm um ihren großen, riesigen Bruder.
„Es hat schon einmal funktioniert. Es wird wieder gut gehen."
Silas nickte. Er war erleichtert, dass Mia dachte wie er. Und doch.
„Ikarus ist abgestürzt."
„Weil er allein flog. Er hatte keine Mia. Und keine Julia, um auf ihn aufzupassen."
„Julia war komisch, als wir allein waren. Ich verstehe sie nicht."
Silas berichtete seiner Schwester, was sich zwischen ihm und Julia ereignet hatte, nachdem sie mit Willi den geheimen Treffpunkt verlassen hatte.
„Ich liebe sie und ich dachte, sie liebt mich auch. Aber dann ist sie nur schnippisch und beleidigt. Ich sage ihr,

dass sie mitkommen soll, dann küsst sie mich, dann schiebt sie mich weg, was will sie eigentlich?"

„Mein dummer, schlauer Bruder", lachte Mia. „Du liebst sie und sie liebt dich. Und wenn sie nicht gestorben sind .... Wie lange kennt ihr euch denn? Was weißt du eigentlich wirklich über sie? Hast du dich jemals gefragt, wie es für das kleine Mädchen war, nach der Ermordung ihrer Eltern bei Fremden aufzuwachsen, bei Fremden, die wohl mit den Mördern zusammenarbeiteten? Hast du mal darüber nachgedacht, wie ein Mädchen einen Jungen lieben soll, der im Körper eines anderen steckt, den sie gekannt hat, wenn auch nur flüchtig. Wie sie einen Jungen lieben soll, der demnächst äußerlich ein völlig anderer sein wird? Hast du jemals etwas anderes gemacht, als ihr von dir zu erzählen, von deinem Schicksal, von deinen Nöten? Und vor allem: Hast du sie eigentlich gefragt, was *sie* will? Oder hast du ihr nur mitgeteilt, dass sie den berühmten jungen Forscher in die Welt hinausbegleiten darf? Und der Kuss, ach, ein Kuss, das weiß man nie so genau, wer hat wen geküsst und warum oder überhaupt?"

Silas duckte sich unter dem Trommelfeuer von Mias Fragen. Zugegeben, er war ein Idiot. Aber war sein Verhalten nicht auch verständlich?

„Papa hätte mir halt auch ein paar Lektionen über Mädchen auf meinen Chip spielen sollen."

Mia lachte laut. Guter Silas, uns kann nichts unterkriegen!

„Ein paar Dinge muss man eben selbst lernen, lass dir das von deiner erfahrenen kleinen Schwester gesagt sein."

„Dann habe ich mir das alles nur eingebildet?" Silas wurde wieder kleinlaut.

Seine Schwester schüttelte grinsend den Kopf. Julia hatte sich wochenlang Tag für Tag um Silas gekümmert. Es bedeutete ihr offenbar etwas, dass sie ihn drei Wochen lang versorgt hatte, als er ohne Bewusstsein, noch in seinem alten Körper, in seinem Zimmer gelegen hatte, bis sie wussten, was sie mit ihm anfangen sollten. Es hatte sie offensichtlich gekränkt, dass er zuerst von Flucht sprach, ohne sie miteinzubeziehen.
„Bist du sicher?"
„Dummer Bruder. Sonst lernst du schneller. Ein mathematischer Beweis war das nicht gerade, nur weibliche Intuition. Rede mit ihr, aber mit Fingerspitzengefühl, nicht mit dem Vorschlaghammer."
Damit war das Thema zwischen ihnen beendet. Es gab etwas Wichtigeres, das entschieden werden musste. Ja, er würde es riskieren, er würde zu dem Franzosen gehen und seine Mitarbeit anbieten, er würde wieder er werden.

Bei einem letzten Treffen in der Höhle teilte Silas den anderen seinen Entschluss mit. Während Willi sich wie ein Kind auf das Abenteuer freute, nickte Pakos nur ernst. Er war sich der großen Risiken bewusst, aber die Flucht war nicht nur eine Chance für Silas, sondern auch für sein Volk. Wenn sie gelänge, könnte das die Befreiung bedeuten. Die Weltgemeinschaft könnte nicht länger unter dem Vorwand, nicht in ein autonomes Reservat eingreifen zu dürfen, das Treiben dieser Verbrecher ignorieren.
„Ihr tragt eine große Verantwortung für uns, Mia und Silas", sprach Pakos mit großem Ernst. „Wir sind für die Öffentlichkeit nur verrückte, unzurechnungsfähige Wilde, aber den Kindern eines weltbekannten Forschers wird man glauben müssen."

Alle umarmten Silas, bevor sie sich trennten, er ging jetzt allein zuerst den schwersten Weg.
Wieder war er am Ende mit Julia allein. Von all den Worten, die er sich zurechtgelegt hatte, fiel ihm keines mehr ein. Fingerspitzengefühl! Mia hatte leicht reden.
„Julia. Julia Nomawethu. Ich weiß, ich bin ein unverbesserlicher Idiot, aber selbst ich kann dazu lernen. deswegen möchte ich dich etwas fragen."
Julia lächelte, halb amüsiert, halb gerührt.
„Wird das jetzt ein Heiratsantrag?"
„Nomawethu, mach's mir doch nicht so schwer."
Julia bemühte sich, ganz ernst zu bleiben.
„Also gut. Dann frage."
„Kommst du bitte mit auf die Flucht, mit mir, bitte?"
Julia ließ ihn eine Weile zappeln, bis sie endlich antwortete.
„Es bleibt mir wohl nichts anderes übrig. Jemand muss ja auf Ikarus aufpassen."
Silas hielt sich beide Hände vor seinen Mund, vor Freude wusste er nicht, wohin mit ihnen. Dann faltete er sie in seinem Nacken und kam sich sofort entsetzlich doof dabei vor.
„Schön."
Oh je, ich sehe bestimmt wie ein Trottel aus!
„Du findest, es ist richtig, dass ich es versuche?"
Julia antwortete leise, zögerlich.
„Es ist deine Entscheidung."
„Aber ich werde nicht mehr derselbe sein. Ich werde wieder - meinen alten Körper haben."
„Natürlich, darum geht es doch, das willst du doch."
„Und du? Was willst du?"
„Ich? Betrifft das mich?"
„Julia, das weißt du doch. Ich werde ein Fremder sein."
Julia lächelte geheimnisvoll.

„Ich will für dich kein Fremder sein. Ich ... ich ... "
„Wieso Fremder? Ich kenne doch den alten Silas. Ich habe dich doch drei Wochen lang gefüttert, gewaschen und gebügelt."
Silas war verwirrt. Machte sie sich jetzt über ihn lustig? Konnte sie sich nicht einmal einfach und verständlich äußern?
„Silas, du bist kein Fremder für mich, ich kenne dich. So oder so." Julia ergriff seine Hände. „Ich kenne deine Traurigkeit und deine Angst, ich kenne deine Hoffnungen und Träume, ich kenne deine Geschichten und deine ... bescheuerten Spitznamen."
Sie fing an zu kichern, Silas lachte mit und hielt sie an den Händen, verwirrt, beglückt und unsicher, was er nun machen solle.
„Wir treffen alle Vorbereitungen. Und du, geh deinen Weg. Geh mutig deinen Weg. Wir gehen ihn zusammen."
Sie küsste ihn kurz, dann verschwand sie durch den Tunnel. Silas ging nach einiger Zeit langsam hinterher. Der Zauber der letzten Minuten war bald verflogen. Seine schwere Gehirnoperation kam ihm in den Sinn. Aber damals hatten ihm die Bestimmtheit und Sicherheit, die sein Vater ausstrahlte, Mut gemacht. Jetzt wusste er überdeutlich, was alles schiefgehen konnte. Alles, was ihm an Hoffnung blieb, waren die letzten Worte seines Vaters.
„Silas, ich beschwöre dich, vertrau mir! Vertrau mir."

Kapitel 19

„Nicht paddeln! Lass das Paddel weg!", zischte Pakos.
Silas beugte sich über den Rand des Kanus herunter zu ihm.
„Ich will doch nur helfen."
„Paddel weg!"
Pakos atmete schwer.
Fast lautlos, jedes unnötige Geräusch vermeidend, hatten sie das Kanu durch den dichten Schilfbewuchs hinaus auf den See geschoben, das Wasser stand hier in der Nähe des Ufers nur knietief. Dann verstauten sie ihre Vorräte und alle, bis auf Pakos, stiegen vorsichtig ein. Er war ein kräftiger, geübter Schwimmer, doch auch ihm fiel es nicht leicht, das Kanu möglichst geräuschlos auf den See hinaus zu schieben.
„Silas, Mia, schaut nicht zum Land! Eure helle Haut reflektiert das Mondlicht."
Wie so oft während des Mondfestes stand der Vollmond an einem wolkenlosen Himmel, so dass ein aufmerksamer Beobachter mit Leichtigkeit das Kanu hätte entdecken können, das sich langsam vom Ufer auf den See hinausbewegte. Aber wer war schon in der ersten Nacht des Mondfestes am dunklen See, wenn Fackeln und Lagerfeuer das nächtliche Dorf mit ihrem warmen, flackernden Licht erhellten und die lockenden Rhythmen mehrerer Bands Männer, Frauen und Kinder zum Tanz riefen? Es war der perfekte Zeitpunkt für die Flucht.
Erst als sich das Kanu deutlich vom Ufer entfernt hatte und das Gewirr von Stimmen und Tönen vom Dorf leiser geworden war, kletterte Pakos vorsichtig in das Boot. Willi und er nahmen die Paddel. Bald nahm die

Nussschale Fahrt auf, ihre Silhouette verschwand allmählich vor dem dunklen Hintergrund des Urwalds am gegenüberliegenden Ufer.

Als Silas am Tag zuvor zu sich kam, brauchte er keine Sekunde, um sich zu orientieren. Zu gut war die bleierne Schwere in sein Gedächtnis eingebrannt, die ihn bewegungsunfähig daliegen ließ. Er versuchte seinen Arm zu heben - bitte, bitte, lass ihn weiß sein - aber ein tonnenschweres Gewicht drückte ihn in sein Bett.
I hope this is my body. - Die Hauptstadt von Lettland ist Riga - Wer hat die Relativitätstheorie entdeckt? Einstein. -Die Stammfunktion von 1/x ist ln $|x|$ - J'espère c'est mon corps, oder J'espére? Ach, diese accents, Französisch war schon immer ein Schwachpunkt gewesen - meine Schwester heißt Mia - Julia ist meine ... Es war alles noch da, sein Verstand schien zu funktionieren. Bitte, bitte, lass meine Hand weiß sein.
Silas konzentrierte sich auf seine rechte Hand, wie damals, als er das erste Mal in diesem Zimmer zu sich gekommen war. Aber da war nichts. Leere, ein Vakuum, nichts außer seinen Gedanken. Papa, du hast es versprochen! Lass mich nicht im Stich! Doch dann spürte er etwas, kaum wahrnehmbar, ein ganz leichtes Kribbeln in seinen Fingerkuppen. Silas verdoppelte seine Anstrengungen, seine ganze Konzentration auf die Finger seiner rechten Hand gerichtet kämpfte er sich zurück in seinen Körper. Seinen eigenen Körper?
Endlich gelang es ihm, den rechten Arm zu heben.
Bitte, bitte, lass ihn weiß sein!
Tränen traten in Silas' Augen, als er sein blasses, schmächtiges Ärmchen im durch die herabgelassenen Jalousien gedämpften Tageslicht sah. Noch nie hatte er

sich über seinen nicht gerade athletischen Körper so gefreut.
„Bye, bye Bima. Und danke, tausend Dank."
Silas benötigte den ganzen Tag, um einigermaßen auf die Beine zu kommen. Die zehn Wochen, die sein Körper in der Eiskammer gelegen hatte, hatten deutliche Spuren hinterlassen. Zwei Pfleger halfen ihm dabei mit Massagen und Übungen. Als er seine Beweglichkeit wieder einigermaßen zurückgewonnen hatte, täuschte er eine Erschöpfung vor und schickte sie weg. Niemand sollte auf die Idee kommen, er sei schon für irgendwelche Experimente bereit. Später kam Mia und übte mit ihm weiter. Den Kontakt zu Julia, Pakos oder Willi vermieden sie, um sich nicht noch in letzter Sekunde zu verraten.
„Sie bereiten alles vor", flüsterte Mia. „Dein Job ist es fit zu werden. Es wird für dich nicht leicht sein. Du wirst durchhalten müssen."
Silas nickte.
„Wird schon gehen. Es muss gehen."

Als sich das Kanu dem anderen Ufer näherte, waren sie über das helle Licht des Vollmonds froh. Im Dunkeln am dicht bewachsenen Ufer eine geeignete Landungsstelle zu finden, wäre fast unmöglich gewesen. Die Mädchen entluden das Boot, das Pakos danach an Land zog und im Urwald versteckte. Sie wollten keine Spuren hinterlassen. Silas war erleichtert, dass er nicht mit anpacken musste. Sein Körper war kaum den Anstrengungen eines normalen Tages gewachsen, geschweige denn den Mühen und der Aufregung der Flucht.
„Wir verbringen die Nacht hier in der Nähe des Ufers", bestimmte Pakos. „Im Dschungel würden wir nachts sofort den Weg verlieren, außerdem ist es zu gefährlich.

Vor allem die Schlangen jagen in der Nacht. Versucht ein wenig zu schlafen, morgen haben wir einen anstrengenden Tag."

Die Kinder schliefen so tief und fest, dass es weder das erste Tageslicht war, das sie weckte, noch die juckenden Stiche, die ihnen die Mosquitoschwärme des Seeufers zugefügt hatten. Vielmehr riss sie eine lautstarke Auseinandersetzung zwischen Pakos und Willi aus dem Schlaf. Pakos war wütend, er tobte.
„Wo ist der Steg, Willi? Ich bin in beide Richtungen das Ufer weit entlang gegangen. Nichts! Kein Steg und kein Weg!"
„Oh, du nicht schimpfen Wilhelm. Mein Onkel, hat mein Onkel gesagt."
„Was soll das heißen? Wieso dein Onkel? Du warst doch hier, mit deinen Brüdern."
Willi blickte schuldbewusst zur Seite.
„War Wilhelm noch jung. Vielleicht noch zu klein."
Pakos packte Willi an den Schultern.
„Wann warst du das letzte Mal hier?"
„Wann, wann, du fragen zu viel."
Allen war sofort klar, was das bedeutete. Wenn Willi fast dreißig Jahre nicht mehr hier gewesen war, konnten sie ihn als Führer vergessen. Er hatte ihnen etwas vorgemacht, damit sie ihn mitnahmen.
„Ist ja gut, Willi", beruhigte sich Pakos, „ich bin selbst schuld. Ich hätte daran denken müssen. Seit sechs Jahren war niemand mehr hier an dieser Seite des Sees, das überlebt kein Landungssteg und schon gar kein Trampelpfad. Die hat sich der Urwald längst geholt."
„Ist kein Problem." Willi versuchte den Schaden, den er angerichtet hatte, wiedergutzumachen. „Berge liegen

genau im Süden, wir sehen Sonne, wir einfach laufen einen Tag nach Süden. Heute Abend geschafft."
Pakos antwortete nicht. Sorgenvoll kratzte er sich am Kopf.
„Wir müssen gut essen und trinken. Dann brechen wir auf."
Trotz der erheblichen Entfernung waren die ganze Nacht hindurch Musik und Stimmengewirr über den See gedrungen. Jetzt, da die Sonne höher stieg und auf das Wasser herabbrannte, hörten sie keinen Ton. Dort drüben schliefen alle nach durchfeierter Nacht ihren Rausch aus. Am anderen Ufer rührte sich nichts. Offenbar hatte noch niemand ihre Flucht bemerkt. Sie packten die Vorräte in ihre Rucksäcke, Essen für drei Tage, Wasser für zwei, in den Bergen würden sie problemlos frisches Wasser finden.
Der Urwald zeigte sich anfangs überraschend licht, die mitgebrachten Macheten waren fast überflüssig. Willi sprang voraus, sein schlechtes Gewissen plagte ihn nicht lange und seine gute Laune kam schnell zurück.
„Ihr keine Sorgen machen. Wilhelm gehen voraus. Warum? Na! Wo ein Willi ist, ist auch ein Weg!" Er lachte lauthals über seinen Witz. „Ihr verstehen? Wo ein Willi ist, ist auch ein Weg!"
Sie kamen zunächst gut voran. Wilhelm unterhielt sie mit seiner guten Laune, tanzte voraus und rief jeder Liane, jedem Baumstamm zu: „Wo ein Willi ist, ist auch ein Weg!"
Aber der Urwald wurde zunehmend dichter, ohne die Macheten wäre kein Fortkommen mehr möglich gewesen. Bald schwammen sie in einem dunklen, grünen Ozean aus Farnen, Moosen und Lianen, aus dem Bäume hoch wie Kirchtürme ragten. Das Sonnenlicht drang nur spärlich durch das meist dichte Blätterdach. Wenigs-

tens mussten sie sich um gefährliche Tiere keine allzu großen Sorgen machen, das Leben spielte sich überwiegend in den oberen Stockwerken des Dschungels ab. Unten, am dunklen Dschungelboden, gab es allenfalls Ameisen, denen man aus dem Weg gehen konnte, und einige fremdartige Insekten. Zum Glück hörte die Mosquitoplage schnell auf, sobald sie genügend Abstand zum See hatten. Pakos und Willi gingen voraus und bahnten ihnen den Weg. Pakos lächelte nur nachsichtig, als Silas eine Machete übernehmen wollte. „Tja, Bima wäre jetzt schon eine Hilfe." Am dritten Tag in seinem alten Körper war es mühsam genug für Silas, überhaupt den Anschluss zu halten.

„Wie wissen die beiden überhaupt, dass wir noch geradeaus nach Süden gehen?", fragte Mia ihren Bruder. Eine Himmelsrichtung war für sie in der Urwalddämmerung nicht auszumachen und ihren naiven Plan, einfach einen schnurgeraden Pfad durch den Dschungel zu bahnen, mussten sie bald aufgeben. Mal versperrte ein Tümpel den Weg oder ein gefährliches, trügerisches Schlammloch, mal mussten sie die bis zu vier Meter hohen Brettwurzeln einiger Baumriesen umgehen und verloren dabei die exakte Orientierung. Mia hatte sich in ihrer praktischen Art vorgestellt, einfach einen hohen Baum zu erklettern, falls sie die Orientierung verlieren sollten. Hoch genug, um die Berge zu sehen. Jetzt musste sie erkennen, wie wenig sie über den Urwald wusste. In ihrem Bestreben, die Dunkelheit des Urwaldbodens zu verlassen, wuchsen die Bäume steil zum Licht, ohne Zweige auszubilden. Hier gab es keine Kletterbäume wie zuhause im Garten ihrer Eltern. Nur glatte Baumstämme, die sich erst weit oben, viele Meter über dem Erdboden, verzweigten.

Nach ein paar Stunden schien sich der Wald zu lichten, doch ihre Hoffnung wurde bitter enttäuscht. Das war nicht das Ende des Waldes, nur eine größere Lichtung, die durch das Umstürzen etlicher alter Baumriesen entstanden war. So sehr sie sich über das helle Sonnenlicht freuten, so sehr bedrückte sie der Anblick dessen, was sie im freundlichen Sonnenlicht sahen. Die umgestürzten Bäume glichen einem Mikadospiel, mit dem sich Riesen vergnügt hatten. Es zu durchqueren, hielt Pakos für zu gefährlich. Leicht konnte ein Ast oder gar ein morscher Baumstamm durchbrechen, wenn man auf ihn trat, leicht konnte man von einem der glitschigen, von Pilzen und Moosen bewachsenen Stämme abrutschen. Es blieb ihnen nichts anderes übrig, als die ganze Lichtung zu umgehen. Dann setzte der Regen ein.
Willi hatte schon lange keine Witze mehr gemacht.
Nach der Umrundung der Lichtung brach die Dämmerung herein. Pakos ließ sie ein Lager für die Nacht herrichten. Keiner traute sich ihn zu fragen, wie weit es noch sei oder wo sie waren. Sie wussten die Antwort. Längst hätten sie den Fuß des Gebirges erreichen müssen. Sie hatten die Orientierung verloren. Ermüdet, verdreckt, von Insekten zerstochen, mit regennassen Haaren legten sie sich schlafen. Silas nahm Julias Hand, um sie zu trösten, um sich zu trösten. Mia kuschelte sich an ihren großen Bruder.
Am nächsten Morgen erklärte Pakos seinen neuen Plan. Er hatte mit Hilfe der großen Lücke im Blätterdach über der Lichtung mit Willi versucht, die Himmelsrichtung zu bestimmen. Er war sich ziemlich sicher, dass sie damit wieder auf Kurs waren. Um diesen zu halten, wollte er abwechselnd mit Willi einen Pfad in den Dschungel schlagen, immer geradeaus, egal, was sich ihnen in den Weg stellte. Die anderen sollten einzeln folgen, immer

im Abstand von dreißig bis fünfzig Meter, jedenfalls nah genug, um sich nicht aus den Augen zu verlieren, weit genug, um sicher zu stellen, dass der Pfad über eine längere Strecke wirklich geradeaus verlief. Silas lief am Ende. Er war sich mit Bitterkeit im Klaren, dass er körperlich noch nicht in der Lage war, Pakos und Willi mit der Machete zu unterstützen. So bot er ihnen wenigstens an, ihre Wasserbehälter zu tragen, was sie gern annahmen. Pakos' schnurgerader Pfad hatte seinen Preis. Das Vorankommen war langsam. Willi und er mussten viel mehr Pflanzen aus dem Weg räumen, um wenigstens eine notdürftige Sichtlinie zu erhalten. Immer wieder mussten sie ein Hindernis umgehen oder eine riesige Brettwurzel versperrte die Sicht. Dann brauchten sie viel Geduld und Geschick, um danach den Weg in der richtigen Richtung wieder fortzusetzen.
Bereits nach einer Stunde verließen Silas die Kräfte. „Stopp!", rief er zu Mia, die vor ihm ging. „Pause!" Auch Mia ließ sich auf den Boden fallen, zu erschöpft, die fünfzig Meter zu ihrem Bruder zurückzugehen. So lagen die fünf auf dem Boden des Urwalds, wie Perlen an einer Schnur, im Abstand von fünfzig Metern, jeder allein, mit schmerzenden Gliedern, um Luft ringend, bis Pakos sie weitertrieb.

Um Mittag machten sie wieder Rast. Seit dem Morgen hatten sie nichts getrunken. Die unausgesprochene Sorge, dass das Wasser nicht reichen könnte, weil sie den Weg verloren hatten, hatte sie sparsam gemacht.
„Silas, das Wasser."
Silas erstarrte. Nein, nicht auch noch das! Darum waren ihm die beiden letzten Stunden so viel leichter gefallen. Verzweifelt schlug er die Hände vor sein Gesicht.
„Mein Rucksack, ich muss ihn liegen gelassen haben."
„Wann?"

„Vor zwei Stunden, als ich nicht mehr weiterkonnte."
Die anderen schauten ihn ungläubig an. Das war das Ende. Der Weg zurück war zu lang, wenn sie ihn überhaupt finden würden. Einstein! dachte Mia. Unser sechzehnjähriges Genie! Aber zu blöd, an das Wasser zu denken. Doch keiner machte ihm einen Vorwurf. Es war nicht der erste Fehler auf dieser Flucht, außerdem waren sie viel zu schwach zum Streiten.
„Egal, aber ich muss etwas trinken. Jetzt!" Mia holte ihre letzte Wasserflasche aus dem Rucksack. Gemeinsam tranken sie die Flasche leer, vorsichtig, um ja keinen Tropfen zu vergeuden.
Nach einer kurzen Pause stand Pakos auf und nickte den anderen zu. Wortlos machten sie sich wieder auf den Weg. Die leeren Wasserbehälter lasteten schwerer auf ihnen als die gefüllten zu Beginn ihrer Flucht.
Am Nachmittag setzte wieder der Regen ein. So viel Wasser! Eine Sintflut rauschte hoch oben im Blätterdach, durchnässte die Pflanzen und Tiere der Welt dort oben, Blütenkelche, Baumritzen, Schwämme und Pilze sogen die Leben spendende Feuchtigkeit auf, die Stockwerk um Stockwerk des Urwalds herabsickerte, auf dem Weg nach unten weniger wurde, in der Luft verdampfte. Für die Pilze, Moose, Farne und wenigen Tiere am Boden blieb noch genug, aber wie sollten sie die Tropfen aufsammeln? Gierig leckten sie sich ein paar Wassertropfen von den Lippen. Aus der einen oder anderen spärlichen Pfütze zu trinken, die sich am Boden gebildet hatten, war zu gefährlich.
Am späten Nachmittag, noch vor der Dämmerung, ging es nicht mehr weiter, sie alle waren mit ihren Kräften am Ende. Das Gefühl, von innen heraus zu vertrocknen, die ausgedörrte Zunge wie ein Knebel im Mund, raubte ihnen die Kraft und den Mut. Wie lang kann man

ohne Flüssigkeit überleben? Zwei Tage? Aber bestimmt nicht hier, in der Schwüle des Urwalds. Pakos befahl den anderen zu rasten.
„Wir kommen heute nicht weiter. Für die Nacht bleiben wir hier. Morgen, wenn wir wieder etwas zu Kräften gekommen sind, schaffen wir dann das letzte Stück. Es kann nicht mehr weit sein."
Vergeblich versuchte er überzeugend zu klingen. Halbverdurstet und entkräftet richteten sie den Schlafplatz her. Julia kramte in ihrem Rucksack, eine ihrer drei Wasserflaschen war noch halbvoll. Ein kleiner Schluck für jeden.
Mit der Dämmerung explodierte das Leben hoch oben in den Urwaldriesen. Affen turnten kreischend durch das Labyrinth der Äste und Blätter, unzählige Vögel sangen ihr Gutenachtlied. Unten am Boden war es still. Mia und Julia waren bald erschöpft in den Schlaf gesunken, Willi und Pakos saßen schweigend etwas abseits. Silas wälzte sich hin und her, der quälende Durst ließ ihn lange nicht zur Ruhe kommen. Er beugte sich zu der im Schlaf zusammengerollten Julia und küsste sie sanft, zum ersten Mal mit seinen eigenen Lippen, auf ihre Schulter.

Kapitel 20

Papa, ich habe Durst. Großen Durst.
Papa, ich verdurste.

Papa, du bist nicht da. Wo bist du?

Papa, hilf mir doch. Bima schafft es nicht allein.

Jetzt sehe ich es, dort oben, die Blätter mit den Zacken.
Ich sehe die Früchte, Papa. Die gelben Sonnen.

Die Wurzeln, ja, die Wurzeln.

Da ist ein Baum. Mit Wurzeln.
Papa, hilf mir,
ich komme nicht hoch.

Ich muss hoch.
Aber es ist so schwer,
Papa hilf mir.

Kapitel 21

Papa, hilf mir, ich komme nicht hoch.
Ich muss hoch.
Aber es ist so schwer, Papa hilf mir.

Ächzend wälzte Silas sich im Halbschlaf hin und her, bis ihn eine scharfkantige Wurzel, die ihm in den Rücken schnitt, aus seinem Albtraum riss. Sofort spürte er den Durst. Seine ausgetrocknete Zunge lag klumpenschwer in seinem Mund. Die pechschwarze Finsternis am Urwaldboden war gerade dabei einem milchigen Grau zu weichen, das die Silhouetten der Bäume erkennen ließ. Die Angst des Traums wich der Angst der Realität. Morgengrauen. Die zufällige Doppeldeutigkeit dieses Wortes, über die Silas sich schon oft amüsiert hatte, kam ihm wieder in den Sinn, als er nach einer unruhigen Nacht erschöpft und zerschlagen wieder zu sich kam.
Die anderen schliefen noch, Willi wie eine Kugel zusammengerollt, Pakos laut schnarchend. Julia hatte sich halb über ihn gelegt, vorsichtig legte er ihren Arm zur Seite und richtete sich auf. Neben ihm lag Mia, die im Schlaf leise wimmerte.
Der Traum. Der Traum von der Loka, der ihn schon so oft verfolgt hatte. Wenn er die Augen schloss, konnte er sie deutlich hoch oben in den Bäumen ausmachen. Bimas Vater hatte seinem Sohn genau erklärt, wie er die kostbaren Früchte im Blätterdickicht aufspüren konnte. Epiphyten, Aufsitzerpflanzen, Silas verzog bitter sein Gesicht, sein Verstand war wirklich perfekt erhalten, ein Referat in der zehnten Klasse, trockenes Wissen, trocken, ausgetrocknet. Wenn er nicht bald etwas zu trin-

ken bekäme ... Wie lange kann es ein Mensch ohne Wasser aushalten?
Hatte er nicht die Bäume gesehen, die der Loka als Wirt dienten? Gestern Abend, zu resigniert und ermattet, um sich ihrer wirklich bewusst zu werden? Der Gedanke an den Saft der Früchte schenkte ihm frische Energie. Mühsam raffte er sich auf und entfernte sich suchend ein paar Schritte vom Lager. Die schnell aufgehende Tropensonne erhellte inzwischen den Dschungel so weit, dass er die Blätter und Pflanzen dort oben einigermaßen unterscheiden konnte. Wo waren sie nur hergekommen? Er hatte die Pflanzen doch gestern bemerkt, oder narrte ihn sein Traum? Silas war jetzt hellwach, seine Müdigkeit und sein Durst waren wie weggefegt. Konzentriert ging er von Baum zu Baum und hielt Ausschau nach den gezackten, länglichen Blättern.
Er musste nicht lange suchen, seine Erinnerung hatte ihn nicht getrogen. Die gelblichen Früchte zeichneten sich deutlich vor dem dunkelgrünen Hintergrund der Blätter ab. Dutzende Sonnen im Blätterdach. Aber der Stamm des Baumes war glatt, zu glatt, um daran hochzuklettern. Silas ging weiter, noch ein Stamm und noch einer, bis er fand, was er suchte. Ein Baum, der auch eine Würgefeige bewirtete. An ihren langen, bis auf den Boden reichenden Luftwurzeln konnte er hochklettern. Doch der Blick nach oben ließ ihn schwindeln. Zwanzig Meter, oder mehr? Nach zwei, drei Metern verließen ihn die Kräfte. Das würde er nie schaffen. Wieder am Boden, schaute er erschrocken um sich. Wo war er hergekommen? Wo war ihr Lager?
„Julia! Mia! Pakos! Hört ihr mich?"
Nichts.
„Miaaaaaaaaa!"

Jetzt kamen die Rufe der anderen von irgendwo her. Silas brüllte und brüllte, bis sie ihn gefunden hatten.

Pakos tauchte als erster auf, hellwach und bereit, dem sich offenbar in einer Notlage befindenden Silas beizustehen. Erleichtert atmete er durch, als er Silas unversehrt antraf.

„Kommt her, kommt alle her. Da oben, seht ihr? Das Gelbe? Das sind Lokas. Wir müssen nur da hochkommen. Ich schaffe es nicht."

„Wie hast du sie gefunden?", staunte Pakos.

„Nicht ich", erwiderte Silas. „Bima war es. Bima."

Während Pakos und Willi ihn noch verständnislos ansahen, hing Mia schon an der Wurzel der Würgefeige. Zwei, drei, vier Meter. Dann eine Pause.

„Wie willst du das schaffen?", rief Silas hoch zu ihr.

„Das geht leichter als am Kletterseil in der Sporthalle."

„Die ist sechs Meter hoch, nicht zwanzig, oder dreißig."

„Na und? Ich habe Durst."

Pakos blickte skeptisch nach oben. „Ich komme da nicht hoch, ich bin zu schwer."

„Lasst mich machen." Julia schob ihn beiseite und kletterte los. Wie geschickt sie war. Fast mühelos, so schien es, folgte sie Mia auf dem Weg nach oben, hoch zum ersten Blätterstockwerk, das sich von ihnen zu entfernen schien, je länger sie kletterten. Die drei am Boden verfolgten mit ihren Blicken gebannt die kletternden Mädchen. Ihr aller Überleben hing davon ab, ob sie durchhielten. Endlich verschwand Mia im Grün, dann auch Julia. Bange Sekunden des Wartens.

„Mia, Julia, wo seid ihr?"

Keine Antwort.

„Miaaaa! Juliaaaaa!"

„Halt doch mal die Luft an. Wir trinken! - Achtung, hier kommt eine Cola! Hat jemand eine Cola bestellt?"

Eine Lokafrucht prallte dicht neben Willi auf den Boden, dann noch eine und noch eine. Die drei sprangen einige Schritte zurück, gerade rechtzeitig genug, um den herunterprasselnden Früchten auszuweichen.
„Cola, Fanta, Sprite!"
„Danke Bima, danke", murmelte Silas, als er seine erste Frucht geöffnet in seinen Händen hielt.
Trinkend, schlürfend, schmatzend, lachend beobachteten sie Mias Abstieg.
„Julia wollte noch weiter hoch", schnaufte sie, als sie unten ankam.
Silas war sofort wieder besorgt.
„Ist sie verrückt geworden? Was will sie?"
Die Antwort kam prompt von hoch oben.
„Die Berge, ich sehe die Berge!"

Noch eine halbe Stunde kämpften sie sich durch den Dschungel, doch schon bald wurde er weniger dicht, die Arbeit mit den Macheten nahm ein Ende, wenig später hatten sie den Waldrand erreicht. Vor ihnen erhob sich das gewaltige Massiv des Gebirges, das von der anderen Seite des Sees viel kleiner und weniger bedrohlich gewirkt hatte. Aber darauf verschwendete jetzt keiner einen Gedanken.
„Wir haben es geschafft!" Silas umarmte Julia und seine Schwester. Willi war schon auf einen Hügel vorausgesprungen und vollführte dort einen Freudentanz.
„Wo ein Willi ist, ist auch ein Weg. Wo ein Willi ist, ist auch ein Weg."
Als die anderen ihn erreicht hatten, sahen sie, warum er so aus dem Häuschen war. In einer Entfernung von einem Kilometer erstreckte sich der See, von dem Willi erzählt hatte, der See, an dem ihm sein Vater angeblich

die Jagd mit Pfeil und Bogen beigebracht hatte, der See, von dem aus der Pfad in das Gebirge führte.
Pakos trieb sie zur Eile an. Noch war es früh am Morgen, doch der lange Aufstieg zum Pass lag noch vor ihnen. Eilig füllten Mia und Silas die Wasserschläuche, während Pakos nach essbaren Früchten Ausschau hielt. Willi fing im See geschickt ein paar Fische, die in dichten Schwärmen im flachen Uferwasser standen. Im Handumdrehen waren sie gebraten. Pakos bruttelte zwar wegen des Zeitverlusts vor sich hin, aber auch er wusste, dass der lange, kräftezehrende Aufstieg mit leerem Magen nicht zu schaffen war. Zum ersten Mal auf ihrer Flucht waren sie bester Stimmung, fast übermütig, euphorisch, wie ausgelassen. Noch vor weniger als zwei Stunden waren sie halbverdurstet im Dschungel gestrandet, jetzt waren sie satt und gestärkt, mit ausreichend Proviant versorgt und der rettende Gebirgspass war in Sichtweite.
„Das kann nicht mehr weit bis da oben sein", vermutete Silas.
„Unterschätze das nicht", brummte Pakos. „Das täuscht. Es sieht nur so nah aus, die Sicht ist ungewöhnlich klar heute. Das wird kein Spaziergang. Aber schau, dort ist der Pfad."
Tatsächlich, keiner hatte mehr daran geglaubt, dass wirklich ein erkennbarer Pfad in das Gebirge führen würde. Willi ärgerte sich heimlich. Da er noch die restlichen gebratenen Fische verstaut hatte, hinkte er ein bisschen der Gruppe hinterher und konnte ihnen so nicht *seinen* Pfad zeigen.
„Das Willis Weg, ha, das Willis Weg", versuchte er immerhin zu triumphieren.
Während der ersten Stunden fiel der Aufstieg leicht. Der Weg war nicht zu steil und verlief noch lang zumindest

immer wieder im Schatten. Doch je höher sie stiegen, desto niedriger wurden die Bäume, die zunächst noch in dichten Gruppen den Weg säumten, bis sie von Gebüsch und Gestrüpp abgelöst wurden, das sich an der steiler werdenden Bergflanke festkrallte. Dann gab es nur noch Steine und Geröll. Die Mittagssonne brannte unbarmherzig auf die Fliehenden herab.
„Das kann nicht mehr weit bis da oben sein."
Silas' Worte klangen inzwischen weniger überzeugend. Sie waren doch schon ein paar Stunden aufgestiegen, aber immer noch lag der Pass in der Ferne. Zumindest war er gut sichtbar, anders als bei ihrem Umherirren im Dschungel hatten sie das Ziel unfehlbar vor Augen. Deshalb beunruhigte es auch niemand, dass der Pfad inmitten des Gerölls nicht mehr auszumachen war. Pakos ging mit stetem Schritt voraus, den Pass immer im Blick, links unten im Tal lag der Dschungel, dahinter der See und am anderen Ufer die Gebäude und Hütten klein wie Spielzeuge. Wenn einmal Unsicherheit aufkam, wie der Weg verlief, und Willi wider besseres Wissen die Karte zu Rate ziehen wollte, wusste Silas immer Bescheid. „Hier entlang." oder „Über diesen Felsen, dahinter geht es weiter." Keiner stellte seine Autorität infrage. Dann führte der Weg über ein schmales Hochtal in das Gebirge hinein, steile Felswände versperrten die Sicht auf den See und den Ausgangspunkt ihrer Flucht. Nach einer halben Stunde standen sie ratlos vor einer Schlucht. Ein Abstieg schien machbar, aber was sollten sie da unten? Pakos suchte die Bergwand ab, fragend drehte er sich zu Silas um, ratlos.
„Keine Ahnung, ich weiß nicht."
Julia fasste ihn an der Schulter. „Du warst dir doch bisher immer so sicher. Wieso? Warum jetzt nicht?"

Silas hatte dafür auch keine Erklärung. Angestrengt blickte er in die Schlucht, musterte die Felswand. Nichts. Er erkannte nichts. Suchend schloss er die Augen, aber da war kein Bild in seinem Inneren, das ihm weiterhalf. Es sei denn ...

„Wartet. Bleibt hier, spätestens in einer Stunde bin ich wieder da."

Noch bevor die anderen reagieren konnten, rannte Silas, stolperte, sprang den Weg zurück. Abwärts ging es leichter und schneller, bald hatte er die Stelle wieder erreicht, an der der Berg ihnen die Sicht auf das Dorf versperrt hatte. Tief unten lag es im Dunst. Der Nachmittagsregen über dem Dschungel hatte eingesetzt und ließ ihren Ausgangspunkt nur schemenhaft erkennen. Silas schloss die Augen und konzentrierte sich. Den Pfad am Berg hinauf hatte er jetzt wieder klar vor Augen, die Stelle, die sie übersehen hatten, an der sie hätten abzweigen müssen, um nicht an der Schlucht zu stranden. Dann weiter, immer an der Bergflanke entlang. Er würde sich jede Einzelheit einprägen müssen. In Gedanken ging er den Weg durch, bis er sicher war, ihn nicht wieder zu vergessen.

„Danke Papa, danke! Pass auf dich auf."

Er setzte sich kurz, um zu verschnaufen. Ein letzter Blick auf den Ort, den er nie wieder in seinem Leben sehen wollte. Wie ruhig und still es hier oben am Berg war, wie friedlich. Umso deutlicher hörte er das plötzliche Brummen, das tiefe Knattern, das vom Dorf her über den See und den Urwald die Bergwände hochstieg. So weit weg und doch deutlich hörbar. Dann sah er den Hubschrauber hochsteigen, dann einen zweiten. Sie schienen Kurs über den See zu nehmen.

Von Panik ergriffen stolperte Silas den Weg zurück zu den anderen. Kaum hatte er den Sichtkontakt zum Dorf

verloren, war die Karte in seinem Kopf verschwunden, aber er hatte sie sich eingeprägt. Auch das ferne Dröhnen der Rotoren verstummte im Schutz der Felswand, aber es würde bald näherkommen. Hoffentlich suchten sie zuerst den See und den Dschungel ab. Sobald die anderen in Sichtweite waren, winkte er sie zu sich.
„Wir müssen ein paar Minuten zurück, dort ist der Einstieg in den Berg, wir haben ihn übersehen."
Keiner fragte nach, woher er das wusste, als sie seinen nächsten Satz hörten.
„Beeilt euch, sie suchen uns. Ich habe zwei Hubschrauber aufsteigen sehen."
Der Pfad, der die Felswand hinaufführte, hatte kaum seinen Namen verdient, hob er sich doch selten vom Rest des Abhangs ab. Wenn nicht hier und da ein paar Steine wie Treppenstufen gewirkt hätten oder an manchen Stellen ein etwas breiteres und flacheres Geländestück das Aufsteigen erleichtert hätte, wären sie schwerlich imstande gewesen, seinen Windungen und scharfen Kurven die Felswand hinauf zu folgen. Inzwischen kletterten sie vornüber gebeugt, mit Händen und Füßen, und mussten sich immer wieder gegenseitig helfen, wenn einer von ihnen den rechten Tritt verpasst hatte und nicht mehr weiter wusste oder nach unten ins Tal blickte und dann, vor Angst abzustürzen, wie gelähmt am Berg festfror. Eigentlich waren sie viel zu ausgelaugt, um sich weiter nach oben zu quälen, doch der allmählich erkennbar näher rückende Pass ließ sie ihre Erschöpfung vergessen. Der Blick auf den See und das Dorf waren immer noch durch die gegenüberliegende Felswand versperrt, kein Laut drang von dort zu ihnen herauf, nur das Rauschen des in der Höhe immer stärker werdenden Winds begleitete sie beim Aufstieg.
Wie lang kann man ohne Wasser überleben?

Wie lang kann man trotz Erschöpfung klettern?
Bis man das Ziel erreicht hat. Bis man es geschafft hat.
Schritt für Schritt, Meter um Meter, nicht denken, nicht zurückschauen, nur atmen, Luft holen, weiter. Irgendwann wurde der Weg flacher und breiteres, ebenes Gelände breitete sich vor ihnen aus, an dessen Ende in ein paar hundert Metern kein Berg, kein Hügel, keine weitere Anhöhe mehr zu erkennen war. Links und rechts Bergflanken, dazwischen nur blauer Himmel, der Pass, die Landesgrenze war erreicht. Silas hielt nichts mehr. Während Mia und Julia sich überglücklich in die Arme fielen, während Pakos und Willi kurz innehielten, um Kraft zu schöpfen und diesen Augenblick der Rettung zu genießen, rannte Silas mit der letzten Energie, die in seinem geschundenen Körper noch vorhanden war, los.
Dann hörte er das Dröhnen, das mächtige Donnern der Motoren. Er blickte um sich, rennend, vorwärts stürzend. Es war für ihn nicht auszumachen, woher plötzlich dieser Lärm kam, der von den Felswänden hin und her geworfen und verstärkt wurde.
„Schnell, rennt! Sie kommen!", rief er den anderen zu. „Beeilt euch!"
Nur noch zweihundert Meter, nur noch hundert, sie konnten sie doch nicht jetzt noch einholen, es konnte doch nicht alles vergeblich gewesen sein. Silas taumelte, stolperte, schlug sich ein Knie auf, sein Blut färbte das rechte Hosenbein rot.
Das Dröhnen wurde unerträglich.
Dann sah er sie.
Zwei Hubschrauber stiegen hinter dem Pass auf, langsam und bedrohlich wie zwei riesige Insekten, standen dort lauernd in der Luft, auf der Suche nach ihrer Beute. Silas lag auf dem felsigen Boden, kein Baum, kein Strauch, nicht einmal ein größerer Felsbrocken, hinter

dem er sich hätte verstecken können. Schweiß und Tränen verklebten ihm die Augen. Hinter ihm riefen und winkten die anderen, aber das martialische Dröhnen der Rotoren erstickte ihre Rufe. Nur ein paar Minuten, nur ein paar Minuten und sie hätten den Pass überquert! Ein Hubschrauber setzte zur Landung an, eine fette schwarze Spinne, die genau auf der Passhöhe ihr todbringendes Netz auswarf. Mehrere Männer in Uniform sprangen heraus und liefen geduckt unter den knatternden Rotorblättern auf ihn zu. Als der erste Soldat näherkam, warf Silas seinen Rucksack zur Seite und empfing ihn mit Hieben und Tritten, schlug mit dem letzten bisschen Kraft, das ihm noch geblieben war, wild um sich.
„Calm down, boy, calm down."
Silas ließ sich nicht beruhigen. Zu dritt bekamen die Soldaten ihn endlich in den Griff, hoben ihn hoch und schleppten ihn zappelnd und in die Luft tretend die letzten Meter zum Hubschrauber.
Erst, als sie den sich immer noch verzweifelt wehrenden Jungen zur Ladeluke des Hubschraubers hoben, gab Silas seinen Widerstand abrupt auf.
Durch seine schweiß- und tränenverklebten Augen hatte er mit ungläubigem Erstaunen an der Außenseite des Helikopters den Stern mit den fünf Zacken entdeckt.
Darunter die Schrift *United States Army*.

Buch II

Kapitel 22

Der Sonnenaufgang war überwältigend.
Dabei war sie sich durchaus bewusst, dass dieses, wenn auch grandiose, so doch alltägliche Naturschauspiel sie wohl vor allem deshalb in so einzigartiger Weise beeindruckte, weil es ihre Seelenlage perfekt spiegelte.
Beim regenverhangenen Abflug in Frankfurt hatte noch stockdunkle Nacht geherrscht, die ersten Stunden waren sie durch eine mondlose, pechschwarze Finsternis geflogen. Dann erschien allmählich ein zunächst purpurner, später rötlicher Streifen am Horizont, der bald breiter und heller wurde, bis die in ihrem Rücken aufgehende Morgensonne das Firmament in ein strahlendes, gleißendes Licht tauchte. Tief unter ihr schwebten die Wattebäusche der Wolken, die bald ausdünnten, sich auflösten und so den Blick auf den tiefblauen Atlantik freigaben. Sanft und friedlich breitete er sich vor ihren Augen aus, die Naturgewalten, die tags zuvor hier noch getobt hatten, hatten keinerlei Spuren hinterlassen.
Den Kaffee, den die Flugbegleiterin anbot, nahm sie dankend entgegen, weniger um damit richtig wach zu werden, als vielmehr um die Situation noch mehr zu genießen. Müdigkeit empfand Alina Kramer trotz der schlaflosen Nacht nicht im Geringsten, seit am späten Abend der langersehnte Anruf des Außenministeriums ihr fast dreimonatiges Martyrium beendet hatte. Schon oft hatte sie mit zitternden Händen den Hörer ergriffen, wenn sie die ihr inzwischen wohlbekannte Nummer auf dem Display sah. Schon oft hatte sie sich dabei innerlich gegen eine erneute Enttäuschung, gegen die endgültige Hiobsbotschaft zu rüsten versucht. Schon oft hatte sie sich die Hoffnung, die erlösenden Worte zu hören, ver-

boten. „Frau Kramer, wir haben eine gute Nachricht für Sie. Ihre Kinder sind frei. Es geht ihnen gut."
Im sinnlosen Versuch, durch ihre Freudentränen hindurch am glitzernden Horizont die Küste Amerikas zu entdecken, presste Alina ihr Gesicht gegen das Fenster. Sie wusste, es würde noch fast drei Stunden bis zur Landung dauern, sie musste sich noch gedulden. Aber es würden kein qualvolles Ausharren sein, sondern ein freudiges Entgegenfiebern. Dort drüben warteten Mia und Silas auf sie.

Für Alina hatte der Albtraum zwei Stunden nach Silas' und ihres Mannes Abreise begonnen, als der übliche Anruf ausblieb. Ihr Mann hatte es sich angewöhnt, sie kurz zu informieren, wenn er im Flieger saß und der Start erfolgt war. Zunächst war sie nicht sehr beunruhigt, auch als sie die beiden nicht erreichen konnte, selbst als Mia nicht aufzufinden war. Wahrscheinlich gab es eine Verzögerung, wahrscheinlich brauchte Mia nach den Turbulenzen der letzten Tage Zeit für sich und hatte sich irgendwohin zurückgezogen. Eine Stunde später rief Alina am Flughafen an. Nein, es habe keine Verzögerung gegeben, nein, ein Stefan Kramer und ein Silas Kramer hätten nicht eingecheckt. Gewiss, sie könnten das noch einmal überprüfen, aber in der Regel machten sie keine Fehler. Kurz darauf kam die Bestätigung. Die beiden waren nicht an Bord gewesen. Mia war immer noch nicht aufgetaucht. Alina hatte das Gefühl, den Boden unter den Füßen zu verlieren. Mit zitternden Händen rief sie die Polizei an.
Auch damals, in dieser schrecklichen Nacht, war sie nicht zum Schlafen gekommen. Die Beamten nahmen lustlos ein Protokoll auf. Warum konnten diese hysterischen Ausländerinnen ihre Eheprobleme nicht zu Hause

lösen? Waren diese Europäer nicht selbst schuld, wenn sich ihre Bälger für ein paar Stunden selbstständig machten? Bei dieser freizügigen Erziehung musste man sich über nichts wundern. Alina wurde nach Hause geschickt und auf den nächsten Tag vertröstet, es werde sich schon alles regeln, glauben Sie uns, so etwas kommt hier dauernd vor. Empört nahm Alina die Dinge selbst in die Hand. Bei dem Taxiunternehmen erhielt sie zunächst die Auskunft, ihr Mann und ihr Sohn seien wie vereinbart zum Flughafen gebracht worden. Als sie aber darauf bestand, mit dem Fahrer persönlich zu sprechen, merkte sie bald, dass etwas nicht stimmte. Auf ihre Drohung mit der Polizei gestand er verängstigt, ihm unbekannte Männer hätten ihn auf der Fahrt zu den Kramers gestoppt und ihn überredet, wieder umzukehren. Ihre Überredungskunst bestand aus einem dicken Bündel von Banknoten und der Drohung, seine Frau und seine Kinder zu Brei zu schlagen. Daraufhin nahm die Polizei die Angelegenheit etwas ernster und verbuchte sie als Entführung zur Erpressung von Lösegeld. Silas' Gepäck, das zufällig von Waldarbeitern unweit des Flughafens gefunden wurde, schien diese Theorie zu bestätigen.
Alina bezweifelte diese Vermutung. Entführung im Urlaubsparadies, ihr klang das zu sehr nach einem Hollywoodfilm. Wieso war dann auch Mia verschwunden? Konnte nicht ein Zusammenhang mit Stefans extrem seltsamem Verhalten in der letzten Zeit bestehen? Sie forschte noch einmal am Flughafen genauer nach und fand heraus, dass Stefan seinen Flug eine Woche vor dem Abflugtermin ersatzlos storniert hatte, und zwar genau am Abend seines letzten Treffens mit seinen dubiosen Geschäftspartnern. Obgleich diese Erkenntnis den vielen offenen Fragen eine weitere hinzufügte, be-

ruhigte sie Alina doch ein Stück weit, ihre panische Verzweiflung wich einer trotzigen Hoffnung, an die sie sich klammerte. Hinter dem Verschwinden ihrer Kinder steckten keine normalen Kriminellen, zumal die vermuteten Entführer auch nach einer Woche nichts von sich hören ließen und keine Lösegeldforderungen eintrafen. Irgendwie, auch wenn sie nicht die geringste Ahnung hatte wie, war ihr Mann in die Sache verwickelt, und er würde seine Kinder nicht im Stich lassen, dessen war sie sich sicher.

Dieses tiefe Vertrauen auf seine Zuverlässigkeit war einer der Gründe gewesen, warum sich Alina als junge Wissenschaftsjournalistin schließlich doch in den gefeierten Popstar der Neurowissenschaften verliebt hatte. Sie lernte den, wie sie glaubte, arroganten und eingebildeten Frauenhelden auf einem Kongress kennen, bei dem er einem größeren Publikum seine inzwischen weltberühmte Errungenschaft präsentierte. Den Affen Lazarus, dessen Lähmung er besiegt hatte, indem er ihm einen Chip in sein Gehirn implantierte. Die erforderliche Software hatte er selbst entwickelt. Nach seinem Vortrag und der anschließenden Fragerunde suchte sie ihn in der vagen Hoffnung, ihm noch weitere Fragen stellen zu dürfen, hinter der Bühne auf. Stefans erster Impuls war, diese lästige junge Journalistin abzuwimmeln, schließlich warteten noch wichtige Termine auf ihn. Aber als sie ohne groß abzuwarten frech gleich ihre erste Frage herausschoss, und er sich ihr dann doch aufmerksam zuwandte, überredeten ihn ihre langen, blonden Haare und ihr Pony, ihr doch eine Viertelstunde zu schenken. Diesen tief, fast bis in die Augen herabhängenden Stirnfransen hatte er noch nie wirklich widerstehen können. Für ihn war das die halbe Miete.

Und dazu noch diese Grübchen! Gönnerhaft wandte er sich Alina zu.
„Also gut, für ein kleines Nachhilfeviertelstündchen reicht die Zeit. Welche Punkte meines Vortrags haben Sie nicht verstanden?"
Dieser arrogante Affe, dachte Alina und lächelte zuckersüß zurück.
„Das war schon alles klar. Sie haben ja auch nichts vorgetragen, was nicht schon in den Fachzeitschriften veröffentlicht war. Nein, was mich wirklich interessiert ist, wie ein so genialer junger Wissenschaftler diesen Pulli mit einer solchen Hose kombinieren kann. Und dann die Schuhe! Haben Sie schon einmal an eine Stilberatung gedacht?"
Stefan verschlug es die Sprache. Was bildete sich dieses Küken ein? Doch dann verstand er das schelmische Blitzen in ihren Augen und die kecken Grübchen in ihrem Pokerface. Die freche Kleine hatte Mut!
„Äh, ... gut. Touché, ich glaube, ich muss mich entschuldigen. Nehmen Sie doch bitte Platz, was wollten Sie fragen?"
Das Interview dauerte mehr als eine Stunde. Stefan war es gewohnt, von Studentinnen und jungen Wissenschaftlerinnen angehimmelt zu werden, eine angenehme Begleiterscheinung seiner gesellschaftlichen Position, die es ihm erleichterte, trotz seiner großen Arbeitsbelastung ein vergnügliches Privatleben zu führen. Diese junge Frau aber war anders. Sie wusste, wovon sie sprach, hatte einen schnellen, glasklaren Verstand und dann noch diese kecke, freche Art. Das alles reizte den an leichte Beute gewöhnten Jungprofessor.
„Wie war das mit der Stilberatung?", fragte er am Ende, als Alina sich mit vollgeschriebenem Notizblock erhob.
„Wann hätten Sie Zeit für mich?"

Alina führte ihn durch Boutiquen und Modehäuser, Stefan zeigte ihr seine Forschungsstation. Dort erlebte sie einen Menschen, der so gar nicht ihrem vorgefassten Bild des überheblichen und arroganten Frauenhelden entsprach. Mit seiner Gründlichkeit und Genauigkeit bei der Arbeit, seinem ungezwungenen, kollegialen Verhältnis zu seinen Mitarbeitern und seinem respektvollen, fast liebevollen Umgang mit seinen Versuchstieren gewann er schnell Alinas Respekt. Lange hatte er nach einem bereits gelähmten Affen gesucht, eine Lähmung operativ erst selbst herbeizuführen, was für andere Forscher Routine war, kam für ihn nicht infrage.

Dieser erste Besuch in Stefans Forschungsstation legte die Basis für Alinas unerschütterliches Vertrauen in ihren zukünftigen Ehemann. Er war da, sorgte sich, übernahm Verantwortung. Wenn sein und der Kinder Verschwinden mit ihm irgendwie zusammenhing, woran Alina fest glaubte, würde er alles tun, um seine Kinder zu beschützen. Nach fast zwei Wochen erfolglosen Wartens, von der Polizei wurde sie von einem Tag auf den anderen vertröstet, die deutsche Botschaft hatte sie inzwischen informiert, flog sie nach Hause. Dort bestand eine viel größere Chance, etwas über Stefans Handeln in den letzten Monaten herauszubekommen. Ihre wichtigsten Passwörter hatten sie in ihrem Safe hinterlegt, für alle Fälle, falls einem von ihnen einmal etwas passieren sollte. Dann wollte sie Stefans ehemalige Kollegen aufsuchen, und schließlich hatte sie ja noch die besten Kontakte in Journalistenkreisen.

Nach der Landung in Frankfurt warteten bereits Beamte des BKA auf sie.

Ein einwöchiges Katz-und-Maus-Spiel begann. Die Ermittler misstrauten offensichtlich ihren Beteuerungen, nichts von den Aktivitäten ihres Mannes seit der Schließung des Instituts zu wissen. So befand sie sich in der absurden Situation, wie eine Verdächtige behandelt zu werden, anstatt Hilfe zu erhalten. Entsprechend hielten sich die Beamten mit Informationen zurück, die sie anscheinend besaßen. Erbost drehte Alina den Spieß um und verhielt sich wenig kooperativ, bis man ihr endlich glaubte. Was sie schließlich erfuhr, ließ ihre Welt zusammenbrechen.

Schon früh hatte Stefan damit begonnen, nicht nur die Regeneration von beschädigten Nervenbahnen durch Chips zu unterstützen, sondern auch durch in das Gehirn implantierte Chips das Verhalten, das gesamte Wesen seiner Versuchstiere zu beeinflussen. Sie sah verstörende Videos. Ein Hund, der sich wie eine Katze verhielt, eine Giraffe, die sich immer wieder in ein tiefes Wasserbecken stürzte, obwohl sie von Natur aus nicht schwimmen kann, ein Laufvogel, der unermüdlich zu fliegen versuchte, bis er am Ende von einem Felsvorsprung sprang und am Boden zerschellte. Die Ermittler deuteten an, es habe unter Umständen sogar Menschenversuche gegeben, aber dafür gebe es keine Beweise. Jetzt verstand Alina, warum das Institut ihres Mannes geschlossen worden war. Schon vor der Schließung habe er Kontakte zu Institutionen im Ausland gehabt, in Russland, China, den USA. Ebenso zu einem geheimnisvollen, international tätigen Unternehmen, das im begründeten Verdacht stand, mit kriminellen Machenschaften weltweit lukrative Geschäfte zu machen, was aber nicht zu beweisen war. Waren das diese undurchsichtigen Geschäftspartner in ihrem Urlaubsparadies? Alina beschrieb den Fahndern, wo nach Stefans Angaben in etwa ihr Büro liegen musste, aber ohne Erfolg. Die örtliche Polizei machte in der fraglichen Gegend lediglich zwei Geschäftsräume ausfindig, deren Mieter

spurlos verschwunden waren. Mehr erfuhr Alina nicht, doch sie war überzeugt, dass die Behörden mehr wussten, zumindest mehr ahnten. Auch ihre Journalistenfreunde brachten nichts Genaueres in Erfahrung, eine Mauer der Geheimhaltung war um ihren Mann gezogen worden.
Ihren Mann.
Mein Mann.
Alina merkte, wie sie diese beiden Worte unbewusst nicht mehr in den Mund nahm. Dieser Mensch, dem sie bedingungslos vertraut hatte, musste in den letzten paar Jahren ein perfekt organisiertes Doppelleben geführt haben, hatte dadurch vielleicht die Existenz der ganzen Familie, sogar das Leben ihrer Kinder gefährdet. Aber trotz allem nährte genau diese Ungeheuerlichkeit ihre Hoffnung. Mias und Silas' Verschwinden hing offensichtlich mit ihrem ... mit ihm zusammen, und so sehr konnte er sich doch nicht geändert haben, dass er die Verantwortung gegenüber seinen Kindern völlig vergaß.
„Frau Kramer, wir haben eine gute Nachricht für Sie. Ihre Kinder sind frei. Es geht ihnen gut."
Unter ausgedünnten Wolkenfeldern zeichnete sich die Küste Neufundlands ab. Bald würde sie in New York landen, wo sie von Mitarbeitern der deutschen Botschaft erwartet wurde. Oder vom Geheimdienst, von wem auch immer. Sie würden sie zu dem Militärstützpunkt bringen, dort könnte sie endlich ihre Kinder wiedersehen. Alina schaltete ihren Taschencomputer ein. Beim Abflug hatte es noch keine Meldungen gegeben.

US ARMY FREES GERMAN TWINS.

Sollte sie sich für ihre amerikanischen Kollegen schämen? Zwillinge! Offensichtlich ging auch jenseits des Atlantiks Schnelligkeit vor Genauigkeit. Auch deutsche Seiten brachten inzwischen die Neuigkeit.

ENTFÜHRUNGSTRAGÖDIE GLÜCKLICH BEENDET.

Der Mitarbeiter des Auswärtigen Amts hatte ihr wenig Genaues mitteilen können. Ob sie hier schon nähere Einzelheiten erfahren konnte?

Die Anfang September aus ihrem Urlaubsparadies entführten Kinder des renommierten Neurowissenschaftlers Stefan Kramer haben ihre Gefangenschaft offenbar wohlbehalten überstanden. Wie aus dem Auswärtigen Amt nahestehenden Kreisen verlautet, befreite eine Sondereinheit der amerikanischen Streitkräfte die beiden Kinder aus den Fängen einer internationalen Terrororganisation. Über den Verbleib ihres Vaters liegen noch keine Erkenntnisse vor. Ein Sprecher des Kremls drohte mittlerweile mit diplomatischen Konsequenzen, da die US-Eliteeinheit bei der Befreiungsaktion in das international geschützte Territorium eines Reservats eingedrungen sein soll. Ein Sprecher des US-Außenministerium rechtfertigte die Aktion bereits als unerlässlich für die nationale und internationale Sicherheit und kündigte für heute, 18.00 Uhr Ortszeit, eine Pressekonferenz in Washington an.

Dem amerikanischen Artikel konnte Alina bis auf die ihr bisher unbekannte Tatsache, dass sie Zwillinge hatte, und dass die von langer Hand geplante Befreiungsaktion der US Eliteeinheit mustergültig verlaufen war, keine weiteren Details entnehmen. Dafür wusste die Redaktion von BLICK offenbar mehr.

DURCH DEN DSCHUNGEL IN DIE FREIHEIT!

Endlich wieder in den Armen der Mutter! Mutter und Kinder nach drei Monaten Gefangenschaft unter menschenunwürdigen Bedingungen glücklich vereint. Silas (16) und Mia Kramer (14) gelang vor wenigen Tagen die Flucht. Ihr geheimnisvolles Verschwinden machte Anfang September Schlagzeilen. Wir berichteten darüber. Offenbar kämpften sie sich in tagelangen Märschen durch den Dschungel, bis sie eine Einheit der amerikanischen Streitkräfte erreichten. Aus zuverlässiger Quelle erfuhren wir, dass Eingeborene aus dem Reservat, in dem sie gefangen gehalten wurden, sie bei der Flucht unterstützten. Darunter auch die jugendliche Stammeskönigin. Wir erwarten Bilddokumente für unsere morgige Ausgabe. Unbeantwortet bleibt bisher die Frage: Wo ist der Vater? …

Alina konnte nicht mehr weiterlesen. So ein Schwachsinn. Sie schaltete den Taschencomputer aus. Noch eine halbe Stunde bis zur Landung. Ein ungeheures Glücksgefühl durchströmte jede Ader ihres Körpers, endlich, endlich war der Albtraum vorbei. Ihr Sitznachbar, ein junger Mann Mitte Dreißig, den sie verkapselt in ihr persönliches Glück während des gesamten Flugs nicht wahrgenommen hatte, bot ihr an, ihr Plastikgeschirr an die Flugbegleiterin weiterzugeben. Alina reichte es ihm. Dann packte sie ihn plötzlich und erstickte ihn in einem stürmischen Kuss.

„Entschuldigung, entschuldigen Sie bitte, aber ich bin so froh", prustete sie dem verdutzten jungen Mann ins Gesicht, „Ich sehe heute meine Kinder wieder. Sie sind gerettet, sie leben!"

Kapitel 23

„Machen wir uns einen Mädelstag, solange Silas seine VIP Behandlung bekommt. Außerdem müssen wir noch meinen Geburtstag nachfeiern. Ich weiß zwar nicht genau, welches Datum wir haben, aber ich glaube, ich bin inzwischen fünfzehn geworden."
Mia schwamm in einem Meer von Glück, seit sie als erste erkannt hatte, dass es sich bei den Hubschraubern, die im Begriff gewesen waren auf der Passhöhe zu landen, um Maschinen der amerikanischen Streitkräfte handelte. Während Silas noch verzweifelt versuchte, die Passhöhe vor der Landung der Helikopter zu überwinden, wusste sie bereits, dass sie gerettet waren. Vom Flug durch die atemberaubende Gebirgslandschaft zum Militärstützpunkt bekam sie kaum etwas mit, erschöpft sank sie wie die anderen trotz des Lärms der Rotoren in einen tiefen Schlaf. Noch in derselben Nacht wurden sie in die USA ausgeflogen.
Nach einer gründlichen medizinischen Untersuchung folgte eine Art Kreuzverhör, über Silas' Verwandlungen, über die Computertechnik im ‚Krankenhaus', über das Syndikat. Aber offenbar erhofften sich die Spezialisten, die sie verhörten, keine wesentlichen Informationen von ihnen und sahen sich in dieser Erwartung schnell bestätigt. So bekamen die Mädchen den folgenden Tag frei.
„Einen Mädelstag auf einem Militärstützpunkt?", wunderte sich Julia. „Wie macht man das?"
Mia war erfinderisch. Sie hatten in einem Gebäude, bei dem es sich wohl um eine Art Gästehaus handelte, zwei Zimmer mit Küche und Bad, mit einer richtig großen Badewanne. Nachdem sie ein warmes Schaumbad ausgiebig genossen hatten, machten sie es sich inmitten

eines schnell improvisierten Büffets auf zwei zusammengeschobenen Militärbetten bequem, der Vorratsschrank und der Kühlschrank hatten sich als bestens gefüllt erwiesen.

„Als Aperitif eine amerikanische Loka", lachte Mia und öffnete mit lautem Plopp zwei Coladosen. „Prost."

„Du bist immer so fröhlich, so optimistisch", wunderte sich Julia, „schon während unserer Zeit im Reservat. Du hast nie gejammert, du schienst nie verzweifelt zu sein, du bist so anders als Silas."

Mia zuckte mit den Schultern.

„Ich weiß nicht. Wahrscheinlich bin ich das. Vielleicht habe ich viel Glück gehabt, mehr Glück als mein Bruder, und wenn ich mal keines hatte, habe ich trotzdem etwas daraus gemacht."

Wenn Mia an ihre Kindheit zurückdachte, gab es da nur Sonne und nicht den kleinsten Schatten einer Sorge oder Angst. Gegen gelegentlichen Alltagskummer halfen die liebevollen Arme ihrer Mutter, große, böse Spinnen im Zimmer wurden von Papa mit einem Plastikbecher gefangen und in den Garten verfrachtet, bei den ersten Schritten in die Schule war der große Bruder dabei. Bis zu Silas' Krankheit war für Mia Unglück eine Vokabel aus einer fremden Sprache, etwas, das nur im Leben anderer Menschen existieren konnte. Und vor Dingen, die es nicht gibt, muss man auch keine Angst haben.

Julia unterbrach Mias Erzählung.

„Aber nach deiner Entführung, da warst du doch mutterseelenallein im Reservat. Wie konntest du das ertragen?"

„Was blieb mir denn anderes übrig?" Jetzt wunderte sich Mia selbst ein wenig darüber. „Irgendwie war es ein bisschen wie damals, als Silas krank wurde."

Völlig unvorbereitet traf zu jener Zeit das Unglück das neunjährige Mädchen. In den ersten Tagen und Wochen wollte sie das Undenkbare einfach nicht wahrhaben, verdrängte es und verwandelte es in Geschichten, bei denen das Happy End unweigerlich noch folgen musste. Abends lag sie im Bett und war die Heldin in einer selbst erfundenen Geschichte. Die Chirurgin, die erfolgreich den eigenen Bruder operierte oder das Elfenmädchen, das mit magischen Kräften Tumore zerstören konnte. Manchmal beobachtete Alina, wie Mia ihrem Bruder diese Geschichten am Krankenbett gestenreich vorspielte und war froh darüber. Sie wusste, dass sie für Mia vielleicht noch wichtiger waren als für Silas, um den sich jetzt ihr ganzes Leben drehte. Mia musste zurückstehen, für sie blieb monatelang zu wenig Zeit, überhaupt keine Zeit.
„Ich weiß nicht," sagte Mia nachdenklich. „Irgendwie denke ich immer, dass es gut endet. Irgendwie bekomme ich immer alles hin."
Mia hatte plötzlich viel Zeit, als der große Bruder im Krankenhaus lag und die Eltern sich so viel um ihn kümmern mussten. Also nahm sie ihr junges Leben selbst in die Hand und stürzte sich auf ihre Hobbys. Die Turnhalle wurde ihr Winterquartier und der Sportplatz ihr Wohnzimmer, sobald es warm genug war. Im Triathlon ließ sie bald alle Kinder ihres Alters hinter sich und durfte mit den Jugendlichen trainieren.
„Deshalb kannst du so ausdauernd klettern. Aber ich bin trotzdem froh, dass wir nicht mehr auf Urwaldbäume steigen müssen, um nicht zu verdursten, sondern nur zum Kühlschrank zu gehen brauchen."
Julia nahm einen tiefen Schluck.
„Weißt du, dass ich dich ein bisschen beneide? Auch mir ist etwas Schreckliches zugestoßen, ich war sogar

ein Jahr älter als du, aber manchmal fürchte ich, es hat mir meinen Mut geraubt. Ich kann nicht mehr so einfach an ein Happy End glauben. Bei uns gibt es Wirbelstürme und Vulkane, sie können jederzeit zuschlagen und alles vernichten."

Die Familie, die Julia nach der Ermordung ihrer Eltern aufnahm, tat dies offensichtlich nicht aus freien Stücken, schon gar nicht aus Liebe zu dem kleinen Waisenkind. Julia tauschte die Geborgenheit bei liebevollen Eltern gegen einen harten Schlafplatz in der hintersten Ecke der Hütte ihrer Pflegefamilie. Im Haus ihrer Eltern war sie der Mittelpunkt gewesen, der Sonnenschein, jetzt war sie eine missmutig ertragene Last. Auch ihre Spielkameradinnen verhielten sich zunehmend ablehnend. Noch nie hatte Julia darüber nachgedacht, dass ihre Haut deutlich heller als die der anderen Kinder war, bis zum ersten Mal der Satz fiel: „Wir dürfen nicht mit einer Weißen spielen." Nicht viel später sagten die Kinder: „Wir spielen nicht mit einer Weißen." Keiner nannte sie noch Nomawethu.

Keiner außer Pakos. Die Untergrundbewegung, die er mit anderen gründete, wachte über das kleine Mädchen. Pakos, selbst unverheiratet und ohne Kinder, wurde ihr heimlicher Ersatzvater und Freund. Da er damals in der Schule arbeitete, fiel es ihm leicht, Julias Schutzengel zu spielen, ohne dass ihre enge Verbindung auffiel.

„Bei uns im Dschungel gibt es Insekten, die aussehen wie Blätter und kleine Zweige. Wir nennen sie lebende Blätter. Man muss schon sehr geübt sein, um sie im Dickicht zu erkennen. Pakos hat sie mir immer wieder gezeigt und gesagt: ‚Das sind wir. Nur so können wir überleben.' Wenn Pakos nicht gewesen wäre, ich weiß nicht. Ich glaube, er hat mich gerettet. Ich war so allein."

Unter dem Eindruck ihrer eigenen Erzählung hatte sich Julia zusammengekauert, war wieder ganz das kleine, verlassene Mädchen von damals geworden. Mia nahm sie in den Arm.
„Es ist vorbei, Julia. Es ist vorbei. Schau, die Sonne scheint und wir sitzen mitten in einem fürstlichen Buffet auf einem superbequemen Riesenbett."
„Du hast recht. Oh, es war auch nicht immer so schlimm." Sie musste lachen. „Du hättest zum Beispiel Pakos erleben sollen, als er glaubte mir erklären zu müssen, dass ich bald eine Frau werde und die Regel bekäme. Wie er sich verzweifelt abgemüht hat! Es war so lustig! Ich habe mich heimlich totgelacht."
„Ja, Pakos ist wirklich süß. Dass die anderen Kinder aber auch gar nicht mehr mit dir gespielt haben. Seit wann machen Kinder alles, was ihre Eltern von ihnen verlangen?"
„Ganz so war es natürlich nicht. Sie haben schon mal mit mir geredet oder gespielt, aber ich war immer *die Weiße*. Eine wirkliche Freundin hatte ich nie wieder."
„Und die Jungs?", fragte Mia neugierig mit einem Augenzwinkern.
Die Jungs. Es blieb natürlich nicht aus, dass sich die einheimischen jungen Männer mit der Zeit für Julia Nomawethu interessierten, aber für sie war das Mädchen ein seltenes, exotisches Tier, Objekt einer Mutprobe, eine Jagdtrophäe, mit der sie sich schmücken wollten. Die Chance auf eine Freundschaft, auf eine echte, persönliche Beziehung hatte sie nie. Wenn sich mal einer der Wichtigtuer im Schutz des Waldrands oder im Gedränge eines Festes an sie heranmachte, verließ ihn dann doch meistens schnell der Mut oder er wurde von den Erwachsenen zurückgepfiffen.

„Ich habe auch nicht wirklich gewusst, was ich mit diesen Clowns hätte anfangen sollen. Lauter dumme Angeber!"
„Aber bei Silas ist das anders, stimmt's? Er sagt, er liebt dich. - Oh, jetzt habe ich es ausgeplaudert, aber ich denke, du weißt das eh, oder?"
Julia schaute nachdenklich auf die Bettdecke vor sich.
„Liebe, mmh, ich mag ihn. Ich mag ihn wirklich sehr, obwohl er anfangs so egozentrisch war."
„Wem sagst du das", lachte Mia. „Damit muss man klarkommen."
„Zuerst tat er mir so unendlich leid. Du weißt, dass ich ihn die drei Wochen versorgt habe, bis sie ihn verwandelt haben. Er war so hilflos, so schutzbedürftig, wie ein Baby. Er ist mir gleich ans Herz gewachsen, dein zarter, blasser Bruder."
Julia ahnte, was ihm bevorstand, sie hatten es vorher schon ein paar Mal mit Einheimischen probiert, mit Alten, die schon fast im Sterben lagen, oder mit Männern und Frauen, die die Stammesführer wegen irgendwelcher Vergehen zu Strafen verurteilt hatten. Das Syndikat bot ihnen dann großzügig an, die Gefängnisstrafen für sie zu organisieren, wie sie es ausdrückten.
„Vorher hatte ich das nur am Rand mitbekommen, aber für die Versorgung von Silas war ich die ganze Zeit zuständig. Weißt du, endlich hatte ich jemand für mich, nur für mich, um den ich mich kümmern konnte. Auch wenn er wie im Koma lag und gar nicht imstande war, mich wahrzunehmen, er gehörte mir und ich konnte für ihn sorgen."
Zudem, das wurde Julia jetzt erst bewusst, als sie Mia von diesen drei Wochen erzählte, zudem waren Silas und sie in derselben Lage: Ausgestoßen, ausgeliefert, fremd, ohne Eltern und ohne realistische Aussicht auf

Rettung. So war sie gleichzeitig seine Beschützerin und seine Leidensgenossin.

„Außerdem ist er ...", etwas verlegen hantierte sie mit einer Packung Kekse, „er ist doch wirklich süß, oder? Man muss sich doch einfach um ihn kümmern."

„Tja, Schwester", sinnierte Mia, „da hast du recht. Genauso ging es mir, als er krank war. Keiner ist besser darin, Mutterinstinkte zu wecken. Aber seine Mutter willst du ja wohl nicht sein, Julia."

Julia rollte mit den Augen.

„Das nun gerade nicht. Als sie mich dann beauftragten, mich um ihn zu kümmern und die Nachmittage mit ihm zu verbringen, Mia, ich habe mich so gefreut! Ich habe mich so gefreut!"

Nach den langen Jahren der Einsamkeit hatte Julia endlich jemand für sich, jemand in ihrem Alter, mit dem sie reden und erzählen, lachen und herumalbern, froh und böse sein konnte. Jemand, der schlau war und viel wusste, das merkte sie bald, jemand, der Geschichten erzählte und bei ihren Geschichten zuhörte, jemand, der sich auf sie zu freuen schien. Die Sonne in seinem Gesicht, wenn er sie am Nachmittag wiedersah! Silas war so anders als die einheimischen jungen Männer, mit denen sie selten und flüchtig in Kontakt kam, diese Aufschneider und Wichtigtuer, denen es nur darauf ankam beim Tanz oder auf dem Dorfplatz in ihre Nähe zu kommen, sie vielleicht sogar zu berühren, damit sie danach vor den anderen prahlen konnten. Was hätte sie je mit ihnen reden können? Was wussten sie von ihr und ihrem Leben als ausgestoßene Fremde am Rand der Dorfgesellschaft? Silas redete mit ihr, redete viel, gut, vielleicht zu viel und nur von sich in den ersten Tagen, aber Julia sog die Worte durstig auf, wie die ausgedörrte Savanne den Regensturm nach einer endlosen Trockenzeit.

„Aber als ihr euch dann kennengelernt habt, da war er doch Bima und nicht mehr er selbst. Er war dann doch eine andere Person."
Julia schüttelte energisch ihren Lockenkopf.
„Nur äußerlich. Ich weiß, das klingt komisch, aber für mich blieb er immer der weiße Junge, den ich drei Wochen lang gepflegt habe. Ich verstehe das auch nicht wirklich. Aber weißt du, was mir auch an ihm gefällt? Er ist so unbeholfen, so tapsig, so verlegen mir gegenüber. Die Dorfjungs ziehen eine große Show ab, um mir zu imponieren, dabei haben sie wahrscheinlich die Hosen voll."
„Die hatte Silas bestimmt auch voll, hast du das nicht gemerkt?", prustete Mia. „Bisher stand er mehr auf Wissenschaft. Er hat nicht viel Erfahrung mit Mädchen."
„Ich doch auch nicht mit Jungs. Woher auch? Wie sind die denn so bei dir zuhause? Viel anders als Silas?"
„Ach, da gibt's verschiedene Sorten. Aber die meisten", Mia ließ sich vor Lachen rücklings auf das Bett fallen, „die meisten verhalten sich genauso wie deine Boys im Dorf. Schmieren sich Gel ins Haar, halten sich für die größten Film- oder Fußballstars und sind so hohl wie, wie, ich weiß auch nicht. Männer!"
„Männer!", kicherte Julia ebenfalls. „Männer! Brauchen wir nicht! - Hast du einen Freund?"
Mia schaute kurz missgelaunt, aber dann kicherte sie doch gleich wieder.
„Ich hatte einen, für ein paar Wochen. Einen Gastschüler aus den USA. Er spielte Trompete wie ein junger Gott, alle Mädchen haben ihn angehimmelt."
„Warst du in ihn verliebt?"
„Ach Julia, verliebt! Er hat mich angemacht und ich fand das toll. Ich war 14, ich war ja noch so jung, und er macht nächstes Jahr schon Abi. Alle Mädchen haben für

ihn geschwärmt, also wurde ich seine Freundin, als er mich gefragt hat. Vier Wochen lang, dann hat er mich abserviert, der Arsch. Verliebt! Ich weiß nicht, was genau heißt das überhaupt? Eigentlich sind die Kerle nur blöd. Brauchen wir die wirklich?"
„Silas würde das nie tun."
„Das stimmt. Auf Silas kannst du dich verlassen, der überdreht nicht, auch wenn er einmal ein Star sein sollte."
Julia spielte mit ihren Fingern mit dem inzwischen angewachsenen Berg von Verpackungsmüll und Obstschalen auf dem Bett. Sie suchte nach den richtigen Worten.
„Du sagst oft selbst, dass dein Bruder ziemlich egozentrisch sein kann. Alles dreht sich erst einmal um ihn. Dass auch ich eine Geschichte habe, Hoffnungen und Ängste, schien ihm anfangs nie in den Sinn gekommen zu sein. Manchmal habe ich mich hübsch gemacht, ein besonderes Kleid angezogen, oder ein schönes Schmuckstück. Bemerkt er so etwas überhaupt? Ich glaube nicht. Aber dann, das ist doch gerade das Wundervolle. Er verliebt sich in mich, so wie ich bin. Ich muss mich nicht groß herrichten und schmücken. Ich muss mir keine Tricks einfallen lassen, um seine Aufmerksamkeit zu erregen. Als er sich zur Flucht entschloss, hat er mich nicht gefragt, ob ich mitkomme. Ich war außer mir, aber er hatte es nicht böse gemeint, es war für ihn einfach klar. Seit meine Eltern tot sind, war ich nicht mehr so selbstverständlich Teil eines anderen."
Mia knabberte inzwischen nachdenklich an dem vierten Muffin.
„Ja, so ist er. Von Natur aus treu und zuverlässig. Aber trotzdem muss er lernen, dich nicht für selbstverständlich zu nehmen."

„Ich denke, er hat damit schon angefangen. Und jetzt schieb noch den letzten Muffin rüber und dann Schluss. Ich glaube, ich platze bald."
Das Lager der beiden Mädchen glich inzwischen einem Schlachtfeld, aber keine der beiden hatte Lust aufzuräumen. Mia ließ sich auf den Rücken fallen und blickte verträumt an die Decke.
„Heute Abend trifft meine Mutter hier ein. Ich freue mich so! Ich habe gar nicht gewusst, wie sehr ich mich nach meiner Mutter und nach meinem Zuhause sehnen kann."
Erst da kam ihr der Gedanke, der Julia schon lange gequält haben musste. Sie setzte sich ruckartig auf.
„Entschuldige Julia, da rede ich über den Egoismus meines Bruders, dabei verhalte ich mich genauso. Du kommst natürlich mit uns, ja? Du gehörst jetzt zu uns. Meine Mutter wird sich freuen. Du kannst bei uns wohnen, Platz haben wir genug, und dann gehst du mit mir in die Schule. Bitte, sag Ja!"
Julia stand auf und ging an das Fenster. Sie blickte auf einen großen, asphaltierten Platz, auf dem ein paar Militärfahrzeuge standen, rechts befanden sich einige weitere Gebäude, links öffnete sich der Blick auf die Straße zum Flugplatz. Aber das war es nicht, was Julia sah, als sie am Fenster stand. Sie sah sich auf ihrer Matte in der hintersten Ecke des Zeltes liegend, sie sah ihre Pflegefamilie, die sie immer spüren ließ, dass sie nicht dazu gehörte. Sie sah die anderen Kinder, die sie wegschubsten, wenn sie mitspielen wollte. Sie sah das Klassenzimmer, in dem sie oft nachmittags allein arbeitete, während die anderen Kinder zusammen herumtollten. Sie sah sich abends allein in ihrer Ecke, wie sie sich leise in den Schlaf weinte.
„Ja! - Ja, Schwester. Und übrigens, happy birthday!"

Kapitel 24

Silas genoss die Situation in vollen Zügen.
Das Zimmer, in dem er von den fünf Herren empfangen wurde, hatte so gar nichts von einer Militärbasis an sich. Es erinnerte ihn vielmehr an die Lounge eines Fünfsternehotels, wie er sie von den zwei oder drei Kongressen kannte, zu denen ihn sein Vater mitgenommen hatte. Eine großzügige, elegante Sitzgruppe mit zwei gerundeten Sofas und vier luxuriösen Sesseln dominierte den Raum. Entlang einer der Wände befand sich eine Art Bar mit hohen Hockern, auf einem Sideboard erwarteten ihn Getränke und ein kleines Büffet. Die mit Geschmack ausgewählten Gardinen, die dekorativen Bilder an den Wänden, der üppige Blumenschmuck trugen das Ihre dazu bei, dass Silas das Gefühl hatte, in höhere Kreise aufgenommen worden zu sein.
Kaum war er in den Sessel gesunken, den man ihm angeboten hatte, langte er nach einer Schale auf dem Couchtisch. Trüffel! Seit Wochen hatte er keine Süßigkeiten mehr gegessen. Doch bevor er eine der Pralinen nahm, zuckte er zurück. Wie unhöflich.
„Bedienen Sie sich nur, Mr. Kramer. Dafür sind sie da", lächelte einer der Herren wohlwollend. „Sie haben sicherlich sehr lange darauf verzichten müssen."
Als Silas immer noch zögerte, nahm der freundliche Herr sich selbst einen und bot allen anderen die Schale an. Bei dem Mann schien es sich um den Vorgesetzten der anderen zu handeln. Er hatte sich den drei Jugendlichen schon tags zuvor als Mr. Johnson vorgestellt und dank seiner fürsorglichen, väterlichen Art trotz seines militärisch kurzen Haarschnitts Silas' Vertrauen gewonnen.

„Bevor wir ein bisschen miteinander plaudern, sollten wir auf Ihre Befreiung anstoßen, Mr. Kramer."
Einer der anderen öffnete am Sideboard eine Flasche Sekt und reichte jedem ein Glas.
„Prost! So sagt man doch bei Ihnen in Deutschland, oder?"
„Prost!", lachte Silas. „Aber nennen Sie mich doch bitte Silas, Mr. Johnson, nicht Mr. Kramer. Ich bin doch erst sechzehn."
Die luxuriöse Atmosphäre, die erlesenen Köstlichkeiten des Buffets und der Alkohol lösten Silas' Zunge. Das offenbar interessierte Zuhören seiner Gesprächspartner und ihr einfühlsames Nachfragen verstärkten sein Gefühl von persönlicher Wichtigkeit und Bedeutung, das er bereits beim Betreten des Konferenzraums empfunden hatte. Für diese sicherlich ranghohen Persönlichkeiten spielte er eine wichtige Rolle! So berichtete er bereitwillig mit großer Ausführlichkeit über die Ereignisse seit seiner Entführung. Als er zu ihrer Flucht kam, hakte Johnson mit Nachdruck nach.
„Du hast also zugestimmt, dich wieder verwandeln zu lassen. Wie genau ist das geschehen?"
Silas zuckte mit den Schultern.
„Keine Ahnung. Ich erhielt ja eine Art Narkose."
„Das ist uns schon bewusst, trotzdem, versuche dich doch bitte an jedes Detail zu erinnern. Hat dein Vater das gemacht? Hatte er Helfer? Was habt ihr besprochen?"
Silas war am Tag der Verwandlung abgeholt und in das alte Krankenhaus gebracht worden. Dort wartete bereits sein Vater mit zwei Assistenten. Er war sehr ernst. Als Silas ihn umarmte, hatte er kurz das Gefühl, in den Armen seines Vaters all die Geborgenheit zu finden, die ihm in den zurückliegenden Wochen versagt geblieben

war. Aber dann schob sein Vater ihn von sich, er wirkte sehr sachlich und konzentriert. Silas musste sich auf eine Liege legen, die Assistenten schlossen ihn an mehrere Apparate an, sein Vater überprüfte alles mit großer Sorgfalt. Er sprach kaum etwas, gab Silas lediglich ein paar Erklärungen, wie ein Arzt, der seinem Patienten eine Untersuchung mit knappen Worten kommentiert.
„Wir fangen jetzt an. Bist du bereit?"
Das ist meine letzte Chance, Gewissheit zu bekommen, dachte Silas.
„Ja, Papa, fang an. Ich werde nicht zu hoch fliegen, und nicht zu tief."
Stefan Kramer blinzelte einmal kurz, dann drückte er ernst Silas' Hand, als habe er verstanden.
„Dann verlor ich das Bewusstsein."
Johnson griff wieder ein.
„Dein Vater muss dir doch genauer erklärt haben, wie dieser Prozess funktioniert."
„Nein, er sagte nur, ich solle es mir wie das Speichern einer Datei vorstellen. Die vorhandene Datei wird einfach mit einer neuen Version überschrieben."
„Wie steht es mit der Apparatur? Du wurdest über mehrere Anschlüsse mit Geräten verbunden. Wie genau sah das alles aus?"
Silas fand es schwierig, die verschiedenen Geräte und Verbindungen zu beschreiben, noch dazu auf Englisch, die technischen Fachbegriffe fehlten ihm einfach. Einer der Zuhörer reichte ihm einen Notizblock und einen Stift.
„Dann zeichne das bitte genau auf. Versuche bitte, dich an jedes Detail zu erinnern."
Silas folgte seiner Aufforderung so gut er konnte, stellte aber bald fest, dass seine Erinnerung sehr lückenhaft war. Bei der Anspannung, in der er sich damals befun-

den hatte, hatte er wirklich nicht auf technische Feinheiten von irgendwelchen Geräten oder Anschlüssen geachtet. Die Fragen begannen ihn zu nerven.
„Warum löchern Sie mich eigentlich so? Es ist doch alles in dem Gebäude vorhanden, ihre Soldaten haben es doch eingenommen."
„Natürlich, Silas", beruhigte ihn Johnson. „Aber ein Bericht aus erster Hand ist trotzdem wichtig. Du bist der einzige Mensch auf der Welt, der das persönlich erlebt hat und darüber als Augenzeuge berichten kann."
Er schenkte ihm noch etwas Sekt nach. „Du weißt, dass du in dieser Hinsicht einzigartig bist."
Silas zeichnete so gut er konnte. Dann fragten sie ihn nach dem Kellerraum mit den Servern, darauf nach Details des Computerprogramms.
„Du hast die Bildschirme gesehen. Du bist trotz deiner jungen Jahren doch schon selbst ein Experte. Hast du etwas über das Programm erkannt?"
„Da waren nur Ordner. Einer zu mir, einer zu Bima, noch andere."
„Dein Vater hat dir nichts gesagt oder gezeigt?"
„Nein, wie oft soll ich das noch sagen? Fragen Sie ihn doch selbst! Was ist eigentlich mit meinem Vater? Wann kommt er?"
Johnson ignorierte die Frage.
„Als du das erste Mal bei, wie hast du ihn genannt, bei der Robbe, warst, hast du auf einem Monitor deinen eigenen, stillgelegten Körper gesehen. Kannst du bitte diesen Raum beschreiben, alles, woran du dich erinnern kannst. Es wäre wirklich sehr hilfreich."
Silas versuchte sich zu erinnern.
„Das waren nur zwei, drei Einstellungen von Monitoren. Ich habe das nur kurz gesehen, klein auf einem Bildschirm. Ich war aufgeregt, wütend."

Zum ersten Mal griff einer der anderen Männer ein. Ein sechzigjähriger, wuchtiger, undurchsichtiger Mann mit einem Quadratschädel, den Johnson als Mr. Bannon vorgestellt hatte. Silas fand ihn von Anfang an unsympathisch, er wirkte auf ihn kalt und berechnend.
„Gehen wir einmal zurück zu deiner Zeit vor der Entführung. Was hat dein Vater dir von seiner Arbeit erzählt, als du noch in Deutschland warst, oder während des Urlaubs? Wenn ich richtig informiert bin, willst du ein Studium in seinem Fachgebiet aufnehmen, da müsst ihr doch auch darüber Gespräche geführt haben."
Silas rutschte auf seinem Edelsessel herum, er fühlte sich zunehmend unwohl. Schritt für Schritt schien sich das freundliche Gespräch mit ihm als jugendlichem Helden in ein Kreuzverhör mit einem Beschuldigten zu verwandeln. Er spürte Wut in sich hochsteigen. Seine Antwort war aggressiv und laut, fast schrie er Bannon an.
„Nein. Ich weiß nichts. Ich habe es Ihnen doch schon gesagt. Fragen Sie meinen Vater."
„Warum, glaubst du, hat man dich zurückverwandelt?" Bannon ließ nicht locker. „Warum ein gelungenes Experiment mit derselben Person noch einmal durchführen?"
Weil ich einen Chip im Hirn trage, weil sie damit neue Experimente durchführen wollten, weil sie damit ein weiteres Versuchskaninchen hatten - weil mein Vater mir nur so helfen konnte. Silas blickte böse und verstockt in Bannons kalte Augen, nein, das musste niemand wissen, der schon gar nicht, das behielt er besser für sich.
„Woher soll ich das wissen?"
Mit einer kaum merklichen Geste bedeutete Johnson Bannon sich zurückzuhalten. Er beugte sich freundlich zu Silas und lächelte ihm besänftigend zu.

„Beruhige dich Silas, ich glaube, wir überfordern dich heute wirklich ein bisschen. Sehr wenig einfühlsam von uns, du hast viel durchgemacht. Aber du weißt ja selbst am besten, welche Konsequenzen das Verfahren der Gehirnübertragung hat, wie gefährlich das ist. Deshalb müssen wir dich um deine Mitarbeit bitten, auch wenn es für dich natürlich sehr belastend ist."
Seine ruhige, sanfte Stimme verfehlte nicht ihre Wirkung.
„Ich sage ihnen ja alles, was ich weiß, gerade weil ich dieses Verfahren erlitten habe. Kein Mensch darf je wieder die Möglichkeit haben, einem anderen Menschen das anzutun. Diese Technik muss vernichtet werden, und geächtet, weltweit. Dafür will ich ja auch kämpfen, Mr. Johnson."
Johnson legte seine Hand auf Silas' Arm.
„Das wissen wir zu schätzen, dafür brauchen wir dich auch, du bist dabei unser wichtigster Mann!" Er klopfte ihm anerkennend auf die Schulter. „Ich denke, wir machen für heute Schluss, wir haben unseren jungen Freund bereits über Gebühr strapaziert. Vielen Dank Silas, du warst uns eine große Hilfe. Vielen Dank, Gentlemen."
Bannon erhob sich widerwillig, offenbar war er mit dem Verlauf des Gesprächs nicht einverstanden, aber die drei anderen nickten Silas wohlwollend zu und verließen den Raum, Bannon ging als letzter. Irgendwie war Silas klar, dass Johnson noch etwas mit ihm zu besprechen hatte.
„Weißt du eigentlich, welche Berühmtheit du schon bist? Natürlich nicht, wie auch. Aber schau mal hier."
Johnson holte ein Dossier aus einer der Schubladen der Anrichte und blätterte zahlreiche Zeitungsartikel und Ausdrucke von Online- Artikeln auf dem Couchtisch aus.

„Da schau. Die Überschriften. *Kidnapped Children freed from Terrorists. The Boy who escaped Hell. German Siblings defeat Crime Syndicate.* Eine Zeitung brachte ein Foto von Julia, Mia und ihm. *Our Heroes* stand in riesigen Buchstaben darüber. Eine andere zeigte ihn und Julia unter der Überschrift *Tarzan and his Jane.*
„Wie du siehst, bist du ein Star! Die Öffentlichkeit will dich sehen. Für morgen ist eine Pressekonferenz angesetzt, hier auf dem Stützpunkt, und danach geht es nach Washington, nach New York, nach San Francisco und nach L.A. Amerika will euch kennenlernen und zujubeln - natürlich nur, wenn du damit einverstanden bist."
Silas überflog die Artikel und betrachtete die Bilder, er war begeistert. Vor allem die Aufnahme von ihm und Julia. Er sah wirklich gut aus. *Tarzan und seine Jane!* Seit Bannon den Raum verlassen hatte und er mit Johnson allein war, fühlte er sich wieder wohler. Mit Johnson war er auf einer Wellenlänge, dieser Mann verstand ihn.
„Und ob ich einverstanden bin! Das ist es doch, was ich will. Die Öffentlichkeit informieren, die Menschen wachrütteln. Ich kann als einziger berichten, wie es ist, in einem fremden Körper aufzuwachen. Ich bin der einzige, der sein Hirn, verwandelt in eine Datei, auf einem Computerbildschirm gesehen hat. Stellen Sie sich vor, die hätten mich auf hundert andere Körper überspielen können. Wer kann das stoppen, wenn nicht ich mit meiner Geschichte. Wann geht es morgen los?"
„Langsam, Silas, langsam. Genau darüber müssen wir genauer reden. Aber zunächst einmal ...", Johnson streckte Silas seine Hand entgegen, „wenn ich dich Silas nennen soll, mein Name ist Steven. O. K.?"
„O. K., Steven", erwiderte Silas zögerlich und unsicher. Mr. Johnson mit seinem Vornamen anzusprechen, daran würde er sich erst noch gewöhnen müssen.

„Aber ich verstehe das nicht. Was gibt es noch zu reden?"
Johnson begann langsam und eindringlich, seine Worte wählte er überlegt und mit Bedacht.
„Angenommen, vor einem halben Jahr wäre ein anderer junger Mann, sagen wir ein Chinese, mit deiner Geschichte an die Öffentlichkeit gegangen. Was hättest du dazu gesagt?"
Silas antwortete spontan, ohne nachzudenken.
„Dass er ein Betrüger ist, ein Spinner, ein ..."
„Eben."
Silas überlegte kurz, bevor er weiter argumentierte.
„Aber das wäre doch etwas völlig anderes gewesen. Mir ist es doch wirklich passiert."
„Welche Beweise gibt es dafür? Wer kann das bezeugen?"
„Mia."
„Du und Mia! Zwei völlig verängstigte, verwirrte, missbrauchte Kinder. Noch jemand?"
„Julia, Pakos, Willi."
„Was würde eine kritische Öffentlichkeit zu den Dreien sagen?"
„Drei fragwürdige Wilde aus dem Dschungel", erwiderte Silas kleinlaut, „einer ist so durchgeknallt, dass er sich Wilhelm der Dritte nennt."
„Und der neue deutsche Kaiser sein will. Siehst du?"
„Aber ihr habt doch das Reservat besetzt."
„Ja, und Computer gefunden. Nun gut, neuromorphe Computer. Aber was beweist das? Nicht nur die USA stehen kurz vor ihrer erfolgreichen Entwicklung, das Syndikat war da lediglich etwas schneller als der Rest der Welt."
„Dann zeigt meine Datei, mein Gehirn, das Verwandlungsprogramm."

„Silas! Damit würden wir genau das Gegenteil von dem erreichen, was wir beide anstreben. Wir würden es auf der ganzen Welt verbreiten! Hör zu, mein Junge. Wir haben hier in den Staaten noch Menschen, die überzeugt sind, dass nie Astronauten auf dem Mond oder auf dem Mars gelandet sind. Die Filme davon halten sie für Studioaufnahmen. Die halbe Welt können wir ohne die entsprechenden Beweise nicht von deiner Geschichte überzeugen und die andere Hälfte würden wir in Angst und Schrecken versetzen. Stelle dir vor, wie panisch viele Menschen reagieren werden, wenn sie von deiner Geschichte hören. Welche Ängste wir auslösen würden, auch wenn wir beide wissen, dass sie unbegründet sind."
Silas wusste nichts zu antworten. So hatte er das noch nicht gesehen.
„Aber wir müssen doch etwas gegen diese Technik unternehmen!"
„Natürlich, das werden wir auch, mit deiner Hilfe. Wir bauen auf dich. Aber nicht jetzt, nicht überhastet, es muss gut bedacht werden, wir dürfen die Öffentlichkeit nicht so unvorbereitet damit überrumpeln und in der Folge unweigerlich beunruhigen."
„Wozu dann eine Pressekonferenz?"
„Das wird jetzt ein bisschen kompliziert, aber so ist es nun einmal, wenn man eine Berühmtheit geworden ist. Pass auf. Russland hat sofort gegen unseren Einsatz im Reservat protestiert und den Weltsicherheitsrat angerufen. Das war zu erwarten und ist sogar nachvollziehbar. Wir hätten das auch gemacht. Es sah ja so aus, als überfielen die Streitkräfte der USA ein international anerkanntes und geschütztes Reservat. Goliath knüppelt David nieder. Ein klarer Bruch des Völkerrechts. Das können wir nur rechtfertigen, wenn wir beweisen kön-

nen, dass eine internationale, kriminelle Organisation die Kontrolle über das Reservat erlangt und dort schwerste Verbrechen begangen hat. Wir haben schon lange von dieser Bande gewusst, hatten aber keine wasserdichten Beweise und konnten nicht eingreifen. Wie wären die Vereinigten Staaten vor der Weltöffentlichkeit dagestanden, wenn wir unsere Spezialkräfte eingeflogen und keine überzeugenden Beweise gefunden hätten? Das hat sich jetzt geändert. Du, deine Schwester, Julia, Pakos und dieser, wie heißt er doch gleich - ihr seid der Beweis. Dazu natürlich alles, was wir im Reservat vorfanden."
Für Silas war das alles ein bisschen viel, doch er versuchte mitzudenken.
„Was sage ich dann auf der Pressekonferenz?"
„Nicht viel. Unser Pressesprecher wird der Presse berichten und euch vorstellen. Wir ändern natürlich nichts an deiner Geschichte, alles bleibt, die Entführung, die Gefangenschaft, die Flucht, die Rettung. Ebenso die Untergrundorganisation der Einheimischen. Nur den Hirntransfer lassen wir weg, ich denke, du hast verstanden, warum. Wir werden die Ergebnisse krimineller Tierexperimente zeigen. Wir haben da ein paar Tiere gefunden, die sich widernatürlich verhalten. Die können wir zeigen, da geht es ja nur um Tiere, nicht um Menschen. In deinem Fall werden wir von Isolationshaft sprechen, von Gehirnwäsche, also von psychischer Folter. Das wird reichen. Deine Entführung war der Versuch, deinen Vater zur Mitarbeit bei der Weiterentwicklung des neuromorphen Computers zu erpressen."
„Was ist mit meinem Vater? Sag mir doch endlich die Wahrheit!"
„Silas, glaube mir, wir wissen es nicht, noch nicht. Er war nicht aufzufinden. Der Militäreinsatz hat vor weni-

ger als drei Tagen begonnen, es gab längere Zeit erheblichen Widerstand, diese Bande war gut bewaffnet und wir mussten mit Vorsicht agieren, um nichts zu zerstören. Dann mussten wir uns in dem ganzen Aufruhr und Durcheinander erst um die Mitglieder des Syndikats kümmern. Wahrscheinlich hat sich dein Vater irgendwo in Sicherheit gebracht. Du und Mia erfahren alles, sobald wir etwas wissen. Versprochen. Aber noch einmal zur Pressekonferenz. Wir werden Fragen an euch zulassen, aber nur wenige und nur zu den äußeren Umständen. Wichtig ist, dass ihr alle erscheint und unsere Darstellung bestätigt. Das genügt. Den Kampf gegen die Technik der Hirnübertragung nehmen wir später auf, in Ruhe."
Johnson streckte Silas seine Hand entgegen.
„Alles klar, Kumpel?"
Silas klatschte ihn lachend ab.
„Alles klar, Kumpel."
„Dann ab zu deinen beiden Mädels. Übrigens: Schaut mal in den Computer in deinem Zimmer. Ihr findet dort die erste Version eines Videos mit dem Titel „Mission accomplished". Und noch etwas. Ihr bekommt gleich Besuch, eure Mutter ist auf dem Weg hierher."
Silas verließ den Raum in einem rauschhaften Hochgefühl des Glücks, wie er es noch nie zuvor gekannt hatte. Bei ihrer Rettung war er viel zu verängstigt, viel zu erschöpft gewesen, um sich aus ganzem Herzen freuen zu können, und die ersten beiden Tage danach waren so ereignisreich verlaufen, dass er kaum zur Besinnung gekommen war. Aber jetzt wurde alles gut. Sie waren gerettet, frei, und er war eine der wichtigsten Personen in einem Team, das die Erde von dieser menschenverachtenden Technik befreien würde. Er, Silas Kramer, sechzehn Jahre alt. Morgen würde die ganze Welt von

ihm erfahren. Und dann eine Tournee durch die USA! Vielleicht sogar ein Empfang beim amerikanischen Präsidenten, beim mächtigsten Mann der Welt! Nein, Ikarus war nicht zu nah an die Sonne geflogen und abgestürzt. Ikarus schwebte sicher, hoch am Firmament.
Vom nahen Flugplatz drang das Dröhnen eines Hubschraubers herüber und riss ihn aus seinen Gedanken. Ob das seine Mutter war? Er ging den Gang entlang, fing an zu joggen, schließlich zu rennen. Er musste das alles Julia und Mia erzählen, und seiner Mutter.
„Mama", schrie er im Rennen, „Mama!"

Kapitel 25

Sie waren sehr taktvoll, das musste man ihnen lassen.
Mia und Silas wurde ein kleiner, aber gemütlicher Konferenzraum zugewiesen. Nach kurzer Wartezeit öffnete ein Beamter die Tür und zog sich gleich wieder zurück, nachdem die Person, die er gebracht hatte, in den Raum getreten war.
Genau das hatte Alina Kramer erhofft: Ein privates Wiedersehen fernab von Blitzlichtgewitter und neugierigen Reporterfragen, sie allein und ungestört mit ihren beiden Kindern. So viel gab es zu sagen und zu fragen! Aber womit beginnen? Die lang angestaute Flut von Worten musste erst irgendwo eine Lücke in den Damm brechen, der in den letzten Wochen immer stärker und höher gewachsen war. Auch Silas brachte kein Wort heraus, ihm blieb die Luft weg vor Glück, und Mia schlug, mit Tränen in den Augen, die Hände vor das Gesicht.
„Mama!"
„Mia, Silas!"
So standen sie zunächst einmal in dreifacher Umarmung lange zusammen, lachend, schluchzend, sich küssend, ohne ein Wort herauszubringen.
„Du siehst gut aus, mein Großer", begann Alina schließlich. Ihr fiel nichts Besseres ein.
„Kein Wunder, ich habe ja auch fast zehn Wochen geschlafen", lachte Silas.
„Und deine Haare, Mia, wie lang sie sind."
„Ja, bald kann ich mir wieder Zöpfe flechten, wie im Kindergarten. - Komm, Mama, setz dich."
Dann begannen sie, das Mosaik der letzten drei Monate gemeinsam zusammenzusetzen. Ihre Entführung, Silas'

Verwandlung, von der Alina zum ersten Mal absolut fassungslos hörte, Julia, Pakos und Willi, die Rückverwandlung, die Flucht und die Rettung. Alina schilderte ihre Bemühungen in den quälend langen Wochen, mit Erstaunen erfuhren Silas und Mia von den internationalen Kontakten ihres Vaters. Aber das Zentrum des Bildes, das sie zusammenpuzzelten, Stefan Kramer selbst, blieb dabei schemenhaft und unscharf.

„Mama, verstehst du Papa?" Silas quälte sich. „Ich weiß nicht, was ich von ihm halten soll."

„Alles in mir wehrt sich dagegen zu glauben, dass euer Vater bei der ganzen Geschichte die Fäden gezogen hat. Aber irgendwie scheint er der wichtigste Mann zu sein. Denkt an seine geheimen Kontakte, zu China, Russland, zu den Amerikanern. Die waren alle an ihm und seiner Forschung interessiert, es kommt mir fast so vor, als wollte er sich an den Meistbietenden verkaufen."

„Das ist doch verrückt", warf Mia ein.

„Vielleicht ist er verrückt, Mia", sagte Silas düster. „Ihr hättet ihn erleben sollen, als ich ihn zum ersten Mal wieder traf und er mir alles erklärte. Er war wie von Sinnen, er war besessen von seiner Technik und ihren Möglichkeiten. Schließlich ist er so weit gegangen mich, seinen Sohn, zu opfern! Wenn das nicht beweist, dass er verrückt ist!"

Mia überzeugte das nicht.

„Trotzdem, da stimmt etwas nicht. Du solltest doch allein nach London fliegen. Wozu hat er seinen Flug storniert, deinen aber nicht, wenn er vorhatte, dich auf das Reservat entführen zu lassen? Außerdem haben wir beide selbst gesehen, wie überrascht und aufgebracht er bei der Entführung war."

„Wie war das bei deiner Rückverwandlung", wollte Alina wissen. „Hat Papa das alles persönlich gemacht?

Hattest du den Eindruck, er war der Chef bei dem ganzen Verfahren?"
„Ja, schon. Es gab da zwei Assistenten, aber das waren nur Handlanger, zumindest hatte ich den Eindruck. Papa hat alles, was sie vorbereitet haben, selbst überprüft. Alles Wichtige hat er nicht aus der Hand gegeben. Glaubt mir, das ist seine Erfindung, das ist sein Werk!"
Silas war laut geworden, er versuchte, sich wieder zu beruhigen.
„Andererseits, er hat meine Hand gehalten, so wie damals bei meiner Krankheit. Ich hatte das Gefühl, als wollte er mir Mut spenden."
„Und er hat uns dadurch zur Flucht verholfen", triumphierte Mia. „Ohne ihn säßen wir nicht hier! Wie soll er da mit ihnen unter einer Decke stecken? Was meinst du, Mama?"
Alina Kramer blickte ratlos.
„Fragt mich was Leichteres. Er war immer so verantwortungsvoll. Sein Kind für ein solches Experiment zu missbrauchen, das passt einfach nicht zu ihm."
„Aber genau das hat er schon vor fünf Jahren gemacht, als er mir den Chip eingepflanzt hat."
„Um dir zu helfen!"
„Sagt er."
Silas stand auf und ging zum Fenster. Diese zahllosen Widersprüche machten ihn ganz krank. Er konnte nicht mehr ruhig dasitzen.
„Da ist noch so etwas Seltsames. Auf unserer Flucht, nach dem Dschungel, während des ersten Teils des Aufstiegs, wusste ich irgendwie genau, wie der Pfad verlief, obwohl ich noch nie dort gewesen war."
„Ihr hattet doch eine Karte, oder?"
„Kinderkram. Das war eher eine Fantasiezeichnung. Nein, ich habe die Landschaft gesehen, als hätte ich

Bilder auswendig gelernt. Dann waren die Bilder plötzlich weg und wir hatten den Weg verloren."
„Und?"
Alina verstand nicht, worauf ihr Sohn hinauswollte. Aber Mia erinnerte sich.
„Meinst du die Stelle hinter der Felswand, als du zurückgerannt bist?"
„Genau. So weit zurück, bis ich wieder Sichtkontakt mit dem Krankenhaus hatte. Plötzlich waren die inneren Bilder wieder da."
Alina verstand.
„Du meinst, Papa hat sie dir auf deinen Chip geschickt? Ist das denn möglich?"
„Keine Ahnung, aber es würde bedeuten, dass Papa uns geholfen und beschützt hat, solange er konnte."
„Siehst du", trumpfte Mia auf, „das spricht doch für Papa, habe ich doch gesagt!"
„Ja, Mia, schon", bremste Alina die Euphorie ihrer Tochter, „wenn das so war. Vielleicht hat sich Silas das aber auch nur eingebildet. Die Erschöpfung, die Hitze, die Höhenluft, was weiß ich. Zudem bleiben auch noch viele weitere Fragen offen. Warum hat Papa euch dann erst nach zehn Wochen, nach zehn Wochen, zur Flucht verholfen? Warum ist er nicht mitgeflohen? Wie kann er euch dem Risiko dieser Flucht aussetzen?"
„Genau, Mama", pflichtete Silas seiner Mutter bei, „und wieso griffen genau zu diesem Zeitpunkt die Amerikaner ein? Haben die von uns gewusst? Woher denn? Und warum taten sie es nicht früher?"
Alina antwortete ihrem Sohn mit einer Geste der Ratlosigkeit.
„Wo ist er überhaupt? Wisst ihr etwas?"
„Die Amis sagen, sie wissen es auch nicht. Wir werden informiert, sobald sie Kontakt zu ihm haben."

Mia setzte ihrer fruchtlosen Spekulation ein Ende.
„Lasst uns damit aufhören, wir kommen heute nicht weiter. Anstatt uns zu freuen, blasen wir nur Trübsal. Kommt, wir gehen zu Julia, Pakos und Willi und feiern."
„Du hast recht, Schatz. Heute ist wie Weihnachten, Ostern und Geburtstag zusammen. Das lassen wir uns nicht verderben."

Eigentlich wären alle drei nach den aufregenden Ereignissen des Tages am liebsten ins Bett gefallen, besonders Alina Kramer war völlig ermattet, hatte sie doch in den beiden Nächten zuvor nur wenig Schlaf gefunden. Doch ihre Euphorie ließ sie die Müdigkeit kaum wahrnehmen. Silas stellte seiner Mutter die anderen drei vor, worauf Willi sofort mit einem weitschweifigen Vortrag über seinen Namen beginnen wollte, doch Alina unterbrach ihn gleich mit einem Ausruf des Erstaunens.
„So eine Ähnlichkeit! Wie deine Mutter, Julia!", platzte sie verblüfft heraus, „Die Locken, das Stupsnäschen, ich sehe deine Mutter vor mir."
„Sie kennen meine Mutter?"
„Ja, Julia, aber komm, duzen wir uns doch. Ich habe deine Mutter vor vielen Jahren in Heidelberg bei einem Kongress kennengelernt, sie hat dort einen Vortrag gehalten. Du warst an dem Abend im Bett im Hotel, bei deinem Vater."
 Alina und Julia verstanden sich von Anfang an prächtig. Julia fühlte sich dank Alinas offener und herzlicher Art sofort akzeptiert, während sich Alina im Stillen darüber freute - und auch ein wenig wunderte - welch schöne und selbstbewusste Freundin ihr bisher so schüchterner Sohn sich da geangelt hatte.

„Julia kann doch bei uns wohnen, Mama, oder?" Mia machte sich gleich an die Zukunftsplanung.
„Klar Schatz. Du bist willkommen, Julia. Ich würde mich sehr freuen, wenn du bei uns wohnen würdest."
Julia schaute nur strahlend von einem zum andern.
„Und Sie?", Alina wandte sich Pakos und Willi zu. „Ich weiß, es ist alles noch ganz frisch, aber haben Sie schon Pläne?"
Pakos ergriff das Wort, bevor Willi reagieren konnte.
„Wir müssen sobald wie möglich zurück. Unser Reservat ist jetzt zwar befreit, aber was heißt das? Die alten Stammeshäuptlinge haben mit dieser Bande gemeinsame Sache gemacht. Wir brauchen also eine neue Führung. Wir müssen entscheiden, wie es mit dem Reservat weitergehen kann. Unsere Gruppe ist am ehesten darauf eingestellt, die Verantwortung dafür zu übernehmen, und wir sollten die Chance ergreifen, bevor es andere tun. Auch Willi hat, glaube ich, eingesehen, dass er zu Hause dringender gebraucht wird als in Deutschland als neuer Kaiser."
Die anderen versuchten vergeblich, ein Lachen zu unterdrücken. Armer Willi! Silas half ihm aus der Verlegenheit. Er fuhr den Computer hoch und durchsuchte die Dateien.
„Schaut her, Steven hat gesagt, wir sollten uns mal ein Video ansehen. Scheint über uns zu sein."
Der Anfang des Videos zeigte eine Kampfhubschrauberstaffel der US-Armee im Anflug über einer gebirgigen Landschaft. Das ohrenbetäubende Dröhnen der Motoren verstummte allmählich und wich einer langsam ansteigenden, triumphalen Musik. Dann wurde der Titel des Videos eingeblendet, „Mission accomplished". Die Kamera zoomte auf einen landenden Hubschrauber, schwer bewaffnete Soldaten in Kampfanzügen sprangen

heraus und liefen schießend auf einen nicht gezeigten Feind zu. Ein feindlicher Hubschrauber explodierte, ein Gebäude wurde beschossen und ging in Flammen auf.
Es ist der Nachmittag des 15.11. Unsere Boys schlagen zu. Eine Eliteeinheit der United States Air Force schickt sich an, die entführten Kinder des renommierten deutschen Professors Stefan Kramer zu befreien und dem verbrecherischen Treiben einer internationalen Bande ein Ende zu setzen.
Cut. Bilder von drei Personen.
„Das ist die Robbe, schaut, das dritte Bild", rief Silas aufgeregt.
Alexander Morosow, Giovanni Mancini und Arthur Legrand, das Triumvirat des Bösen, gehörten zu den meistgesuchten Verbrechern der Welt. Unter dem Vorwand, die Kultur eines indigenen Volkes zu schützen, und unter dem Deckmantel des Völkerrechts errichteten sie in einem tropischen Paradies ihr Labor des Grauens: Weltweiter Drogen- und Menschenhandel, Geldwäsche, menschenverachtende medizinische Experimente und die Entwicklung von Methoden der Gehirnwäsche wurden von hier aus gesteuert.
Mit schnellen Bildwechseln sah man dazu Bilder des Dorfes, Bilder von Servern, Monitorwänden, eines Operationssaals.
„Papa, da ist Papa!" Mias Stimme überschlug sich, aber es war nur eine Aufnahme von früher. Dann folgten Bilder von Silas und ihr.
Am 4. September entführten sie Professor Kramer, den ehemaligen Leiter der Abteilung für experimentelle Neurowissenschaften der Universität Heidelberg und seine beiden Kinder, Silas und Mia. Offenbar sollte er so zur Mitarbeit an ihren kriminellen Experimenten erpresst werden. In dieser ausweglos erscheinenden Lage erhielten die drei Hilfe von einer Untergrundbewegung, hier einer ihrer Anführer mit dem Decknamen Pakos.

„Hier! Alle schauen her! Ich bin im Fernsehen! Wilhelm der Dritte ist im Fernsehen!" Willi tanzte vor Begeisterung durch das Zimmer, als nach Pakos' Bild eine Aufnahme von ihm zu sehen war. „Sieht das die ganze Welt?"

„Pst!", zischte Silas. „Sei still."

Man sah Nahaufnahmen von Julia auf dem Markt, dann eine Panoramaaufnahme des Sees mit den Bergen im Hintergrund. Silas entdeckte zwei kleine Figuren am Strand, das mussten Julia und er in Bimas Körper sein, aber die Figuren waren zu klein, um das erkennen zu können.

Einige Mitglieder der Untergrundbewegung hatten mit Erfolg die Verbrecherorganisation infiltriert. Diese Bilder von Überwachungskameras zeigen Silas Kramer mit einer jungen Frau namens Julia, eine der Aktivistinnen der Gruppe. Um keinen Verdacht zu erregen, täuschen sie bei ihren gefährlichen Kontaktaufnahmen einen ganz normalen Alltag vor.

Bei der nächsten Szene packte Alina vor Entsetzen Silas' Arm.

„Silas! Bist du das wirklich?"

Silas erkannte die Bilder sofort, der Franzose hatte sie ihm gezeigt, als sie sich zum ersten Mal getroffen hatten. Man sah eine große Wand mit etlichen Schubladen, die Kamera zoomte auf eine der Schubladen, die aus der Wand herausfuhr. Unter einer Glasabdeckung lag er, leichenblass, das Gesicht wie Wachs.

Aber der Alltag war alles andere als normal. Silas Kramer, mit seinen sechzehn Jahren fast noch ein Kind, wurde zu skrupellosen medizinischen Experimenten missbraucht. Experimente, die nicht alle Opfer der Bande überlebten.

Bildschnitt zu Bima, der tot auf einer medizinischen Liege zu sehen war.

Aber Silas Kramer triumphierte über seine Peiniger. Zusammen mit seiner Schwester Mia und den drei genannten Mitgliedern der Untergrundbewegung wagte er die gefährliche Flucht.

Aus der Vogelperspektive schwenkte die Kamera über den See, schwebte über den Baumwipfeln des Urwalds und erreichte das Gebirge, dort tastete sie sich an einer Bergflanke entlang. Dann sah Silas sich, wie er auf der Passhöhe auf den Hubschrauber zu stolperte. Die ziemlich wackligen und daher dramatisch wirkenden Bilder mussten vom Hubschrauber aus oder von einer Körperkamera eines der Soldaten gemacht worden sein.

Die von Professor Kramer alarmierten Spezialeinheiten der US Air Force fanden die nach dreitägiger, waghalsiger Flucht völlig erschöpften Flüchtenden gerade noch rechtzeitig. Wie man auf diesen dramatischen Bildern sieht, wehrte sich Silas Kramer sogar gegen die Retter. Mit seinen körperlichen und geistigen Kräften am Ende verkannte er die Situation und hielt die Soldaten für Verfolger.

Es folgten Szenen aus dem Dorf, vom Markt, von lachenden und fröhlichen Einheimischen, parallel geschnitten mit verschiedenen Bildern von Silas.

Dass diese Menschen wieder frei leben können und dass die Streitkräfte der Vereinigten Staaten den kriminellen Machenschaften der gefährlichsten Verbrecherorganisation der Welt ein Ende bereiten konnten, verdanken wir dem Mut dieses jungen Mannes und seiner Begleiter. Auch die lautstarken Kritiker des angeblich völkerrechtswidrigen Einsatzes unserer Truppen müssen angesichts der nun vorliegenden Beweise anerkennen, dass Kriminelle das Selbstbestimmungsrecht der Einheimischen für ihre schändlichen Zwecke missbraucht haben. Silas Kramer, ein sechzehnjähriger Junge aus Deutschland, hat der Welt einen unschätzbaren Dienst erwiesen. Silas Kramer - ein jugendlicher Held!

Silas schaute sich halb stolz, halb verlegen zu den anderen um. Zuerst die lobenden Worte von Steven und nun das. Ob das Video schon veröffentlicht worden war? Millionen von Menschen würden ihn sehen!
„Ist ja nicht gerade super gerecht", maulte Mia. „Das klingt ja gerade so, als hättest du das im Alleingang gemacht. Wer ließ denn in seiner Dämlichkeit unser ganzes Wasser stehen und war dann zu schlaff, um auf einen Lokabaum zu klettern? Ohne Julia und mich wärst du mausetot."
„Aber in einen anderen Körper verwandelt wurde nun mal ich."
„Was im Video überhaupt nicht erwähnt wird."
„Du weißt doch, warum. Trotzdem macht es mich zur Hauptfigur."
„Natürlich", zankte Mia weiter. „Wir Frauen und Wilden dürfen für den weißen, männlichen Helden den Rahmen abgeben. Wir sind als Blumenschmuck gerade noch brauchbar."
„Schluss jetzt, hört auf." Alina wurde energisch. „Wir sehen uns nach fast drei Monaten wieder und was macht ihr? Streitet euch über dieses dämliche Propagandavideo, ja Silas, du brauchst gar nicht zu protestieren, es ist dämliche Propaganda. Ihr alle habt gemeinsam etwas Großartiges vollbracht, darüber sollten wir uns auch gemeinsam freuen. Und jetzt seid ihr Streithähne still, ich möchte mehr von Pakos und Willi erfahren. Darf ich Sie so nennen? Ich bin Alina."

Kapitel 26

Die Pressekonferenz am folgenden Morgen erwies sich für Silas als eine herbe Enttäuschung. Die Zahl der geladenen Pressevertreter war ernüchternd überschaubar, hatte er doch insgeheim mit einem Riesenauflauf gerechnet, immerhin arbeiteten sie für die renommiertesten Zeitungen und Fernsehsender der Welt. Die fünf wurden zwar gut sichtbar für alle Anwesenden auf dem Podium platziert, aber das schien es dann auch schon gewesen zu sein. Johnson und seine Leute hatten den Ablauf straff und minutiös organisiert. Zunächst gaben sie einen zusammenfassenden Bericht über das Syndikat, seine weitverzweigten kriminellen Verwicklungen und die Rolle des Reservats. Danach kam Johnson auf sie zu sprechen. Professor Kramer sei vom Syndikat als weltweit führender Neurowissenschaftler dorthin entführt worden, seine Kinder - hier wurden Silas, Mia und die anderen kurz vorgestellt - hätten sie gekidnappt, um ihn zur Mitarbeit zu erpressen. Mit der Befreiung der Kinder und der Eroberung des Reservats sei den amerikanischen Sicherheitskräften der entscheidende Schlag gegen die gefährlichste Verbrecherorganisation der Welt gelungen. Mit dem dort gefundenen Material werde es bald zu weiteren, spektakulären Fahndungserfolgen kommen.
„Das bisschen Tischschmuck spielt offenbar eine wichtigere Rolle als wir", raunte Mia Julia zu.
„Wenigsten sind wir bald hier raus. Aber pst, jetzt stellen sie Fragen."
„Wenn Sie, wie Sie sagen, das Syndikat schon seit Jahren beobachten", wollte ein Journalist der *Washington Post*

wissen, „warum haben Sie dann nicht schon vor langer Zeit eingegriffen?"
Falls Johnson genervt war, weil er das bereits mehrfach deutlich erklärt hatte, merkte man ihm nichts davon an. Er antwortete verbindlich und souverän.
„Sie kennen die internationalen Regeln des Völkerrechts. Das Syndikat hat sich sehr geschickt getarnt, hat sich geradezu als Garant der Rechte eines indigenen Volkes inszeniert. Wir konnten erst militärisch eingreifen, als wir sicher waren, der Weltöffentlichkeit überzeugende Beweise präsentieren zu können. Dazu sind wir jetzt in der Lage." Er zeigte mit einer leichten Handbewegung nach rechts auf Silas und die anderen.
Ein Reporter des Zweiten Deutschen Fernsehens hakte nach.
„Seit wann wussten Sie von der Entführung? Warum mussten die drei Entführungsopfer fast drei Monate auf ihre Befreiung warten?"
„Die Sicherheit menschlichen Lebens steht bei uns selbstverständlich an erster Stelle. Bei einem früheren Angriff hätten wir das Leben von Professor Kramer und seinen Kindern gefährdet, das Syndikat hat keine Skrupel, Beweise aus der Welt zu schaffen. Erst als die Geflohenen bei uns in Sicherheit waren, konnten wir militärisch vorgehen. Die nächste Frage, bitte. Ja, der Herr in der zweiten Reihe."
„Sorokin, Channel One Russia. Sie sprechen von überzeugenden Beweisen, aber ihre Kronzeugen sind bisher überhaupt nicht zu Wort gekommen. Ich möchte Herrn Kramer bitten, die Methoden der Gehirnwäsche, von denen Sie gesprochen haben, genauer zu erläutern."
So sehr sich Silas bisher während dieser für ihn langweiligen Konferenz gewünscht hatte, mehr im Mittelpunkt

zu stehen, so sehr erschrak er jetzt. Hilfesuchend drehte er sich zu Johnson hin.

„Mr. Sorokin, Sie werden sich erinnern, dass ich Sie zu Anfang dieser Veranstaltung gebeten habe, von derart belastenden Fragen an die entführten Kinder abzusehen. Bedenken Sie bitte, was sie in den zurückliegenden drei Monaten erlitten haben. Sie werden zu gegebener Zeit genauere Informationen erhalten."

Silas atmete auf. Die Klippe war umschifft. Johnson war wirklich clever. Routiniert brachte er den Rest der Pressekonferenz über die Bühne, sie hatte nicht viel mehr als eine halbe Stunde gedauert. Danach allerdings verbreitete er große Hektik. Um 20.00 Uhr seien sie Gast in einer Fernsehshow in Washington, das Flugzeug starte bereits in einer halben Stunde.

Kaum in Washington gelandet, wurden sie wieder zur Eile angetrieben. Mehr als einen kurzen Imbiss gestand Johnson ihnen nicht zu, obwohl es erst früher Nachmittag war. Im Studio verstand Silas, warum. Mit der dürren Pressekonferenz auf dem Armeegelände war das nicht zu vergleichen.

Drei Gästebetreuer erwarteten bereits die fünf mit Häppchen und Drinks und informierten sie erst einmal grob über den Ablauf der Sendung. Danach wurden sie aufgeteilt - Pakos und Willi, die beiden Mädchen, Silas - und zum Einkleiden geschickt. Mit den Klamotten, die sie von der Armee fürs Erste erhalten hatten, konnten sie unmöglich im Fernsehen auftreten. Danach wurde Silas an den Friseur weitergereicht, seine drei Monate alte Haarpracht machte innerhalb einer Dreiviertelstunde einer modischen Kurzhaarfrisur Platz, wobei der Meister seine selbst im geschnittenen Zustand kaum zu bändigenden Haare mit Hilfe von Unmengen von Haar-

gel erfolgreich in den Griff bekam. Silas fand zunehmend Gefallen an der Sache. Dabei war er noch gar nicht in der Maske gewesen. Die Maskenbildnerin begann mit einem Concealer, um Rötungen und Hautunebenheiten abzudecken, wie sie ihm erklärte. Dann tupfte sie die Grundierung mit einem Schwamm auf, applizierte etwas Rouge, widmete sich seinen Augen, dann dem Lidstrich. Silas beschloss, die für ihn ungewohnte, nicht enden wollende Prozedur in vollen Zügen zu genießen. Jetzt noch das Bronzing-Puder. Nach einer knappen Stunde zwischen Pinseln und Bürstchen, Schwämmen und Wattestäbchen, Kosmetiktüchern, Farben und Wässerchen erkannte er sich im Spiegel nicht wieder. Das würde ein Auftritt werden!
„Weißt du eigentlich, welche Berühmtheit du schon bist?" Stevens Worte vom Vortag hatten Gestalt angenommen. Silas Kramer als Gaststar im amerikanischen Fernsehen!
Auch Mia und Julia erlebten ihre Verwandlung. Mit den brandneuen Nikes, den engen Röhrenjeans und der schwarzglänzenden Jacke aus einem samtigen Material kam Mia ganz sportlich daher. Um ihren Hals trug sie ein silbernes Halskettchen mit einem kleinen Anhänger. Julia hatten sie in eine Art Pluderhose mit herrlichen bunten Mustern gesteckt, die Mia sofort an das Reservat erinnerten. Das paillettenbestickte Top, über das sie ein fließendes, halbtransparentes Tuch trug, ließ einen schmalen Streifen ihres Bauchs über der Hose unbedeckt. Das Gold ihrer Sandalen wurde in ihrem Lidschatten und von dem goldenen Glitzer Haarspray aufgenommen.
„Wow!" Mehr als dieses eine Wort brachte Mia nicht heraus, als sie Julia nach der Maske wiedersah. „Die Königin des Dschungels."

„Bloß kein Neid", wiegelte Julia ab. „Du bist ja selbst der Hammer! Schau mal in den Spiegel."
„Hab' ich schon", strahlte Mia selig. „Wir brauchen unbedingt ein Foto von uns, diesen Haarschnitt muss mein Friseur daheim auch hinbekommen. Aber du - dreh dich doch mal. Genial! Das wird Silas umhauen."
Sie trafen ihn wieder auf der Showbühne für eine Ton- und Mikrofonprobe.
„Na, was sagt ihr?", fragte er Mia und Julia erwartungsvoll. „Wie sehe ich aus? Gut, ne? Schaut mal, mein Outfit. Und diese Frisur! Seid ihr fertig? Wir haben jetzt Probe. Ich kann's kaum erwarten."
Mia und Julia schauten sich verdutzt an, als Silas so einfach in Richtung Bühne vorausging.
„Mia, das glaube ich jetzt nicht."
„Ach Julia, so ist er. Du kennst ihn noch nicht so gut wie ich."
Auf der Bühne trafen sie dann auch Pakos und Willi. Die beiden waren ein bisschen auf ‚Wilde' gestylt, ein bisschen zu sehr, nach Mias Geschmack. Sie war gespannt, was das für eine Show werden würde.

Nach der Show, zurück im Hotel, lag Silas noch lange wach. Eigentlich war er hundemüde und wäre mit Sicherheit schnell in den Schlaf gesunken, aber gerade dagegen sträubte er sich mit aller Kraft. Stattdessen lag er auf dem Rücken auf seinem Kingsize-Bett und versuchte, die Show, die wie im Trancezustand an ihm vorbeigerauscht war, Revue passieren zu lassen. In den ersten Minuten befürchtete er, wie bei der Pressekonferenz wieder in die Rolle des Statisten, diesmal des herausgeputzten Statisten, gedrängt zu werden, doch bald erkannte er, dass dem ganzen Programm eine Inszenierung zugrunde lag, die auf sie fünf, vor allen ihn selbst,

zugeschnitten war. Eröffnet wurde die Show, die sie anfangs an den Monitoren der Maske hinter der Bühne verfolgten, von einer vielköpfigen Tanzgruppe mit ihren mitreißenden, exotischen Tänzen. Auf die Rückwand der Bühne wurden dazu Bilder aus dem Reservat projiziert. Schnappschüsse von fröhlichen, lachenden Einheimischen, Bilder des bunten Marktlebens, beeindruckende Landschaftsaufnahmen. Danach schlug die Stimmung jäh um. Eine zweite Tanzgruppe betrat die Bühne, ihre Kampfanzüge verbreiteten sofort eine düstere Atmosphäre. Mit eindringlichen Bildern und dramatischer Musik wurden die Machenschaften des Syndikats angeprangert, gefolgt von weiteren Ausschnitten aus dem Reservat, offenbar nach der Übernahme der Kontrolle durch das Syndikat. Man sah verängstigte Gesichter, eine ausgestorbene Dorfstraße, Urwaldbäume, die sich - begleitet von rasant anschwellender Musik - in einem Regensturm bogen und zuletzt, als Höhepunkt, das ehemalige Krankenhaus, die mit Stacheldraht und Sicherheitstechnik bewehrte Festung des Bösen. Die Tänzer, die die Einheimischen dargestellt hatten, lagen wie leblos auf der fast dunklen Bühne, die Kämpfer hatten sich zurückgezogen bis auf einen letzten, der in der Mitte der Bühne stehend das Schlussbild dominierte. Die Macht des Bösen hatte gesiegt.
So schien es.
Doch plötzlich gingen alle Scheinwerfer wieder an. Die Tänzer erhoben sich in einem Feuerwerk von Farben und Musik und verjagten in einem furiosen Tanz den Repräsentanten des Bösen. Dazu erschienen nach und nach Bilder von Willi, Pakos, Mia und Julia und als Höhepunkt, überlebensgroß in der Mitte der Projektionswand und doppelt so groß wie die der anderen, Silas' eigenes Portrait.

Der Saal tobte.
Die Moderatorin betrat die Bühne.
„We proudly present ..."
In der Reihenfolge, in der die Bilder erschienen waren, wurden die fünf aufgerufen und unter dem Beifall des Publikums vorgestellt. Als Silas die Bühne betrat, konnte er im grellen Scheinwerferlicht nicht viel vom Publikum erkennen, was er hörte, verschlug ihm jedoch die Sprache. Das bisherige Klatschen und Zurufen verwandelte sich in ein ohrenbetäubendes, teilweise hysterisches Kreischen. Es mussten wohl viele junge Mädchen unter den Zuschauern sein.
Die Details des folgenden Interviews verschwammen in Silas' Erinnerung. Fühlt man sich so, wenn man Drogen nimmt? Er war immer viel zu vernünftig gewesen, wenn Klassenkameraden ihn aufgefordert hatten mitzukiffen, was, ehrlich gesagt, auch nur einmal vorgekommen war. Um ihre Partys und Clubs hatte er immer einen weiten Bogen gemacht. Wenn man sich beim Kiffen so fühlte, dachte er, hätte er es doch einmal ausprobieren sollen. Stimuliert von der mitreißenden Tanzshow, berauscht von der Stimmung im Saal, aufgeputscht durch das wilde Kreischen der Mädchen im Publikum, vergaß Silas seine übliche Schüchternheit völlig. Ohne sich dessen bewusst zu werden, riss er das Gespräch an sich. Die Fragen der Moderatorin, ohnehin überwiegend an ihn gerichtet, beantwortete er meist selbst, die Mädchen kamen immer weniger zu Wort, und Willi und Pakos waren nach der Einleitung nur noch Staffage. Als Steven Johnson auf die Bühne gebeten wurde, um ein paar Fragen zur Militäroperation zu beantworten, kam Silas etwas zur Ruhe. Er fühlte sich großartig. Trotz der Scheinwerfer konnte er erkennen, dass einige tausend Zuschauer im Saal waren. Er machte Dutzende Banner

und Schilder aus, die von begeisterten Mädchen verzückt geschwenkt oder hochgehalten wurde. *Silas - I want you*, *Silas Superstar* oder einfach sein Name mit einem großen, roten Herz darunter. Bei der Verleihung der Abiturzeugnisse war er ja auch im Mittelpunkt gestanden, aber damals hatten vor allem die Erwachsenen geklatscht, die Eltern, die Lehrer. Hier war er ein Teenie-Star. Das Wort, das er bisher, wenn überhaupt, nur mit Verachtung ausgesprochen hatte, fühlte sich überraschend gut an. Irgendwo im Publikum saß seine Mutter. Wenn nur sein Vater das auch live miterleben könnte. Ich muss mich um eine Aufzeichnung für Papa kümmern, dachte Silas.
Der Rest des Programms war Party und Show. Danach Schulterklopfen, Small Talk, Lächeln für die Kameras. Steven steuerte Silas und die Mädchen gekonnt durch die After-Show-Party, stellte sie allen möglichen Prominenten vor, beantwortete routiniert kritische Fragen selbst und schirmte sie vor zu aufdringlichen Reportern ab. Viel zu früh drängte er zum Aufbruch. Silas hätte am liebsten die ganze Nacht durchgemacht, doch Steven ließ nicht mit sich reden. Es sei ein langer Tag gewesen, morgen früh gehe es nach New York, da müssten sie wieder fit sein. Dann gab es für alle ein anerkennendes Kopfnicken, well done, nur Silas legte er väterlich einen Arm um die Schultern. Nur ihm.
„Awesome. You were amazing."
Im Auto, während der Fahrt zurück in das Hotel, quasselte Silas auf Julia und Mia ein, ohne Luft zu holen. Die beiden Mädchen waren auffallend still. Hatten die denn gar keine Kondition?
„Was ist? Müdigkeit gibt's nicht, nicht in dieser Nacht!"

„Ja, Superstars werden natürlich nie müde. Die sind ja anders als wir normale Sterbliche, mit ihren übernatürlichen Kräften", gab Mia sarkastisch zurück.
Silas war vom Ton seiner Schwester getroffen.
„Fängst du jetzt schon wieder damit an? Was kann ich dafür, wenn die Mädels auf mich abfahren?"
„Was kannst du dafür", keifte Mia zurück, „wenn du jede Antwort an dich reißt und uns nie zu Wort kommen lässt?"
„Stimmt doch gar nicht. Ich wurde halt meistens gefragt. Immerhin bin ich die Hauptperson."
„Wobei?", schaltete Julia sich ein. „Als Teenieschwarm? Sind dir diese kreischenden, dummen Gänse jetzt wichtiger als über das aufzuklären, was das Syndikat mit dir und Bima angestellt hat?"
Jetzt erst wurde Silas bewusst, dass die eigentlichen Geschehnisse kaum eine Rolle gespielt hatten. Die Fragen zum Reservat hatten eher seiner folkloristischen Seite gegolten, er selbst sollte mehr zu seiner eigenen Person Auskunft geben, zu seinem Leben in Deutschland, seiner Familie, seinen Schulfreunden. Eigentlich waren die meisten Fragen ziemlich belanglos gewesen. Was seine Lieblingsmusik sei, ob er Fußballfan sei, noch Banaleres. Zugeben wollte er das vor den Mädchen aber nicht.
„Na und. Das war doch klar. Das war eine Show und keine politische Sendung. Das kommt auch noch, alles zu seiner Zeit. Jetzt seid ihr einmal in einer Fernsehshow und dann zickt ihr bloß rum. Wenn ihr das nicht genießen könnt, dann braucht ihr es wenigstens mir nicht zu vermiesen."
Sie waren inzwischen im Foyer des Hotels angekommen. Silas ließ die beiden stehen und ging zu seinem Zimmer. Sollen sie doch gemeinsam herumnörgeln,

diese Spaßbremsen. *We love you - Silas.* Eben. Nicht Julia, nicht Mia. Silas! Eifersüchtige Gänse!

Beim Frühstück waren alle viel zu müde, um sich zu streiten. Auf dem Weg zum Flughafen machte man für sie einen kleinen Umweg, um ihnen wenigstens im Vorbeifahren die bedeutendsten Sehenswürdigkeiten zu zeigen. Zuerst das Capitol, dann entlang der National Mall über das Washington Monument zum Weißen Haus, vorbei am Lincoln Memorial und dem Nationalfriedhof Arlington.
„Guck Brüderchen, der Heldenfriedhof. Hier kannst du dann deine letzte Ruhe finden."
Silas blickte nur genervt.
„Schau nicht so grimmig drein, Silas", munterte Julia ihn auf. „Wir kommen jetzt gleich zum Pentagon, dort drüben rechts. Da arbeiten deine neuen Freunde. Komm, wir winken. Hallo, hallo!"
Alina Kramer blickte die drei fragend an.
„Ich weiß zwar nicht, was sich da zwischen euch abspielt, aber könnt ihr bitte mit diesen Streitereien aufhören? Ich habe nur noch vier Tage hier, ich muss zurück, ich kann meine Arbeit nicht ewig liegen lassen. Und diese vier Tage möchte ich genießen - zusammen mit euch. Wenn ihr euch nicht vertragen wollt, könnt ihr ja wieder zurück in den Dschungel."

Das wirkte. Die folgenden drei Tage in New York verliefen, zumindest nach außen, harmonisch. Es gab zunächst einen offiziellen Empfang, dann diverse Pressetermine, einen Besuch bei der Bürgermeisterin, weitere Fotoshootings und Talkshows. Den dritten Tag hatte Steven für sie freigehalten, um sie persönlich durch New York zu führen. Alina war als einzige schon früher dort

gewesen, aber auch für sie war es eine ganz besondere Stadtbesichtigung. Nach den zahlreichen Turbulenzen der letzten Tage kam sie zum ersten Mal etwas zur Ruhe und genoss in vollen Zügen die Wiedervereinigung mit ihren Kindern, auch wenn sie immer wieder von Passanten erkannt, angesprochen und um gemeinsame Selfies gebeten wurden, auch wenn völlig unbekannte Menschen ihnen immer wieder Beifall klatschten. Zweimal musste Steven sie vor Paparazzi in Sicherheit bringen, bis sie endlich ihre Kapuzen hochzogen und sich Schals umwickelten. Diese Tarnverkleidung, die bei dem zwar sonnigen, aber windigen und kalten Wetter nicht weiter auffiel, verschaffte ihnen endlich Ruhe.
Am nächsten Tag stand Boston auf dem Programm. Fotoshooting, Talkshow, Interview. Am Abend würde Alina nach Hause fliegen.

Kapitel 27

„Ich fliege auch zurück."
Trotzig und angriffslustig stand Mia mit ihren beiden Rollkoffern neben ihrer Mutter. Das Tagesprogramm in Boston hatte sie lustlos und widerwillig über sich ergehen lassen. Die letzten Zweifel an ihrer Entscheidung waren tags zuvor von Steven mit seiner fürsorglichen Nachfrage beseitigt worden, ob es denn nicht ratsam für sie sei, wieder nach Hause zu fliegen, wegen der Schule. Sie habe ja bereits mehr als ein Viertel des Schuljahres versäumt.
„Er sorgt und denkt für uns wie ein Vater. Julia hat er geraten, uns nach Deutschland zu begleiten, zu ihrem Start in ein neues Leben." Silas entging die Ironie in Mias Stimme.
Pakos und Willi mussten zurück nach New York, von wo aus ihre Maschine sie in das Reservat zurückbringen sollte. Ihre Anwesenheit dort sei unerlässlich, ihr Volk brauche eine neue Führung. Dabei sollten sie mitwirken, riet Steven.
„Aber wir fliegen doch noch an die Westküste", protestierte Silas. San Francisco, L.A., San Diego. Danach Las Vegas. Das könnt ihr euch doch nicht entgehen lassen."
„Ich bleibe noch, ich komme mit."
Wenigstens Julia würde ihn also begleiten, aber Mia blieb eisern. Sie hatte von der ganzen Show endgültig genug. Soll sie doch fliegen, sollen sie doch alle fliegen, dachte Silas. Letzten Endes stand er doch allein im Mittelpunkt der Öffentlichkeit Silas. Er konnte die nächsten Auftritte kaum erwarten. Das Taxi zum Flughafen hupte.

„Du wirst doch bald nachkommen, Silas?" Alina klang mütterlich besorgt.
„Ja, Mama, ja, keine Ahnung, ich melde mich. Mach dir keine Gedanken." Der Abschied war kurz.

„Weißt du, Silas, wie lange wir nicht mehr zusammen waren?"
Julia und Silas hatten im Heck des Flugzeugs nach San Francisco zwei Plätze nebeneinander, Steven saß mit Bannon und ein paar anderen Mitarbeitern weiter vorn.
„Wieso? Wir sind doch dauernd zusammen."
„Ich meine du und ich. Nur wir zwei allein. Als wir das letzte Mal allein waren, warst du noch Bima."
„Ehrlich? Krass. Na ja, es ging halt nicht anders, aber jetzt sind wir doch allein zusammen. Nur wir zwei. Selbst unsere Bodyguards sitzen ein paar Reihen weiter vorn. Du, ich freue mich so auf morgen, wir haben einen Auftritt bei der Jahresversammlung der Boy Scouts of America! Das wird gigantisch."
Julia drehte sich zum Fenster. Unter ihr dehnten sich die Ausläufer der Appalachen. Bald würden sie über die riesigen Weiten des mittleren Westens fliegen, riesig, so riesig wie die Kluft, die sich zwischen ihr und Silas aufgetan hatte. War es pervers, dass sie sich nach den gemeinsamen Stunden am Strand sehnte? Noch vor wenigen Tagen saßen sie ausweglos, hoffnungslos in der Falle, aber sie hatten sich, Nachmittag um Nachmittag. Endlich hatte sie jemand, der sich auf sie freute, der ihr zuhörte, der zu ihr gehörte, nur für sie da war. Jetzt, mit jedem dieser banalen, bedeutungslosen, widerwärtigen Auftritte kam ihr Silas unvertrauter und fremder vor. Sie wandte sich ihm wieder zu und berührte seine Hand, er ließ es geschehen, ohne den Druck zu erwidern. In seinen Gedanken war er schon drüben in San Francisco,

im gleißenden Scheinwerferlicht, und hörte das Kreischen seiner Fans. Sie würde abwarten müssen, warten und ertragen, das hatte sie ja gelernt.

Sie verbrachten zwei Tage in San Francisco, die Silas' Erwartungen noch übertrafen. Einen Tag später waren sie bei einer Party von Filmleuten in Los Angeles zu Gast. Ohne die Sicherheit, die ihm eine Bühne und das Verhältnis des Stars zu seinem Publikum verlieh, fühlte sich Silas zum ersten Mal verloren inmitten so vieler Prominenter, die nur oberflächlich Notiz von ihm nahmen. Julia drängte ihn, mit ihr zurück in das Hotel zu fahren. Doch gerade da sprach ihn ein elegant aussehender Herr an, er sei Regisseur, er könne sich vorstellen, seine Geschichte zu verfilmen. Die Nacht sei mild, der Pool geheizt. Bei ein paar Drinks könne man schon einmal darüber sprechen. Er wies auffordernd zum Pool hinüber, in dem sich etliche junge Frauen, seine ‚Girls', vergnügten. Julia rief den Chauffeur.

Gegen sechs Uhr morgens kam Silas völlig zerknittert und übermüdet zurück in das Hotel. Julia fing ihn vor seinem Zimmer ab. Auch sie hatte kaum geschlafen, obwohl sie noch vor Mitternacht zurückgekommen war.
„Silas, wir müssen reden."
„Nicht jetzt Julia, ich habe nicht geschlafen. Ich bin völlig fertig. Morgen ist auch noch ein Tag."
„Es ist schon morgen. Und morgen morgen bin ich vielleicht nicht mehr da!"
„Was soll das denn heißen? Bist du jetzt verrückt geworden? Es war nichts, Julia. Diese Frauen am Pool, ich hatte nichts mit denen, für die bin ich doch noch ein Kind."

„Ein Kind! Nein Silas, nicht einmal das bist du. Ein Kind weiß wenigstens, was es will. Aber du! Du gehst mit diesen aufgedonnerten Schlampen ... "
„Julia!"
Silas war erschrocken. So etwas hatte er Julia noch nie sagen hören.
„Hast du vergessen, dass du angetreten bist, um die Welt darüber aufzuklären, welche Technik diese Verbrecher beherrschen und was sie dir damit angetan haben?"
„Das mache ich doch auch noch. Steven..."
„Steven, lass mich bloß mit deinem Steven in Ruhe!", schrie Julia plötzlich los. „Merkst du nicht, was dieser Typ mit dir vorhat?"
„Schrei nicht so!" Silas zog Julia in sein Zimmer.
„Was hast du denn gegen Steven? Er kümmert sich seit zehn Tagen um uns, er ist immer für uns da."
„Um uns? Pakos und Willi, Mia, alle hat er hinauskomplimentiert."
„Das ist doch eine böswillige Verdrehung der Tatsachen. Mia muss in die Schule gehen, Willi und Pakos ..."
„ ... und ich? Mich wollte er auch loswerden."
Silas antwortete nicht gleich. Er war verkatert und übermüdet, völlig am Ende, er wollte nur noch ins Bett.
„Hast du dich eigentlich nie gewundert, wie viel Zeit dieser Mr. Johnson aufwendet, um unser Kindermädchen zu spielen? Hat ein Mann mit einer offensichtlich bedeutenden Position nichts Besseres zu tun, als sich tagelang um ein paar entführte Kinder zu kümmern? - Silas, die haben etwas mit dir vor!"
Silas ließ sich auf das Bett fallen.
„Was soll denn das jetzt wieder? Was sollen die vorhaben? Wir werden uns schon noch um diese scheiß Gehirnübertragung kümmern."

„Schon noch? Warum nicht gleich? Weil das die Öffentlichkeit erschrecken würde? Was für ein blödsinniges Argument. Ich habe ein bisschen recherchiert, Silas. Jeder halbwegs gebildete Mensch weiß, dass Neurowissenschaftler überall auf der Welt seit Jahren an diesem Thema forschen."
„Steven hat uns doch die politischen Komplikationen erklärt."
„Die längst geklärt und abgehakt sind. Trotzdem schleppt er dich von Jahrmarkt zu Jahrmarkt, und du stellst dich für seine Freakshow auch noch aufgeblasen und stolz bereitwillig zur Verfügung."
„Stolz? Na und. Kann ich das nicht sein, nach allem ..."
Julia fiel ihm wieder ins Wort, nichts konnte sie mehr bremsen. Ihr in den letzten Tagen angestautes Unbehagen brach sich endlich Bahn, durch die Auseinandersetzung, durch das Formulieren ihrer Gedanken bekam sie selbst erst wirklich Klarheit.
„ ... nach allem, was du durchgemacht hast? Davon weiß kein Mensch etwas. Hast du das schon vergessen? Die hindern dich doch gerade daran, die Wahrheit zu sagen! Stattdessen bauen sie dich als jugendlichen Helden auf. Wenn ich nur an dieses lächerliche Video denke, diesen schlecht gemachten Mist. Was hast du schon zum Ende des Syndikats beigetragen?"
Anfangs hatte Silas noch versucht, Julia mit Gegenargumenten zu überzeugen. Aber als sie sich immer weiter in ihre Wut hineinsteigerte, als er sie so aufgebracht vor sich sah, als sie ihn derart beschimpfte, kam ihm ein schrecklicher Gedanke.
„Das ist es also. Du bist ja bloß eifersüchtig auf mich. Bist du deswegen nicht mit Mia nach Deutschland geflogen, weil du mir den Ruhm nicht allein überlassen willst? Du gönnst mir meinen Erfolg nicht!"

Die letzten Sätze schleuderte Silas Julia entgegen. Sie wurde blass. Die Erregung wich jäh aus ihrem Gesicht. So, das hatte gesessen!
„Glaubst du das wirklich?" Julias Stimme war kaum hörbar. „Glaubst du wirklich, ich neide dir deine Position im Rampenlicht?"
„Wäre eine Möglichkeit", erwiderte Silas trotzig, auch wenn er durch Julias Betroffenheit etwas verunsichert war.
„Silas, sie haben dich zum dritten Mal verwandelt, bloß machst du diesmal freiwillig mit." Julia hatte Tränen in den Augen.
„Blödsinn", gab Silas zurück. „Ich bin immer noch der alte."
„Der bist du nicht. Du hast dich vergessen, Silas, und mich auch. Was bin ich denn noch für dich? Ein lästiges, nervendes Anhängsel."
„Das ist doch nicht wahr! Julia ..."
„Du siehst nur noch dich. Nein? Dann sag mir doch einmal, was ich bei unserem ersten Auftritt in Washington getragen habe. Oder Mia."
Sie schaute ihn triumphierend an. Seine Antwort blieb aus, das wusste sie schon vorher.
„Ja, Mia hast du auch vergessen, uns alle. Auch deinen Vater. Weißt du eigentlich, dass du schon seit Tagen nicht mehr nach deinem Vater gefragt hast? Er ist seit zwölf Tagen verschollen."
„Lass meinen Vater aus dem Spiel. Er wird wiederauftauchen."
Julia setzte sich zu Silas auf das Bett. Sie wagte es nicht, ihn anzusehen.
„Das glaube ich nicht", flüsterte sie kaum hörbar.
„Wieso?"

„Silas, denke doch einmal nach", sagte sie vorsichtig. „*Er* hat dich zurückverwandelt, er, er allein. Die anderen waren nur Assistenten. *Er* wusste, wie man das macht."
Sie zögerte, als Silas sie verständnislos ansah. Sie sprach jedes Wort einzeln aus, leise zwar, aber für Silas klangen sie wie Hammerschläge.
„Wer hat dich dann wohl in Bima verwandelt?"
Silas sprang von dem Bett auf. Seine Stimme überschlug sich.
„Geh, geh! Du eifersüchtiges, neidisches, gehässiges ... Biest. Willst du auch noch meinen Vater in den Dreck ziehen? Verschwinde, geh zurück in deinen Dschungel."
Mit dieser Heftigkeit seiner Reaktion hatte Julia nicht gerechnet.
„Es ist doch nur ein Gedanke. Silas, mach bitte nicht alles kaputt. Auch deine Mutter ..."
„Kommst du jetzt noch mit meiner Mutter? Willst du alle schlechtmachen? Geh, geh endlich! Geh!"
Wortlos stand Julia auf und verließ das Zimmer, ohne sich noch einmal umzudrehen. Noch nie hatte sie sich so gedemütigt und verletzt gefühlt. Sie hatte gelernt, Zurückweisung und Ablehnung zu ertragen, aber die war stets von Fremden ausgegangen, nie von einer Person, die ihr nahestand. Zurück in ihrem Zimmer ließ sie sich auf das Bett fallen und starrte an die Decke. Ihre Augen füllten sich mit Tränen. Julia wusste nicht mehr, wohin.
Silas verbrachte einen schrecklichen Tag. Er ließ Steven ausrichten, dass sie für die geplante Stadtbesichtigung zu erschlagen seien, sie müssten sich erholen. Doch trotz seiner Erschöpfung fand er keine Ruhe. Je länger er sich im Bett wälzte, in der Hoffnung irgendwann doch endlich in den Schlaf zu finden, desto weniger konnte er sich der Überzeugungskraft Julias herausgeschriener

Argumente entziehen. Der Augenblick auf der Party kam ihm in den Sinn, als er sich für einen Moment verloren und fehl am Platz gefühlt hatte. War das eine Sekunde der Nüchternheit und Klarheit in einem zehntägigen, permanenten Rausch gewesen? Seine Gedanken klammerten sich an das erwartungsvolle Stimmengewirr im Publikum vor seinen Auftritten, an die lustvolle Anspannung in der Maske, an das blendende Licht der Scheinwerfer, den tosenden Beifall - doch dieser Zauber reichte nicht mehr bis hier in sein Hotelzimmer. Alles, was er hörte, war das gleichmäßige Rauschen der Klimaanlage, die ihn schließlich doch in einen oberflächlichen Schlaf summte. In einem kurzen Traum war er ein Wilder, der von Steven an einem Nasenring durch die Manege geführt wurde. Bannon schwang dazu die Peitsche. Ein Clown machte seine traurigen Späße, über die niemand im Publikum lachen wollte. Als er sich den Clown genauer ansah, erkannte er seinen Vater. Silas wachte jäh wieder auf.

Am späten Nachmittag erkundigte sich Steven nach ihnen. Sie waren für den Abend zu einer Parteiversammlung der Republikanischen Partei Kaliforniens eingeladen. Thema war die Bedrohung der Welt durch Terror. Silas' Geschichte würde da gut passen.

„Alles klar, Silas?", erkundigte sich Steven. „Du siehst noch müde aus."

„Steven, ich muss etwas mit dir besprechen."

„Alles, was du willst. Dafür bin ich doch da. Du hast Probleme mit deiner Freundin, stimmt's?"

„Ja, aber das ist es nicht. Es geht um meine Verwandlung im Reservat, und wie wir damit umgehen."

Reagierte Steven alarmiert? Seine verständnisvollväterliche Miene wich einem ernsten, fast warnenden Gesichtsausdruck.

„Ich dachte, wir hätten das geklärt."
„Ja, schon, aber welchen Sinn macht es, mich wie einen jugendlichen Popstar vorzuführen? Heute Abend, das sind alles Politiker, mit denen kann ich doch endlich ... "
„Schluss damit, Silas." Stevens Stimme schnitt ihm scharf den Satz ab, so dass Silas erschrocken aufblickte. Doch Steven lächelte bereits wieder gütig.
„Entschuldige, wir sind alle etwas überreizt. Ich verstehe ja, dass ich dir viel zugemutet habe. Du hast ja auch recht. Wir müssen das angehen, es wird Zeit. Ich habe es versprochen und du kannst dich auf mein Versprechen verlassen. Hör zu. Noch drei Tage. Die Versammlung heute Abend ist keine große Sache, morgen noch ein Tag in L.A., dann San Diego, zum Schluss Las Vegas. Wir machen keine neuen Termine, einverstanden? Danach setzen wir uns zusammen und du kannst deine Vorschläge vorbringen."
Silas zögerte. Ließ er sich schon wieder um den Finger wickeln?
„Einverstanden?", wiederholte Steven und beobachtete Silas aus schmalen Augen. Silas nickte.

Auf der Fahrt zum Parteitreffen saß Julia nicht mit ihnen im Wagen. Sie war schon zum Abendessen nicht heruntergekommen, was Steven ohne erkennbare Reaktion zur Kenntnis nahm. Hatte er jetzt, was er schon die ganze Zeit wollte? Stattdessen begleitete sie Bannon, der sich bei den bisherigen Auftritten immer zurückgehalten hatte. Silas fühlte sich elend. Erst die schlaflose Nacht, dann der Streit mit Julia und jetzt noch dieser kalte und gefühllose Bannon. Die Fahrt mit der Luxuslimousine verlief eigentlich wie immer, aber dieses Mal fühlte sich Silas bedrängt, eingeschüchtert, umzingelt. Julias Anwesenheit hatte er bisher kaum gespürt, ihr Fehlen aber

schnitt ihm tief in die Seele. Wenn sie recht hatte? Ihn fröstelte.
Die Versammlung verlief, wie Steven es versprochen hatte. Keine große Sache. Silas wurde bei der Begrüßung der Gäste nur kurz vorgestellt, am Ende des Abends werde man Gelegenheit erhalten, ihn zu befragen. Dann Reden, Diskussionen. Silas hörte nicht zu, in ihm arbeitete es. Julia war für ihn präsenter als je zuvor, als sie immer neben ihm gesessen hatte. Schließlich wurde er auf die Bühne gebeten, Steven stellte seine Geschichte mit knappen Worten vor, obwohl das inzwischen eigentlich nicht mehr nötig war. Man kannte ihn. Dann setzte Steven sich hinten auf der Bühne zu Bannon. Silas trat an das Mikrofon. Routiniert beantwortete er die üblichen Fragen. Schon bald hob sich keine Hand mehr, die Drinks und das Buffet lockten. Jetzt, dachte Silas, wenn ich es jetzt nicht versuche, schaffe ich es nie.
„Es freut mich, sehr geehrte Damen und Herren, dass ich Ihre Fragen offenbar erschöpfend beantworten konnte, aber bevor diese Veranstaltung beendet wird, würde ich gerne die Chance zu einer persönlichen Stellungnahme nutzen."
In Erwartung des Endes der Veranstaltung war im Saal bereits lautes Gemurmel aufgekommen. Der eine oder andere, der mit einem Frühstart das Buffet als erster zu erreichen hoffte, befand sich schon auf dem Gang ins Foyer. Steven und Bannon tauschten alarmierte Blicke aus.
„Sie können sich leicht vorstellen, dass meine Erlebnisse in dem Reservat an die Grenzen dessen gingen, was ein normaler sechzehnjähriger Junge ertragen kann. Sie können sich vielleicht auch vorstellen, dass so ein sechzehnjähriger Junge nicht gleich über alles sprechen kann, was ihm an Ungeheuerlichkeiten widerfahren ist."

Einige Zuhörer im Saal wurden aufmerksam, aber der allgemeine Geräuschpegel blieb hoch. Silas bemerkte, wie Steven aufgestanden war, von links an ihn herantrat und ihn am Arm zog. Silas schüttelte seine Hand mit einer heftigen, unwirschen Bewegung ab.

„Aber jetzt ist es an der Zeit, dass ich auch das berichte, worüber zu sprechen ich bisher noch keinen Mut gehabt habe, auch wenn es für die Öffentlichkeit unter Umständen ..."

Wieder zog Steven an ihm, diesmal heftig, diesmal von rechts. Silas drehte sich zu ihm, aber das war nicht Steven. Hinter ihm stand plötzlich Bannon, in seiner linken Hand, vor dem Publikum durch Silas' Körper verdeckt, eine Spritze. Silas spürte einen Stich.

„ ... unter Umständen schwer zu ... "

Silas sackte zusammen, Bannon und Steven Johnson packten gerade noch rechtzeitig zu, um zu verhindern, dass er auf den Boden krachte. Zwei Helfer trugen den bewusstlosen Jungen hinter die Bühne.

Im Saal entstand Unruhe. Auch wenn viele der Anwesenden Silas' Worte kaum noch Beachtung geschenkt hatten, war sein Zusammenbruch doch nicht zu übersehen gewesen. Nach wenigen Minuten trat Steven an das Mikrofon.

„Meine Damen und Herren, ich freue mich, Sie beruhigen zu können. Der Vorfall eben wirkte wohl etwas dramatischer als er tatsächlich war, es handelt sich lediglich um einen harmlosen Schwächeanfall. Silas Kramer wird ärztlicherseits bereits bestens versorgt. Wir bringen ihn dann zur Beobachtung in eine Klinik, eine reine Vorsichtsmaßnahme. Der Junge hat wirklich viel durchgemacht. Also machen Sie sich bitte keine Sorgen. Für die anwesenden Vertreter der Presse: Die geplanten Veranstaltungen in San Diego und Las Vegas werden

hiermit abgesagt. Ich wünsche Ihnen noch einen angenehmen Abend. Lassen Sie das Buffet nicht länger warten."
Selbst die anwesenden Reporter zogen es vor, sich mit den Bestandteilen des Buffets anstatt mit den Details von Silas' Gesundheitszustand näher zu befassen. Die Geschichte dieses milchgesichtigen deutschen Teenagers beherrschte ohnehin schon zu lange die Schlagzeilen. Der Wetterbericht hatte angekündigt, dass der gigantische Hurrikan, der in den letzten beiden Tagen über den karibischen Inseln gewütet hatte, seinen Kurs geändert hatte. Mit voller Wucht bewegte er sich auf Florida zu und drohte danach die ganze Ostküste zu treffen. Das war von größerem Interesse.
Aber zunächst einmal das Buffet.

Kapitel 28

Eine gewaltige Explosion riss Silas aus seiner Betäubung.
Das erste, das er danach wahrnahm, war ein monotones, leises, aber anhaltendes Rauschen. Minutenlang lauschte er auf dieses stetige Geräusch, zu kraftlos, um richtig wach zu werden und seiner Ursache auf den Grund zu gehen. Erst nach längerer Zeit und mit unendlicher Anstrengung gelang es ihm, die Augen zu öffnen.
Zunächst erkannte er nur wenig. Es musste sehr früh am Morgen sein, eher noch Nacht, denn das spärliche graue Licht, das durch die Lamellen der heruntergelassenen Jalousien drang, verschaffte ihm kaum Klarheit über den Raum, in dem er sich befand. Ein Tisch, ein Schrank, war da hinten eine Tür, oder waren es zwei?
Trotz aller Mühe schaffte er es nicht, sich aufzusetzen. Natürlich, das Rauschen war das Geräusch der Klimaanlage und das, was er als gewaltige Explosion empfunden hatte, drang gedämpft, von weit her in sein Zimmer. Sein Bett aus Stahlrohr, der Spind aus grauem, dünnem Blech erinnerte ihn an seine erste Nacht in den Staaten. Er befand sich wohl wieder auf einem Armeestützpunkt, bei dem Geknalle handelte es sich wohl um Schießübungen.
Seine Beine und seine Arme waren schwer wie Blei. Seltsamerweise beunruhigte ihn das nicht, es kam ihm irgendwie vertraut vor. Er schloss wieder die Augen und versuchte, wenigstens einen klaren Kopf zu bekommen. Sein Entschluss, auf der Parteiversammlung seine wahre Geschichte auszupacken, Bannon, wie er plötzlich mit einer Spritze in der Hand hinter ihm stand. Die Betäubung musste in Sekundenschnelle eingesetzt haben,

noch jetzt zog und zerrte sie an ihm, am liebsten wäre er wieder in den Schlaf gesunken.

Langsam, Stück für Stück, gelang es ihm, seine Arme und Beine zu bewegen und seinen Körper zurückzuerobern. Endlich saß er auf der Bettkante, zerschlagen, völlig verausgabt vom Marathon des Aufwachens. Vorsichtig rutschte er vom Bett, stabilisierte sich auf unsicheren Beinen und schlurfte wie ein alter Mann durch das Zimmer, immer auf der Suche nach Halt am Bett, am Tisch oder wenigstens an der Wand. Auf halbem Weg durch den Raum erkannte er, dass da zwei Türen waren, die erste öffnete er vorsichtig und tastete nach einem Lichtschalter. Toilette, Dusche, Waschbecken, ein kleines, schäbiges Badezimmer. Er entdeckte einen Waschlappen und wusch sich lang mit kaltem Wasser das Gesicht. Wie gut das tat. Jetzt war er wach. Er hob den Kopf und schaute in den Spiegel über dem Waschbecken.

Was Silas da sah, ließ ihn vor Schreck erstarren.

Tiefe, dunkle Ringe unter den eingefallenen Augen, die Gesichtshaut fahl und kränklich, fast gespenstisch, die Haare wirr über der Stirn. Schlagartig wurde ihm bewusst, wie sehr er im Rausch der letzten Tage seine Kräfte überstrapaziert hatte. Die schlaflose Partynacht, der Streit mit Julia, Bannons Betäubungsmittel, all das hatte ihm wohl den Rest gegeben. Es war Zeit, dieser Sache ein Ende zu setzen.

Silas duschte lange und ausgiebig, kalt und heiß, bis er einen klaren Kopf hatte. Als er wieder in das Zimmer trat, stand ein Frühstückstablett auf dem Tisch. Kaffee, an den hatte er sich noch nicht gewöhnt, aber heute konnte er ihn gut gebrauchen. Wahrscheinlich würden Steven und Bannon bald aufkreuzen, da sollte er hellwach sein.

Er traf die beiden in einem Büro, in das er schon bald nach dem Frühstück gebracht wurde. Es war klein und schäbig eingerichtet, kein Vergleich zu der Lounge, in der er die beiden kennengelernt hatte. Silas starrte sie feindselig an.
„Sorry wegen gestern", begann Steven. „Aber ich dachte, ich hätte dich deutlich genug gewarnt."
„Kein Problem, Steven. Ich bin es inzwischen gewohnt, betäubt und gekidnappt zu werden. Reine Routine für mich."
„Ach Silas, mach es nicht unnötig schwer. Komm, setz dich."
„Zu dir? Jetzt nicht mehr. Und zu dem schon gar nicht!"
Mit einem Satz war Bannon bei ihm, drehte ihm schmerzhaft den Arm auf den Rücken und zischte ihm ins Ohr.
„Wir können auch anders, du kleine Ratte, ganz anders."
Der Schmerz machte Silas nur noch entschlossener.
„Das hat vor ein paar Wochen schon einmal jemand zu mir gesagt!"
„Bannon, lass das." Stevens Stimme war schneidend, Bannon setzte sich widerwillig.
„Wenn du lieber stehen willst, ist das deine Sache, aber wir brauchen ein bisschen Zeit und du bist nicht in bester Verfassung. Also setze dich lieber."
Steven schenkte sich und Silas ein Glas Wasser ein, er fuhr sich mit der linken Hand über Mund und Kinn, wobei er Silas eindringlich anblickte. Vielleicht fasste er in diesem Augenblick einen Entschluss, vielleicht setzte er diese kleine Pause auch nur bewusst ein, um Silas zu verunsichern.

„Nun, ich will ganz offen mit dir reden. Beenden wir das Schattenboxen. An der Technik, mit der du im Reservat verwandelt wurdest, wird schon lange weltweit geforscht, natürlich auch von unseren Spezialisten. Das war bisher aber alles nur Stückwerk, nur dein Vater, der schien auf der richtigen Spur zu sein. Er stand schon seit Jahren in Kontakt mit uns. In Deutschland selbst war seine Forschung zu sehr reglementiert, ich glaube, das weißt du. Also suchte er im Ausland nach Möglichkeiten. Wir aber wussten nicht, ob wir ihm trauen konnten. Dummerweise hatte er auch Kontakte zu den Chinesen, den Russen, dem Syndikat. Mit Hilfe des Syndikats hat er dann im Reservat offensichtlich den Durchbruch geschafft."
Längst hatte Silas sich gesetzt und hörte gebannt zu. Er konnte nicht glauben, was Steven da über seinen Vater berichtete.
„Wo ist mein Vater?"
Steven ignorierte die Frage.
„Leider ist von seiner Forschung nicht mehr alles vorhanden. Auf den Servern waren wichtige Dateien gelöscht, etliche Computer waren zerstört, als wir eintrafen. Einige Programme konnten wir rekonstruieren, aber nur einige. Wir hatten gehofft, mit deiner Hilfe weiterzukommen."
„Ich weiß doch von nichts!", protestierte Silas. „Ich habe keine Ahnung davon. Wie oft muss ich das denn noch sagen?"
„Das haben wir inzwischen leider auch einsehen müssen. Wir haben uns da zu viel von dir erhofft, fürchte ich. Trotzdem, wir machen dir einen Vorschlag: Du kommst mit zurück in das Reservat. Wir schauen uns dort alles gemeinsam an, gehen alles durch, was du erlebt hast. Vielleicht kommen wir ja so doch einen Schritt

voran. Und wenn nicht: Du verfügst über eine überragende Intelligenz, du hattest ganz außergewöhnliche Erfolge in der Schule. Vergiss das IITN in London, wir suchen immer herausragende Talente, wir können dir Möglichkeiten bieten, von denen eine zivile Einrichtung nur träumen kann. Du kannst in unserem Team mithelfen, die Arbeit deines Vaters ein zweites Mal zu vollenden. Du, sein Sohn."
Silas konnte nicht glauben, was er da hörte.
„Ich, euch dabei helfen? Dann hat Julia also recht, ihr habt mich mit eurem Theater nur in eine Falle gelockt. Bist du dir überhaupt völlig im Klaren, welche Verbrechen mit dieser Technik möglich werden? Man könnte einen gefühllosen Serienkiller auf hunderte von Menschen überspielen und eine Monsterarmee erschaffen. Man könnte jeden Menschen, einen Wirtschaftsführer, Präsidenten, einen Spion umdrehen, sofern man ihn nur für eine kurze Zeit in seine Gewalt bekommt. Man könnte ..."
„Silas, glaube mir, ich weiß das, ich weiß besser als du, was man alles damit machen könnte."
„Du hast versprochen, dafür zu sorgen, dass nie wieder jemand das erleiden muss, was mir widerfahren ist."
„Ach Silas, du bist naiv. Das will ich doch immer noch, aber das geht nicht so, wie du dir das vorstellst. Sollen wir eine Pressekonferenz abhalten, bei der du auftrittst und brav deine Geschichte erzählst? Dann heben wir alle warnend den Finger und flehen die Menschheit an, bitte, bitte, wiederholt das bloß nicht. Lasst die Finger von den Streichhölzern, Kinder! Silas, wir sind nicht im Kinderprogramm. Was glaubst du, warum wir Amerikaner unbedingt die Atombombe wollten, als Spielzeug?"
„Wegen Hitler."

„Ja, um ihm zuvorzukommen. Nicht auszudenken, die Nazis hätten die Bombe zuerst entwickelt. Natürlich ist sie eine schreckliche Waffe, aber genau deswegen müssen demokratische Staaten sie besitzen, sonst besitzen nur Verbrecher sie."
„Ihr habt sie eingesetzt, zweimal!"
„Um einen Weltkrieg zu beenden und noch größeres Leid zu verhindern. Seither, seit mehr als eineinhalb Jahrhunderten, wurde diese Waffe nicht mehr eingesetzt, *weil wir sie haben.*"
Steven betonte eindringlich jedes der letzten vier Wörter. *Weil wir sie haben.* Vier Hammerschläge. Silas wurde unsicher, das Gespräch nahm eine unerwartete Wendung. Steven bedrängte ihn weiter.
„Nimm den Weltraum. Die Sowjets brachten den ersten Menschen ins All. Hätten wir einfach zusehen und applaudieren sollen? Hätten wir sie lieb bitten sollen, damit aufzuhören? Nur weil wir nachgezogen und sie übertrumpft haben, leben wir in Sicherheit. Das war schon beim Dynamit so, Silas. Du kannst damit Tunnel sprengen oder Menschen in die Luft jagen. Das Dynamit an sich ist nicht böse, böse ist, was böse Menschen damit anfangen. Und um die daran zu hindern, müssen auch, müssen gerade wir Guten all diese Dinge ebenfalls beherrschen, wenn möglich als Erste und besser als die anderen. Das Syndikat ist uns zuvorgekommen - zum Glück haben wir es gerade noch rechtzeitig gestoppt - aber wir sollten nicht riskieren, noch einmal zu spät zu kommen. Die freie Welt kann nicht auf dieses Wissen verzichten und du, Silas, kannst uns helfen, es zu erlangen."
Steven war während seiner Rede aufgestanden und auf Silas zugegangen, mit seinem letzten Satz legte er kurz seine Hände auf seine Schultern, dann ging er zu seinem

Tisch zurück und schaute ihn erwartungsvoll an. Jetzt redet er ehrlich mit mir, durchfuhr es Silas, wie mit einem Erwachsenen.

„Gut, das verstehe ich, aber warum muss es im Geheimen geschehen? Die halbe Welt hat zugesehen, als die ersten Astronauten auf dem Mond landeten, und gejubelt. Wozu die Geheimniskrämerei? Warum soll nicht ich, der alles am eigenen Leib erlebt hat, den Menschen davon berichten? Ich will das tun, und ich werde es tun!"

Bannon war während des ganzen Gesprächs immer ungeduldiger und ärgerlicher geworden. Dieses tagelange Schmierentheater wegen dieser Teenager war für ihn immer lächerlicher und unerträglicher geworden. Sollen sie doch ihre Geschichte erzählen, wer würde denn diesen paar Kindern und Wilden schon glauben? Es hielt ihn nicht mehr auf seinem Platz.

„Hör mal zu, Kindchen! Glaubst du denn, die USA schicken ihre Spezialeinheiten los, um einen deutschen Lümmel und seine Urwaldfreundin aus dem Dschungel zu holen? Meinst du, du kannst hier Weltgeschichte schreiben? Überschätze dich mal nicht, du spielst nicht mit in unserer Liga. Sei froh, dass wir so geduldig mit euch umgegangen sind und euch nicht gleich dahin befördert haben, wo ihr hingehört. Oder hat Bilbo vielleicht einen Ring dabei, mit dem er unsere Macht zerstören will?"

Also war das doch wieder eine Falle, durchzuckte es Silas. Treiben sie noch immer ihr Spiel mit mir!

„Ja, ich habe einen Ring. Ich werde die Wahrheit sagen. Wie wollt ihr mich daran hindern? Wollt ihr mich umbringen? Verwandeln könnt ihr mich ja nicht, das habt ihr ja nicht drauf."

„Bannon!"

Der Name kam wie ein Pistolenschuss. Steven verhinderte gerade noch, das Bannon auf Silas losging.
Steven wirkte plötzlich müde, fast ein bisschen traurig.
„Umbringen? Umbringen kann man Menschen auf sehr unterschiedliche Art und Weise. Schau dir das an."
Er tippte ein paar Mal auf einen Monitor, bis ein Video erschien. Der Anfang des Videos zeigte eine Kampfhubschrauberstaffel der US-Armee im Anflug über einer gebirgigen Landschaft. Das ohrenbetäubende Dröhnen der Motoren verstummte allmählich und wich einer langsam ansteigenden triumphalen Musik. Dann wurde der Titel des Videos eingeblendet, *Mission accomplished*.
„Was soll das?" Silas war verwundert. „Das ist doch das Video über mich, das kenne ich doch."
„Schau hin", sagte Steven nur, in einem Ton, der keinen Widerspruch duldete.

Die Kamera zoomte auf einen landenden Hubschrauber, schwer bewaffnete Soldaten in Kampfanzügen sprangen heraus und liefen schießend auf einen nicht gezeigten Feind zu. Ein feindlicher Hubschrauber explodierte, ein Gebäude wurde beschossen und ging in Flammen auf.
Es ist der Nachmittag des 15.11. Unsere Boys schlagen zu. Eine Eliteeinheit der United States Air Force schickt sich an, die entführten Kinder des renommierten deutschen Professors Stefan Kramer zu befreien und dem verbrecherischen Treiben einer internationalen Bande ein Ende zu setzen. Als unsere Truppen landeten, wussten sie noch nicht, dass sie ein ganz anderes Verbrechen aufdecken würden.
Ein Text wurde eingeblendet. ‚Professor Kramer - die wahre Geschichte.'
Silas wurde stutzig. Was sollte diese Änderung im Video? Die bekannten Bilder von Morosow, Mancini und

Legrand erschienen, der begleitende Text war unverändert. Danach folgten die Aufnahmen seines Vaters, von ihm und Mia. Silas traute seinen Ohren nicht.

Am 4. September entführten sie angeblich Professor Kramer, den ehemaligen Leiter der Abteilung für experimentelle Neurowissenschaften der Universität Heidelberg und seine beiden Kinder Silas und Mia. Professor Kramer behauptete, er sei so zur Mitarbeit an ihren kriminellen Experimenten erpresst worden. Die Beweise, die unsere Fachleute inzwischen ausgewertet haben, zeigen eine andere Geschichte. Professor Kramer hatte diese Entführung selbst inszeniert, er selbst war der wissenschaftliche Leiter dieser menschenverachtenden Experimente, assistiert von seinem Sohn, mit seinen sechzehn Jahren schon ein brillanter, aber gewissenloser Forscher.

Der Text zu den Bildern aus dem Reservat war unverändert, dann folgte die Szene, die Silas' Körper nach der ersten Verwandlung in seinem Glassarg zeigte.

Selbst vor seinem Sohn machte der skrupellose Professor Kramer mit seinen Experimenten nicht halt, wie man auf diesem Bild sieht. Möglicherweise handelt es sich aber auch um einen freiwilligen Selbstversuch des irregeleiteten Teenagers.

Fassungslos folgte Silas dieser verleumderischen Darstellung, zu überrascht und geschockt zu protestieren. Es folgten der Teil über die Untergrundbewegung, unverändert, dann die Aufnahmen von Julia auf dem Markt, die Panoramaaufnahme des Sees mit den Bergen im Hintergrund. Silas und Julia als winzige, verschwommene Figuren am Strand. An dieser Stelle zoomte die Kamera ganz nah auf Julia. Man sah sie splitternackt ins Wasser gehen, sie drehte sich mit einer eindeutig sexuellen Geste zu Silas am Strand um.

Neben der sogenannten wissenschaftlichen Arbeit fand Silas Kramer noch genügend Zeit, sich mit der Untergrundkämpferin, der offensichtlich angeblichen Untergrundkämpferin, zu vergnügen.

„Hört auf!", Silas sprang auf. „Das könnt ihr nicht machen!"

„Aber Silas, wir können noch viel mehr. Das ist nur eine kleine Fingerübung, das lassen wir unsere Praktikanten machen. Deine Julia wirkt doch schon sehr sexy, nach ein paar geschickten Klicks."

„Das sind alles Lügen und Fälschungen."

„Wenn wir das veröffentlichen, ist es die Wahrheit, das ist dir doch wohl klar?"

„Warum zieht ihr Julia noch damit hinein?"

„Warum nicht? Das macht die Sache doch erst so richtig interessant. Aber dein Einwand ist gut. Er bringt mich auf eine nette Idee, deine Mutter können wir auch noch einbauen. Meinst du nicht?"

Das Video war inzwischen weitergelaufen. Silas sah die Bilder von ihrer Rettung auf der Passhöhe.

Silas Kramer versuchte zusammen mit seiner Schwester Mia und den drei angeblichen Mitgliedern der Untergrundbewegung sich einer Festnahme zu entziehen. Die erfolgreichen Spezialeinheiten der US-Air-Force spürten sie nach dreitägiger, vergeblicher Flucht auf. Wie man auf diesen dramatischen Bildern sieht, wehrte sich Silas Kramer mit den außergewöhnlichen Kräften eines Wahnsinnigen sogar noch im ausweglosen Moment seiner Verhaftung.

Steven schaltete das Video aus.

„Ich denke, das sollte reichen. Willst du noch einmal über mein Angebot nachdenken? Du kannst bei uns Karriere machen, wie nirgends sonst auf der Welt."

„Das habe ich verstanden, Steven. Wie nirgends sonst auf der Welt. Du glaubst doch nicht wirklich, dass ich mich an diesen Verbrechen beteiligen werde."

„Nein, du hast recht, das glaube ich inzwischen nicht mehr. Aber ich hoffe, du verstehst eines Tages, dass manchmal unschöne Dinge getan werden müssen, wenn

man für ein höheres Ziel arbeitet. Wahrscheinlich bist du für diese Einsicht noch zu jung."
„Ihr dürft diese niederträchtigen Gemeinheiten und Lügen nicht veröffentlichen."
„Es ist nicht meine Absicht, diese Spielerei publik zu machen. Es sei denn, du zwingst uns dazu."
Silas verstand. Wie hatte er diesem Mann nur trauen können? Er hatte sich anerkannt und geborgen bei ihm gefühlt, wie bei einem Vater. Das war das Ende seiner Tage in den Staaten. Seine Wut war verebbt, sein Kampf war aussichtslos geworden, er wollte nur noch weg. Steven stoppte ihn an der Tür.
„Moment, Silas. Du wirst mir das jetzt nicht glauben, aber es tut mir wirklich leid. Ich habe einen Sohn, er ist zwei Jahre älter als du. Schlägt seine Zeit mit Partys, Musik und Drogen tot. Ich wünschte, er hätte dein Format. Deine Haltung imponiert mir, privat, aber du bist in eine Situation geraten, die ein paar Nummern zu groß für dich ist. Geh zurück nach Deutschland. Ich wünsche dir alles Gute."
Bannon rollte im Hintergrund genervt mit den Augen.
Silas blickte Steven ein letztes Mal mit verächtlichem Blick an, seine ausgestreckte Hand schlug er aus.

Zurück im Hotel ging er schnurstracks zu Julias Zimmer. Was für ein Idiot er gewesen war, er musste sich sofort entschuldigen. Auf sein Klopfen kam keine Reaktion. Also fragte er bei der Rezeption nach.
„Ach, wussten Sie das nicht? Die junge Dame ist abgereist, schon gestern."
Nein, sie hatte keine Adresse hinterlassen, nein, auch keine Telefonnummer, keine Nachricht. Nur ein kleines Päckchen. Silas riss hastig das Geschenkpapier auf, eine kleine Schachtel kam zum Vorschein, in ihr lag Julias

Halskette mit dem Anhänger, der kleinen blassblauen Blume. Innen, im Deckel, hatte sie geschrieben: Lebe wohl.

„Außerdem ist hier für Sie noch ein Kuvert."
Silas fand darin ein Flugticket. Los Angeles - Frankfurt. Zwischenstopp in Detroit. Der Flug ging früh am nächsten Morgen.

Am Flughafen wartete die nächste Überraschung. Der Hurrikan war tatsächlich von Florida aus die Ostküste entlang gezogen, sämtliche Flüge über den Norden der Ostküste waren aus Sicherheitsgründen gestrichen. Silas wurde für Atlanta umgebucht, dort würde man weitersehen. Fünf Stunden später saß er in einer Wartezone des Hartsfield-Jackson Flughafens von Atlanta, unfähig, sich um seine Weiterreise zu kümmern. Weder die grandiose Landschaft der Rocky Mountains noch die Weite des mittleren Westens hatte er während des Flugs wahrgenommen, weder das aufgeregte Geschnatter der beiden Touristinnen vor ihm noch das Gequengel des übermüdeten kleinen Mädchens hinter ihm. Wieder hatte er eine Nacht kaum geschlafen, das bisschen Kraft, das noch in ihm war, reichte nicht mehr aus, um gegen die Bilder der letzten Tage und Monate anzukämpfen. Silas fühlte sich leer, ausgelaugt, verlassener als je zuvor in der letzten Zeit. Er begann, hemmungslos zu weinen.

Zum Glück wurde ein Mitglied des Flughafenpersonals, eher im Alter seines Opas als seines Vaters, auf ihn aufmerksam.

„Wissen Sie nicht weiter, junger Mann? Kann ich Ihnen helfen?"
Er kontrollierte Silas' Flugschein und brachte ihn zum Gate für den Weiterflug nach Frankfurt.

„Ihre Eltern sollten Sie nicht allein fliegen lassen, so jung, wie Sie noch sind. Nicht jeder in Ihrem Alter ist für einen Flug um die halbe Welt schon selbstständig genug. Aber Kopf hoch, jetzt kann nichts mehr schiefgehen."
Bevor Silas an Bord ging, schickte er seiner Mutter eine Nachricht.
„Ich komme morgen um 7.30 Uhr in Frankfurt an."
Etwas später noch eine.
„Holst du mich ab?"
Nach zehn Minuten eine dritte.
„Bitte, Mama, bitte."
Eine halbe Stunde später, das Flugzeug rollte gerade auf die Startbahn, kam die erlösende Antwort.
„Natürlich, mein Großer. Ich freue mich so."

Kapitel 29

Der ungewohnte, lang anhaltende Kälteeinbruch hatte das Land fest im Griff. Die Menschen verzogen sich in ihre Wohnungen, das öffentliche Leben erstarrte und gefror wie das Wasser in Tümpeln und kleinen Teichen. Selbst auf dem Neckar bildete sich eine feine Eisschicht. Dann fing es auch noch an zu schneien. Die paar klapprigen Schneeräumfahrzeuge, die noch zur Verfügung standen, waren im Dauereinsatz, ohne der ‚Schneemassen', die die Straßen und Schlagzeilen füllten, wirklich Herr zu werden. Die Älteren erzählten von Schneeschaufeln, mit denen man früher die Gehwege frei geräumt hatte, aber wer besaß noch solche Geräte? Ein Glückspilz, wer Winterreifen auftreiben konnte, als Folge des Klimawandels wurden sie in Heidelberg schon lange nicht mehr gebraucht. Wie ein Tier zum Winterschlaf zog sich das Leben in der Stadt zurück in seine Höhle, vertrieben vom Frost und dem eisigen Nordwind. Seit Jahrzehnten an ein milderes Klima gewöhnt, gingen die Menschen in Deckung, ratlos und unfähig, Schnee und Eis die Stirn zu bieten.
Auf Silas hatte die ungewöhnliche Kälte die entgegengesetzte Wirkung. Sieben lange Wochen hatte er sich in seinem Zimmer verkrochen. Weder die Kerzen des Adventskranzes noch die Lichter des prächtig geschmückten Weihnachtsbaums, schon gar nicht der süßliche Trubel der Weihnachtsmärkte, waren bis in seine verdunkelte Höhle gedrungen. Jetzt aber trieb ihn der strahlende Sonnenschein nach grauen, verregneten Wochen zum ersten Mal wieder nach draußen, und der Frost, vor allem die Kälte und der Frost. Mit einem der wenigen Busse, die noch verkehrten, fuhr er ein Stück in

den Odenwald hinein, wo er dann notdürftig eingepackt, bekleidet mit mehreren Lagen der ungeeigneten Klamotten, die noch am ehesten für diesen seltenen Winter zu gebrauchen waren, durch den Schnee stapfte. Der Polarwind schnitt ihm in das Gesicht, seine Hände, tief vergraben in den Manteltaschen, wurden in den dünnen Handschuhen allmählich blau, seine Füße gefroren zu Eisklumpen, obwohl er sie durch strammes Gehen und kräftiges Aufstampfen warm zu halten versuchte. Aber das störte ihn nicht, im Gegenteil. Mit dem Schmerz kehrte das Gefühl in sein Herz zurück, die tiefen Minusgrade ließen die Temperatur seiner Seele wieder steigen, trotzig stellte er sich der Kälte entgegen und spürte dabei, wie sich das Leben wieder in ihm regte. Er riss sich die Wollmütze vom Kopf und blickte mit geschlossenen Augen in die tief stehende Januarsonne, verblüfft und zugleich beglückt von der Wärme, die sie trotz der winterlichen Jahreszeit ausstrahlte. Den beißenden Wind in seinem Rücken spürte er kaum.

An einem nahen Hang fuhren Kinder unter vergnügtem Kreischen und Juchzen Schlitten. Wo sie die wohl her hatten? Aus Opas altem Gartenschuppen? Die weniger Glücklichen rutschen auf Surfbrettern, Plastikfolien oder rasch zusammengenagelten Rutschen aus Holzbrettern, egal was, Hauptsache es glitt und schlidderte, der erste Schnee in ihrem Leben. Silas wandte sich ab und entkam über eine Bergkuppe dem Kindergeschrei. Er wollte nicht mitansehen, wie sie die Schneedecke zu Eis verdichteten oder sie dort, wo sie noch dünn war, gar aufrissen, so dass die Grasnarbe zum Vorschein kam. Hier, hinter der Bergkuppe, ruhte die Landschaft unter einer geschlossenen Schneedecke, ein weicher, weißer Verband, der alle ihre Wunden verbarg, damit sie darunter heilen konnten: Den Asphalt der Straße und

des Parkplatzes auf der gegenüberliegenden Anhöhe, die stellenweise tiefen Furchen des Waldwegs, die breiten Spuren der schweren landwirtschaftlichen Maschinen auf Wiesen und Äckern. Selbst die im letzten Herbststurm umgerissenen Bäume schliefen friedlich, eingehüllt in weiße Mullbinden. Stille, Ruhe, Friede.
Silas blieb stehen, teils, weil ihn das Stampfen bergauf durch den Schnee anstrengte, teils, weil er den friedvollen Ausblick genießen wollte. Die kältestarre Landschaft verströmte für ihn eine Ahnung von Frühling, das Leben würde zurückkehren.

Das Leben. Wochenlang hatte es sich aus ihm zurückgezogen, wochenlang war er meist zu Hause in seinem Bett gelegen, zusammengekrümmt wie das Opfer bei einer Prügelei, das schutzlos den Schlägen ausgesetzt ist, mit der Decke wortwörtlich über dem Kopf, kaum lebendiger als in den Wochen, in denen sein betäubter Körper im Reservat tiefgekühlt auf seine Wiedererweckung gewartet hatte.
Als seine Mutter ihn am Flughafen abholte, nein, eigentlich schon als sie seine Nachricht aus Atlanta bekam, dieses ‚Bitte, Mama, bitte', war sie sich bewusst, dass ihr Sohn ihre Hilfe brauchte, vielleicht für eine geraume Zeit. Sie sprachen nicht viel, stattdessen stellte sie das Auto auf Autopilot und hielt während der ganzen Heimfahrt Silas im Arm, hielt ihn einfach fest, streichelte ihm kurz über den Kopf, wenn er manchmal hemmungslos zu schluchzen begann. Zu Hause angekommen, verkroch er sich sofort in sein Bett, wo er nach drei praktisch durchwachten Nächten endlich in einen tiefen Schlaf fand. Als Mia von der Schule kam und ihren Bruder sofort wecken wollte, um ihn zu begrüßen, um zu erfahren, was sich in den letzten Tagen ereignet

hatte, hielt Alina sie zurück. Was auch immer geschehen war, sie beide würden in den nächsten Wochen viel Liebe und Geduld aufbringen müssen, so wie damals vor fünf Jahren bei Silas' schwerer Krankheit. Am Flughafen hatte Alina ihren vorher so mutigen, so optimistischen Sohn kaum wiedererkannt, verzweifelt und gebrochen trat er in die Empfangshalle. Julia war nicht dabei. Julia fehlte.

Die Ereignisse der letzten drei Monate hatten Silas fest im Griff. Wenn er schlief, suchten sie ihn in seinen Albträumen heim, beim Aufwachen erdrückten sie ihn mit einer Gewalt, der er wenig entgegenzusetzen hatte. Seine Kräfte waren schon längst aufgebraucht gewesen, doch die Notwendigkeit im Reservat zu überleben und die Flucht zu bestehen, der Rausch seiner triumphalen Tage in den Staaten hatten seine Erschöpfung unterdrückt und ihn wie einen gedopten Athleten auf den Beinen gehalten. Der Zusammenbruch kam daher umso massiver.

Seine Mutter wusste, dass sie nur eines tun konnte, und das tat sie auch. Sie war für ihn da, einfach da, ohne ihn auszufragen, ohne ihn zu bedrängen, auch ohne ihn aufzumuntern. Mia versuchte das mit ihrer lebhaften, unkomplizierten Art und wurde schnell ungeduldig und frustriert, als Silas nur mit Ablehnung reagierte.

„Lass ihn, Schatz", erklärte ihr ihre Mutter. „Ein gebrochenes Bein lässt sich nicht durch Action und Späße heilen, es braucht seine Zeit. Für eine gebrochene Seele gilt das noch weit mehr. Zeig ihm einfach, dass du nicht mehr böse auf ihn bist, dass du für ihn da bist. Dein Bruder muss erst wieder mit sich selbst ins Reine kommen."

Als Silas anfing, von den letzten Tagen in den USA zu erzählen, hörte Alina einfach aufmerksam zu und schenkte ihm ihre Zuwendung, ohne Vorschläge zu machen oder gar Kritik zu äußern. Ihre journalistische Arbeit versuchte sie etwas, aber nicht zu sehr einzuschränken. Silas sollte auch Zeit für sich allein haben, haben müssen, denn die Kraft für einen neuen Anfang würde er letztendlich nur in sich selbst finden.

„Weißt du, Mama, ich habe oft solche Angst", begann er eines Tages. „Nicht wegen meiner Verwandlungen, nicht wegen der Todesgefahr auf der Flucht, nein, nicht wegen der Vergangenheit. Es ist wegen meiner Zukunft. Was soll nur aus mir werden? Mama, ich weiß nicht, wie es weitergehen kann."

Zukunftsangst. Silas hatte das Wort lediglich wie eine Vokabel gekannt, ohne die geringste Vorstellung davon, was das sein sollte. Die Zukunft war immer einfach gewesen, ausgeschlossen, dass etwas schiefgehen könnte. Schule, Studium, alles ein Spaziergang. Jetzt überfiel ihn die Angst wie ein Raubtier mit dem ersten wachen Gedanken am Morgen. Alina erklärte ihm, dass er schließlich Unvorstellbares durchgemacht habe, dass es Zeit brauche, dies zu verdauen und zu bewältigen, das sei doch ganz natürlich.

„Wie kannst du mit allem so umgehen, Mama? Papa ist immer noch verschollen. Wie kannst du mit der Ungewissheit leben?"

Alina lächelte.

„In dreißig Jahren wirst du das wissen, mein Großer. Du bist noch so jung, die Schrecken der Welt hast du nur aus Büchern gekannt. Wenn du älter bist, rechnest du mit ihnen, weil du weißt, dass sie real sind, dass du sie akzeptieren musst."

„Ich habe so viel Mist gebaut, Mama. Ich habe Mia verletzt, und Julia, vor allem Julia. Alles habe ich falsch gemacht. Und es wird nie wieder gut."

„Ja, Mist gebaut, das hast du. Gewaltig viel Mist. Aber *nie wieder gut*, das gibt es nicht, solange du lebst. Gib dir Zeit, mein Schatz. Gib dir Zeit."

Silas spürte, dass seine Füße nass waren. Beim Querfeldeinstapfen den Abhang hinauf war wohl Schnee in seine Schuhe gekommen. Noch einmal nahm er das Panorama der friedvollen Winterlandschaft in sich auf, atmete tief und gleichmäßig, wie es seine yogabegeisterte Mutter ihm vorgemacht hatte. Ausgeglichenheit, Gelassenheit, Friede bei jedem Atemzug. Er sollte jetzt besser zurückgehen, sonst bezahlte er noch für sein bisschen neues inneres Gleichgewicht mit einer ausgewachsenen Erkältung. Morgen wollte er wiederkommen, vielleicht fände sich noch ein brauchbareres Paar Schuhe.

Einmal noch wiederholte er seinen Trip in die Berge, dann bereitete eine Warmfront, die über die Alpen schwappte, der außergewöhnlichen Kälte ein Ende, und damit auch dem Eis und dem Schnee. Auch in Silas war etwas aufgetaut, so dass er die Abende jetzt oft im Gespräch mit seiner Mutter verbrachte.
„Ich habe immer so viel an mich gedacht, was ist denn nur mit Papa? Es kann doch nicht sein, dass er so lange verschollen ist."
„Nein, Silas", begann seine Mutter zögerlich, „ich wollte es dir nicht sagen, solange du noch so verzweifelt warst. Wahrscheinlich weißt du es tief in dir drinnen schon." Alina machte eine kleine Pause, sie musste Luft holen, um es offen auszusprechen. „Papa ist tot. Pakos hat mir geschrieben, das war noch vor deiner Rückkehr von Los Angeles. Einheimische haben ihn einen Tag nach dem Eingreifen der Truppen in einer Bucht am See gefunden. Pakos sagt, es sei die Stelle, an der Julia und du

euch oft getroffen habt. Er saß an einen kleinen Felsvorsprung gelehnt, halb zur Seite gesunken, da, als habe er zum Schluss noch über den See geschaut, hinüber zu den Bergen am anderen Ufer."
Silas hatte schweigend zugehört. Lange reagierte er nicht auf die traurige Nachricht.
„Wie ist er ... gestorben? Haben sie ihn erschossen?"
„Nein, Pakos weiß es nicht. Er war nicht verletzt. Vielleicht war es Gift? Zum Glück hat ein Mitglied der Untergrundbewegung gleich davon gehört. Sie haben Papas Leichnam vor den Amerikanern verborgen und ihn an einer verschwiegenen Stelle am See begraben."
Silas sagte lange nichts. Mia kam herein, sie hatte nebenan in ihrem Zimmer gelernt und wunderte sich über die plötzliche, lange Stille im Wohnzimmer. Silas fand seine Sprache wieder.
„Du hast recht, Mama. Auch ich habe es irgendwie gewusst, ich wollte es nur nicht wahrhaben. Ich wollte ihn so sehr fragen, welche Rolle er eigentlich gespielt hat. Ich zermartere mir den Kopf, da sind so viele Puzzleteile, die ich nicht zusammen bekomme. Er hat mich verwandelt und er hat mich gerettet. Er hat zu mir wie ein Wahnsinniger gesprochen und er hat mir die Hand gehalten wie ein Vater. Wer war er, Mama?"
„Wir werden es nie wirklich wissen, Silas. Aber ich glaube, er war ein Mann, der in eine Sackgasse geraten ist und nicht mehr herausfand."
Alina erzählte ihren Kindern vom Zusammenleben mit ihrem Mann in den letzten Jahren. Wie Stefan sich zunehmend in seine Arbeit vertiefte und sich vom Familienleben zurückzog, besonders nach der Schließung seines Instituts. Sie erzählte ihnen von seinen Experimenten und seinen Kontakten zu irgendwelchen, vermutlich staatlichen Institutionen in China, Russland, den

USA und zum Syndikat. Er suchte wohl vor allem einen Platz, wo er seiner Forschung ungehindert nachgehen konnte. Wer ihm diesen Platz bot und zu welchem Preis, klammerte er aus. Warum hat er seinen Flug nach dem Urlaub gestrichen und Silas allein losschicken wollen? Wollte er allein in das Reservat, um seine Arbeit zu vollenden? Wollte er sie beenden, einstellen, um aus seiner Sackgasse zu entkommen? Haben Sie deshalb Silas entführt, um so seinen Vater zur Weiterarbeit zu erpressen? Ihn gezwungen, seinen eigenen Sohn zu verwandeln, wenn nicht, würden sie ihm Schlimmeres antun? Wahrscheinlich hatte Vater seinen Chefs im Reservat die Rückverwandlung mit dem Hinweis auf Silas' implantierten Chip schmackhaft gemacht, offensichtlich hatte er so ihre Flucht ermöglicht.
Mia schaltete sich in das Gespräch ein.
„Aber warum ist er dann nicht mitgekommen? Er hätte doch mit uns fliehen können!"
„Du hast recht, Mia. Dafür muss es einen Grund geben. Wie sehr sich Papa auch verändert haben mag, nie hätte er euch freiwillig in Gefahr gebracht. Vielleicht ist das, was dieser Steven Silas am letzten Tag in L.A. gesagt hat, die Erklärung. Die Amerikaner wollen diese Technik, unbedingt. Angenommen, sie hätten Papa und das intakte Labor in ihre Hände bekommen. Musste Papa nicht davon ausgehen, dass nun sie ihn zwingen würden, für sie zu arbeiten?"
„Wie sollten sie ihn denn zwingen, Mama?"
„Hast du vergessen, was Silas über dieses Video erzählt hat? Wahrheit ist das, was man der Öffentlichkeit glaubhaft machen kann, Mia. Sie hätten Papa mit Leichtigkeit als Chefwissenschaftler dieser Verbrecher darstellen können, es stimmt ja sogar irgendwie, ein Wissenschaftler, der seinen eigenen Sohn für Experimente

missbraucht, oder gar, dessen Sohn selbst mitarbeitet. Sie hätten Papa vor die Wahl gestellt: Ein Leben im Gefängnis, ein Leben voller Schande oder eben die Zusammenarbeit. Das wäre nichts Neues. Dieselben Ingenieure, die die Raketen der Nazis bauten, entwickelten später die amerikanischen Raketen für die Raumfahrt."
„Aber welche Möglichkeiten blieben ihm dann noch?", fragte Silas.
„Ich sagte es ja. Es war eine Sackgasse. Hat dir Steven nicht gestanden, dass die meisten Daten gelöscht, die wesentlichen Programme zerstört waren, als die Truppen eintrafen? Wer außer Papa könnte das getan haben?"
„Es gab doch Assistenten, ich habe selbst zwei von ihnen gesehen."
„Von denen hat keiner überlebt. Pakos schreibt, dass es bei der Hektik der Erstürmung ein Missverständnis gab. Einige hohe Mitglieder des Syndikats, darunter auch die Wissenschaftler, die offenbar Papas Assistenten waren, machten kurz vorher einen Hubschrauberrundflug, nur so zum Vergnügen, vielleicht wollten sie nach dem Mondfest die Sicht auf die Landschaft genießen. Das müssen die Hubschrauber gewesen sein, von denen ihr euch verfolgt gefühlt habt. Als die Amerikaner eintrafen, waren sie gerade wieder auf dem Dach des Krankenhauses gelandet. Für die angreifenden Soldaten muss es so ausgesehen haben, als wollten sie gerade starten. Sie glaubten sich bedroht und schossen sie ab. Dabei kamen alle Wissenschaftler ums Leben, das obere Geschoss des Gebäudes wurde stark beschädigt."
Die Puzzleteile fügten sich zusammen. Hatte Stefan Kramer in seiner ausweglosen Lage seinen Kindern die Flucht ermöglicht, die Amerikaner für ihre Rettung herbeigerufen, dann seine Erfindung vernichtet und am

Ende Selbstmord begangen, weil er darin die einzige Möglichkeit sah, sich und die Welt von seiner eigenen Erfindung zu befreien?
„Wir werden es nie wissen", endete Alina. „Vielleicht hat auch jemand anderes die Daten gelöscht, vielleicht wurden sie bei der Beschießung zerstört, vielleicht hat dich Steven belogen. Dass Papa an Gift starb, ist auch nur eine Vermutung der Einheimischen. Vielleicht wurde er vergiftet und an den Strand gelegt. Vielleicht war es ein Herzinfarkt, Papa hatte einen angeborenen Herzfehler, eine Operation wäre sehr riskant gewesen, er lebte mit einer Zeitbombe in seiner Brust."
Silas und Mia saßen stumm da, als ihre Mutter geendet hatte. Das Puzzlebild, das sich gerade zu ordnen schien, zerfiel wieder in zahllose Einzelteile.
„Wie soll ich mit dieser Ungewissheit leben?", fragte Silas schließlich. „Wenn ich nur einmal noch mit ihm reden könnte!"
„Bewahre die letzten Augenblicke in deiner Erinnerung, Silas. Wie er dich umarmt hat, wie er deine Hand gedrückt hat. Da hast du doch gespürt, dass er alles tat, um euch zu retten, dass er euch lieb hatte. Alles andere war für ihn zu mächtig geworden, er hatte die Kontrolle verloren."
„Aber warum? Wenn das alles so zutrifft, dann hat Papa so viele Fehler gemacht. Nur, weil er ein großer Wissenschaftler sein wollte, nur, weil er berühmt werden wollte. Wofür hat er dann fast seine Familie zerstört, für den Nobelpreis?"
Alina antwortete nicht gleich, sie wusste nicht, wie sie die Wahrheit sagen konnte, ohne ihren Sohn zu verletzen. Mia kam ihr zuvor, nicht ohne eine gewisse Boshaftigkeit. Aus Rücksicht auf Silas' wochenlange Depressi-

on hatte sie sein Verhalten während der Tage in den USA noch nicht offen ansprechen können.

„Verstehst du das wirklich nicht? Im Rampenlicht zu stehen, der Größte zu sein, von allen bewundert. Für einen Augenblick seine Familie und Freunde zu vergessen. Kommt dir das wirklich so unbegreiflich und fremd vor?"

Mia hatte erwartet, dass jetzt die Fetzen fliegen würden, doch sie hatte sich getäuscht. Silas blieb stumm, seine Augen füllten sich mit Tränen.

„Ich habe so viele Fehler gemacht, dieselben Fehler wie Papa. Ich bin diesem Steven auf den Leim gegangen, nur weil er einen Star aus mir gemacht hat. Ja, ihr werdet es nicht glauben, kurz habe ich gedacht, ich bleibe dort und nehme sein Angebot an. Julia hat mich davor bewahrt, ihre Kette, ihre Blume. Dich, Mia, kann ich um Verzeihung bitten, aber Julia nicht. Ich habe sie so verraten. Mama, ich dachte, es geht mir besser, aber jetzt, es ist alles wieder so schlimm."

„Ja Silas, es ist schlimm. Du hast schlimme Fehler gemacht. Aber es gibt einen großen Unterschied zwischen dir und Papa. Er war erwachsen, er wusste genau, worauf er sich einließ, als er bei den Mächtigen dieser Welt mitmischen wollte. Aber du bist ein Kind, zumindest warst du eines bis vor kurzem, du warst immer ein Opfer, kein Täter. Und jetzt, wo alles endlich ausgesprochen ist, jetzt sei traurig, jetzt weine, doch dann kommt der Frühling und ein neues Leben beginnt. Du bist so jung, du fängst noch einmal von vorn an."

„Und Julia?"

„Ich weiß es nicht, ich weiß es wirklich nicht."

Alina hatte recht. So unmerklich, wie die Tage länger wurden, Minute um Minute, so unmerklich, aber stetig

kehrte Silas millimeterweise in das Leben zurück. Der Februar verging, erstaunt stellten sie fest, dass noch abends um sechs die Märzsonne in den Garten schien. Neue Pläne zu machen jedoch, dazu war Silas noch nicht in der Lage. Noch immer klammerte er sich an Gespräche mit seiner Mutter, die ihm mit unerschöpflicher Ausdauer zur Seite stand. Es störte ihn auch nicht, dass sie ihr altes Hobby, das Nähen, wiederaufnahm. Im Gegenteil. Wenn sie sich an die Nähmaschine setzte, wusste er, dass sie nun viel gemeinsame Zeit haben würden. Zeit, die auch Nachdenken und längere, schweigsame Pausen miteinschloss. Alina nähte für ihn eine Windjacke aus zwei sich ergänzenden Stoffen mit leuchtenden gelben und roten Tönen, ein Stoff für die Jacke, einer für die Kapuze. Danach begann sie eine zweite Jacke, für die sie die Stoffe vertauschte.
„Für Mia?"
„Mal sehen. Vielleicht."
Mias Geduld mit ihm war schneller erschöpft, aber immerhin gelang es ihr nach hartnäckigem Zureden, ihn zur Teilnahme an ihrer gemischten Volleyballmannschaft zu überreden. Irgendwie ergänzten sich die beiden bei der Aufgabe, Silas wieder in das Alltagsleben zurückzuholen. Umso überraschter war Silas, als seine Mutter einmal von sich aus zu ihm und Mia kam, weil sie selbst etwas auf dem Herzen hatte.
„Ich möchte etwas mit euch besprechen", begann Alina, „ich weiß nur nicht genau, wie ich es sagen soll."
„Oh, spannend, Mama hat Geheimnisse. Du kannst uns doch vertrauen, liebste Mama." Mia setzte wie so oft dem Ernst ihrer Familie ihren Humor entgegen.
„Es geht um einen Mann. Ihr kennt doch diesen Kollegen von mir, Torben."

„Torben? Ach so, den. Du meinst deinen neuen Freund?"
Alina schaute verblüfft ihre Tochter an.
„Ach Mama, das wissen wir doch schon seit Wochen. So wie du dich benimmst, wenn er mal da ist oder anruft. Wie ein verliebter Teenie."
„Und du, Silas, hast du das auch schon gewusst?"
„Ja, Mama, logisch."
Alina schüttelte erstaunt den Kopf. Da hatte sie sich solche Gedanken gemacht.
„Habt ihr damit kein Problem? Seid ihr mir nicht böse? Ich meine - wegen Papa. Er ist kaum mehr als drei Monate tot."
„Es ist so viel passiert", antwortete Silas, „für mich hatte das letzte halbe Jahr nicht sechs, sondern sechzig Monate - oder sechshundert. Du hast mir geraten, neu anzufangen. Warum soll dasselbe nicht auch für dich gelten?"
„Aber ich würde schon gern wissen, wo und wie du ihn so schnell aufgerissen hast."
„Ich habe ihn nicht *aufgerissen*, Mia", protestierte Alina, „und es ist mir wichtig, dass ihr versteht, dass ich mir nicht einfach mal so schnell einen Ersatz für euren Vater angelacht habe."
Alina war sichtlich nervös. Ihren Kindern ihr Innerstes zu offenbaren war sie nicht gewohnt, die herkömmlichen Rollen waren vertauscht und sie fühlte sich unsicher.
„Ihr habt ja sicherlich gemerkt, dass es in den letzten Jahren zwischen Papa und mir oft geknirscht hat. Ich habe zugesehen, wie er in seinen Forscherwahn abdriftete, ich mache mir manchmal Vorwürfe, dass ich keinen Weg fand, ihn aufzuhalten. Meine spitzen Bemerkungen, meine demonstrative Enttäuschung hat ihn

wohl eher noch mehr von mir, von uns entfremdet. Vor zwei Jahren haben Torben und ich uns dann ... angenähert. Wir kennen uns schon lange, seine Frau hat ihn ein Jahr zuvor verlassen. Wir haben ... "
„Wow, Mama!" Mia war begeistert. „Du hast ein Verhältnis gehabt?"
„Unsinn, Mia. Deine Fantasie geht mit dir durch. Kein Verhältnis, nicht im eigentlichen Sinn. Wir haben ... uns gegenseitig geholfen. Aber ich habe es dann abgebrochen. Papa war gerade dabei, endgültig seine Stelle zu verlieren, ihr wart noch so klein, na ja, das auch wieder nicht, aber ich konnte doch nicht unsere Familie zerreißen."
„Ist doch gut, Mama", beruhigte Mia sie. „Ich finde es schön, wenn du nicht allein bleibst, ehrlich. Außerdem, dieser Torben ist gar nicht so übel, echt cool sogar. Vielleicht ein bisschen zu jung für dich."
„Na hör mal!", Alina spielte erleichtert die Empörte. „Für dich ist er aber sicher zu alt! Komm mir bloß nicht in die Quere!"
„Ach Quatsch, so ein alter Mann. Komm Silas, wir müssen uns für das Training fertig machen." Mia ging ihre Sporttasche holen. Doch Silas fiel es schwerer, das neue Verhältnis seiner Mutter so locker zu nehmen.
„Ich weiß, ihr habt euch in den letzten Jahren oft gestritten, Papa und du. Habt ihr euch gar nicht mehr geliebt, am Ende?"
„Doch Silas, das darfst du nicht denken. Wir hatten so viele Jahre zusammen, das vergeht nicht so einfach. Er fehlt mir auch jetzt noch, irgendwie werde ich ihn immer lieben, aber anders, anders als am Anfang natürlich."

Alina senkte den Kopf und schaute auf ihre gefalteten Hände herab. Sie durchlebte wieder die Szene, in der sie erkannte hatte, dass sie mit diesem Mann leben wollte.
„Bei unserem ersten Treffen", begann sie, mehr zu sich selbst als zu Silas, „kam mir euer Vater ziemlich eingebildet und arrogant vor. Aber als ich ihn besser kennenlernte, erkannte ich, wie ehrlich, zuverlässig und verantwortungsbewusst er war. Aber richtig verliebt habe ich mich erst nach ein paar Wochen. Wir standen ganz nah beieinander. Irgendwie, ich weiß nicht mehr warum, hatte er meine Hände in den seinen, und dann führte er meine linke Hand zu seinen Lippen und küsste meine Finger, einen nach dem anderen, ganz zärtlich. Da spürte ich, wie mein Herz in meiner Brust hüpfte."
„Silas, kommst du endlich? Wir müssen los, sonst macht der Trainer wieder Stress."
„Ist ja gut, komme ja schon." Silas gab seiner Mutter einen flüchtigen Kuss in ihr Haar. „Ich muss, Mama, du hörst es."
Alina blieb sitzen, den Kopf noch immer gesenkt, einen Hauch von Stefans Küssen auf den Fingerkuppen ihrer linken Hand. Ob Silas überhaupt richtig zugehört hatte? Wochenlang hatte sie ihm ihre Zuwendung geschenkt und jetzt, wo sie die seine einmal in Anspruch nahm, nur für zwei Minuten ...
Dann wischte sie diesen Gedanken schnell und entschlossen weg. Er war ihr Sohn, sie die Mutter. Jeder hatte seine Rolle, und das war gut so.
Sie langte nach dem Telefon und wählte Torbens Nummer.

Kapitel 30

In der Woche vor Ostern kam der Frühling mit Macht. Vielleicht war Alina wegen des ungewöhnlich kalten Winters und des späten Ostertermins für das Licht und die Wärme der Frühlingssonne auch nur besonders empfänglich. Wie oft schon war sie in den vergangenen Jahren den Philosophenweg entlang spaziert, um die Pracht der üppig blühenden Sträucher und Bäume zu genießen! Doch noch nie hatte sie eine solche Dankbarkeit über das neu erwachte Leben empfunden. Mia hatte sich in der Schule wieder gut eingefunden, Silas hatte wieder damit begonnen, am Leben teilzunehmen, und an ihrer Seite ging Torben, wenn auch etwas widerwillig und nur ihr zuliebe, auf dem Mountainbike fühlte er sich mehr zu Hause als auf einem Spazierweg für Oma und Opa, wie er es nannte.
„Du, Torben, ich hoffe, du bist mir nicht böse, nächste Woche mache ich mit den Kindern einen Familienausflug."
„So spontan? Ohne mich?"
„Ohne dich. Genau. An den Ort unserer Familienferien früher. Ich glaube, für Silas ist das genau das Richtige. Ein Ortswechsel, aber nicht irgendwohin, etwas Vertrautes und zugleich auch ein bisschen Neues, es wird ihm guttun."
„Okay, wenn es dazu beiträgt, dass du demnächst einmal etwas mehr Zeit für mich hast und nicht nur für deinen Sohn."
„Das wird es, ich bin sicher, das wird es. Bald."

Mia und Silas waren zuerst wenig angetan von der Idee. Mia hatte ein Referat für die Schule zu erledigen und

Silas fiel es manchmal noch schwer, nur das Haus zu verlassen. Als Mia aber hörte, dass ihre Mutter das alte Ferienhaus am Meer in Südholland gebucht hatte, war das Referat kein Hindernis mehr. Sie konnte es kaum erwarten, Silas war überstimmt. Am nächsten Abend packten sie die Koffer und beschlossen aus einer plötzlichen Laune heraus, sich nur für ein paar Stunden aufs Ohr zu legen und dann noch in der Nacht loszufahren. Zum Frühstück wären sie dann bereits am Nordseestrand.

„Schaut, die Sterne!"

Alina zeigte zum Himmel, als sie nachts um drei zum Auto gingen. Über ihnen funkelte der Sternenhimmel, wie man ihn in der lichtverschmutzten Großstadt selten sah.

„Genau wie vor zwölf Jahren, Mia. Da fuhren wir zum ersten Mal ans Meer und hofften, du würdest im Auto schlafen. Papa holte dich aus dem Bett und trug dich schlafend zum Wagen. Genau da bist du aufgewacht, wir hatten schon Angst, du schreist jetzt los, aber du hast nur gestaunt und gestaunt und gesagt *Mama, Papa, die Sterne! Schaut, die Sterne!*"

„Ich weiß, Mama", erwiderte Mia gedehnt, „ich kenne die Geschichte. Können wir?"

Silas stand vor dem Haus und rührte sich nicht, den Blick nach oben gerichtet.

„Im Reservat habe ich oft hoch zu den Sternen geschaut, der Anblick dort ist unglaublich. Das hier ist schön, dort ist er überwältigend. Aber es ist so weit weg. So weit weg."

„Wer weiß", lächelte seine Mutter. „Vielleicht doch nicht so weit. Es ist derselbe Himmel."

Sechs Jahre lang hatten die Kramers die Sommerwochen in dem kleinen Ferienhaus verbracht, für Mia und Silas ein zweites Zuhause, irgendwie ein fast noch schöneres Zuhause als das eigentliche in Heidelberg. Wann immer das Wetter es zuließ, verbrachten sie den Tag am Strand, bauten Sandburgen, die sie gegen die rasch steigende Flut verteidigen mussten, lernten bei Ebbe im seichten Wasser schwimmen, suchten im Sand und Schlick nach Muscheln und Krabben. Wenn es zu kühl war, tobten sie durch den Park, in dem ihr Ferienhaus lag, fütterten stundenlang die Enten am Teich oder begleiteten ihre Eltern mehr oder weniger murrend auf Strand- und Dünenwanderungen. Kinder zum Spielen fanden sich meist ohne Mühe in einem der benachbarten Häuschen. Alina hatte ihr altes Sommerparadies mit Bedacht ausgewählt. Es war ein Ort, an dem eine Seele heilen konnte.

An den ersten drei Tagen suchten sie die Stätten ihrer Kindheit wieder auf, erkannten Gebäude und Landschaften wieder, erinnerten sich an längst vergessene Unternehmungen oder dachten an verflossene Ferienbekanntschaften zurück.

„Eigentlich ist fast alles noch so wie früher", bemerkte Mia träumerisch. „Wenn nur Papa auch hier wäre."

„Du hast recht", pflichtete Silas ihr bei. „Es hat sich nicht viel verändert, nur das Häuschen, das ist gar kein Häuschen mehr. So wie das ausgebaut wurde, hat das jetzt für eine Großfamilie Platz. Es ist jetzt viel zu groß für uns drei."

„Vielleicht bekommen wir ja noch Besuch", lachte Alina.

Silas blühte von Tag zu Tag mehr auf. Er wurde zunehmend unternehmungslustig. Am Morgen des vierten Tages schlug er am Frühstück einen Ausflug vor.
„Lasst uns nach Veere fahren. Oder nach Middelburg. Ich weiß noch, nach Veere sind wir mal mit den Rädern gefahren, wie lang mir damals die paar Kilometer vorkamen. Habt ihr Lust?"
Er hatte erwartet, dass Mia sofort Feuer und Flamme sein würde, doch er sah sich getäuscht. Sie müsse erst noch dringend einiges im Supermarkt besorgen und Alina wollte erst in Ruhe fertig frühstücken. Dann trödelte Mia im Badezimmer und fing schließlich sogar auch noch an, ihre Haare zu waschen. Das würde jetzt noch eine Stunde dauern, mindestens, mit Schminken. Er begann sich zu ärgern. Ständig saßen ihm die beiden im Nacken, er solle etwas unternehmen, und jetzt, wo er einen Vorschlag hatte ... Mias nasser Kopf schaute aus dem Bad.
„Dann geh du doch zum Supermarkt, der Einkaufszettel liegt auf dem Tisch, ich brauche noch ..."
„ ... eine Stunde, mindestens", fiel Silas ihr ins Wort, „ich weiß."

Als er vom Supermarkt zurückkam, stand ein fremdes Auto vor der Tür. Torben? Nein, das Fahrzeug hatte ein holländisches Kennzeichen. Beim Öffnen der Tür hörte er laute, muntere Stimmen. Wer konnte das sein? Die Stimmung war anscheinend bestens. Mia kam ihm im Flur entgegen.
„Überraschungsbesuch!"
„Wer denn?" Silas hatte keinen Schimmer, wer da zu Besuch gekommen sein konnte. Als er in das Wohnzimmer trat, fielen sie schon über ihn her.

„Goeden dag! Welkom, mijn beste vriend. Ha! Willi sprechen Holland! Du groß Augen machen, Silas, was?"
„Willi, Pakos, wo kommt ihr denn her?"
Anstatt ihm zu antworten, erdrückten die beiden ihn fast mit ihren herzlichen Umarmungen. Als Silas sich einigermaßen davon befreit hatte, sah er Julia am Tisch sitzen. Sein Herz setzte ein paar Schläge aus.
„Julia."
Silas stand erstarrt da, wie gelähmt. Was sollte er jetzt sagen, wie ihr begegnen? Julia schaute ihn stumm an, abwartend, ausdruckslos, ohne Vorwurf, aber auch ohne ihm entgegenzukommen. Bevor Silas noch einen klaren Gedanken fassen konnte, spürte er eine kräftige Hand auf seiner Schulter. Er drehte sich um. Ungläubig, mit offenem Mund stand er da, völlig unvorbereitet getroffen von dem, was er da sah. Sich. Sich selbst. Nein. Sein altes Ich.
„Bima?"
„Du musst Silas sein. Natürlich, ganz der Vater", sprudelte Bima los. „Danke Kumpel, dass du meinen Körper in Schuss gehalten hast, na ja, so einigermaßen wenigstens. Ein bisschen mehr hättest du schon trainieren können. Aber dafür kann ich jetzt Französisch! Le ciel est bleu. La Maison Carée est à Nimes. Ist das nicht toll? Das habe ich von dir, hat dein Vater wohl einen Fehler gemacht. Vamos a la playa."
„Das ist Spanisch, nicht Französisch", korrigierte Mia lachend.
„Toll, Spanisch kann ich auch! Ich habe bloß keine Ahnung, was ich da rede. Die Sätze sind einfach so in meinem Kopf."
Alina ergriff die Initiative.
„Jetzt setzt euch erst einmal alle hin. Ich glaube, Silas braucht einen Moment, um diese Überraschung eini-

germaßen zu verdauen, offenbar ist sie uns gut geglückt. Und dann, eins nach dem andern."
Bima erzählte als erster. Er war von drei Mitgliedern des Syndikats geschnappt worden. Sie hatten ihn verhört, hatten ihm lauter Fragen gestellt, die er damals nicht verstanden hatte. Er war ja nur Julia nachgeschlichen, diesem geheimnisvollen Mädchen, über das die anderen jungen Männer so viel tuschelten. Irgendwann waren seine Entführer seiner überdrüssig geworden und drückten ihm ein Tuch aufs Gesicht, worauf er das Bewusstsein verlor. Als er wieder erwachte, lag er in einer Art Krankenhaus, ein weißer Mann erzählte ihm eine haarsträubende Geschichte über eine zweifache Verwandlung. Zuerst hielt er ihn für verrückt.
„Du hast meinen Vater gesehen? Wann war das?", wollte Silas wissen.
„Ja, es war dein Vater. Er hat mich zurückverwandelt. Dann hat er mir geholfen, das Haus heimlich zu verlassen, das ging schwer, ich konnte zuerst kaum laufen."
„Ich weiß. Man ist dann wie gelähmt. Und dann?"
„Er sagte mir, ich solle mich bei meiner Familie verstecken. Am Nachmittag kamen die fremden Hubschrauber."
„Hat er noch etwas gesagt? Weißt du, was er dann gemacht hat?"
Bima schüttelte den Kopf.
„Tut mir leid. Er war sehr hektisch. Sehr aufgeregt. Er sagte, er müsse dringend zurück. Ich habe ihn nie wieder gesehen."
Die aufgeregte Wiedersehensstimmung war verflogen. Keiner sagte etwas. Bevor das Schweigen zu bedrückend wurde, begann Pakos mit seinem Bericht. Die amerikanischen Kräfte waren einige Wochen geblieben. Sie untersuchten akribisch alle vom Syndikat benutzten

Gebäude und transportierten einen erheblichen Teil der Einrichtung ab: Computer, medizinische Geräte, alles, was mit Stefan Kramers Erfindung zu tun haben konnte. Dann gaben sie die Gebäude frei. In Zusammenarbeit mit der Landesregierung und der neuen Regierung des Reservats entstanden darin jetzt wieder ein Krankenhaus und eine Schule. Die Stammesführer, die mit dem Syndikat gemeinsame Sache gemacht hatten, verloren ihre Macht, die Untergrundbewegung spielte in der neuen Regierung des Reservats eine bedeutende Rolle.
„Du auch, Willi?", flachste Silas. „Bist du nun der Kaiser des Reservats, oder wenigstens Erklärungsminister?"
Julia und Pakos versuchten vergeblich, nicht lauthals herauszulachen. Willi starrte verlegen und ungewöhnlich kleinlaut vor sich hin, bis Pakos die anderen aufklärte, wobei er sichtlich Mühe hatte, ernst zu bleiben.
„Willi hat auf seine Art Karriere gemacht. Nach unserer Rückkehr hat Willi bereitwillig die Aufgabe übernommen, unsere Landsleute über das Syndikat aufzuklären und von unseren Abenteuern ausführlich zu berichten. Wir waren unversehens große Helden, und er war der größte. Das hat bei vielen verheirateten und unverheirateten Frauen einen großen Eindruck hinterlassen. Willi wurde zum Star bei ihnen, stimmt's Willi? So kam es, wie es kommen musste. Nach zwei Monaten hat Willi geheiratet."
„Wurde geheiratet", fügte Bima trocken dazu.
„Herzlichen Glückwunsch, Willi."
Silas' Gratulation war aufrichtig, die vielen Neuigkeiten überforderten ihn, so dass er die offenkundige Ironie in Pakos' und Bimas Bericht übersah. Willi blickte noch immer bedröpselt in der Gegend herum, die Blicke der andern vermeidend.

„Ist gute Frau. Nur, reden ein bisschen viel. Muss immer reden, erklären, du verstehen, immer mir erklären, was ist, was ich sollen tun."
Silas verstand. Armer Willi.
„Als deine Mutter uns hierher eingeladen hat", fuhr Pakos fort, „war Willi gleich dabei, obwohl er doch frisch verheiratet ist. Ich glaube, dir gefällt es hier, Willi, nicht wahr?"
„Perfekt! Keine Eile. Willi haben viel Zeit, kann lang hierbleiben. Aber du erzählen, Silas, was du machen."
Langsam, stockend, angestrengt auf der Suche nach den passenden Worten berichtete Silas von den letzten Tagen in den USA. Von seinem Streit mit Julia, von seinem letzten Auftritt, vor allem von seinem letzten Gespräch mit Steven und Bannon. Danach beschrieb er ihnen die Monate zu Hause, die Zeit seiner langsamen Rückkehr ins Leben.
„Was willst du nun tun?", erkundigte sich Pakos. „Hast du Pläne? Wirst du studieren?"
„An so etwas kann ich noch gar nicht denken", erwiderte Silas. „Was soll ich denn machen? Wo soll ich denn hin? Ich hatte so hochfliegende Pläne, dabei habe ich nur alles vermasselt. Die Welt wollte ich warnen! Ha! Der kleine Silas aus Heidelberg rettet die Welt! Sie haben mich kaltgestellt und entsorgt. Wenn ich rede, machen sie mich fertig, und euch mit dazu. Falls sie sich überhaupt die Mühe machen, denn wer glaubt schon so einem Spinner wie mir. Währenddessen forschen sie heimlich weiter, über kurz oder lang werden sie dasselbe können wie Papa. Sein Tod, sein Selbstmord vielleicht, wird es nicht verhindern können. Es ist nicht zu stoppen."

Silas verstummte und mit ihm die ganze Runde. Ja, es war nicht zu stoppen. Pakos versuchte, Silas zu ermuntern.

„Sei zufrieden. Du hast alles in deiner Macht versucht. Verlange nicht mehr von dir, als du leisten kannst."

„Pakos hat recht", pflichtete Alina ihm bei. „Du bist ein Kind, Silas. Du hast genug erlitten. Du hast ein Leben vor dir, das du leben sollst, das ist deine Aufgabe, nicht das Schicksal der Welt."

Wieder trat Stille ein. Alles war gesagt, alles war getan. Silas' Geschichte endete hier. Doch nach einem langen Augenblick des Schweigens ergriff Julia, die bisher stumm und reglos zugehört hatte, das Wort.

„In unserem Volk gibt es eine uralte Erzählung. Sie geht weit zurück, vielleicht zu der Zeit, als der Llao-Yaita noch aktiv war. Damals kam es immer wieder zu Ausbrüchen. Heiße Lavaströme und tödliche Aschewolken zerstörten die Wälder. Oder ein Blitz setzte den Urwald in Brand und die Feuer wüteten, bis schwarze Asche den Boden bedeckte und verkohlte Baumstümpfe in den Himmel ragten. Danach schien jedes Leben ausgestorben, jede Hoffnung war verloren. Aber die Natur ist stark. Stärker als der Tod. Irgendwann, auch wenn es viele Jahre dauern mag, setzen sich die ersten Samen in der verbrannten Landschaft fest, zeigen sich die ersten winzigen Grashalme. Irgendwann blüht wieder die erste kleine, zarte, zierliche Blume. Und wenn die Menschen ihre kleine, blassblaue Blüte sehen, wissen sie, dass das Leben zurückkehren wird und der Tod besiegt ist. Der Name dieser Blume ist deshalb auch ein wichtiges Wort in unserer Sprache. Es bedeutet so viel, dass man es nicht übersetzen kann. Es bedeutet Hoffnung, Zuversicht, es ist ein Versprechen, dass das Leben weitergeht. Es sagt uns, verzweifelt nicht, steht wieder auf, kämpft

weiter, trotz allem. Ihr redet von Davids Kampf gegen Goliath, wir haben dieses Wort, wir haben diese Blume."
Silas hatte gebannt zugehört. Er griff an das Kettchen, das er seit Monaten um seinen Hals trug, Julias Kettchen mit der blassblauen Blume.
„Und wie heißt sie, diese Blume?"
„Wusstest du das nicht?", fragte Julia zurück.
„Nein. Woher auch?"
„Aymarah heißt sie, Aymarah."

Silas gab sich die größte Mühe, um irgendwie endlich mit Julia allein reden zu können, doch es ergab sich einfach keine Gelegenheit. Die vier Gäste waren von der schlaflos im Flieger verbrachten Nacht so übermüdet, dass sie bis zum späten Mittagessen ein wenig Schlaf nachholen wollten. Nach dem Essen saßen sie wieder alle zusammen und redeten erneut aufgeregt durcheinander, so viel gab es von den letzten Monaten zu erzählen. Endlich, es ging schon auf den Abend zu, drängelte Willi zu einem Spaziergang, er wollte unbedingt das Meer sehen. Es war frisch geworden. Silas streifte die Windjacke über, die seine Mutter im Winter für ihn genäht hatte. Zu seiner Überraschung hatte Alina auch die zweite Jacke dabei und drückte sie Julia in die Hand. *Zieh das an, sonst wirst du frieren.* Gemeinsam gingen sie alle den kurzen Weg durch die Dünen zum Strand, wo es für Willi kein Halten mehr gab. Er schnappte sich Pakos und Bima und rannte mit ihnen gemeinsam über den breiten Strand zum Meer, das sich wegen der Ebbe weit zurückgezogen hatte. Alina tippte Mia an.

„Komm mit, wir müssen auf unsere Gäste aufpassen, nicht dass sie noch von der Flut überrascht werden."
Dann nickte sie ihrem Sohn kurz zu. Geh in die andere Richtung, sollte das bedeuten. Dort seid ihr allein.
Endlich. Doch so lange Silas auf diesen Augenblick gewartet hatte, so wenig wusste er nun, was er sagen sollte. Schweigend gingen sie die Düne hinab zum Strand, über den tiefen, weißen Sand bis zur Linie, an der das Meer bei Flut endete, wo der Boden jetzt noch feucht, aber fest war. Der Wind blies hier noch stärker als auf den Dünen, Silas zog den Reißverschluss an Julias Windjacke hoch, sie ließ ihn gewähren.
„Alle haben von sich erzählt, Julia", begann er endlich, „nur du hast fast nichts gesagt."
„Ehrlich gesagt, dass du jetzt als erstes nach *mir* fragst, überrascht mich ein wenig."
„Ich hatte sehr viel Zeit nachzudenken, vor allem über mich."
Julia war nach dem Streit mit Silas in Los Angeles sofort zurück in das Reservat geflogen. Steven hatte alles auf der Stelle arrangiert, natürlich. Sie wäre auch gar nicht in der Lage gewesen, selbst etwas zu entscheiden oder gar zu organisieren. Die Tage in den USA waren für sie zu einem Albtraum geworden: Zu sehen, wie Silas von Steven umgarnt wurde, wie er sein Ziel aus den Augen verlor, wie er der Verlockung einer oberflächlichen, leicht durchschaubaren Berühmtheit erlag. Dann seine Vorwürfe, die sie zutiefst verletzten. Inwiefern unterschied sich Silas von diesen einheimischen Jungs, die ihr nachgestellt hatten? Auch er hatte sich nur mit ihr geschmückt, auch er dachte nur an sich selbst. Die Geborgenheit, die sie bei ihm zu finden geglaubt hatte, war eine Illusion gewesen. Julia sehnte sich zurück in das Reservat, aber nur um dort festzustellen, dass es ihr

keine Heimat mehr war. Pakos und Willi stürzten sich mit ihrer Gruppe in die politische Arbeit, um mit Hilfe der Landesregierung und der Amerikaner eine vernünftige Selbstverwaltung für das Reservat auf die Beine zu stellen, für ein Reservat, in dem Julia keinen Platz für sich sah. Aber wo sonst auf der Welt war ein Platz für sie? Alina, Silas' Mutter, spürte Julia im Reservat auf und holte sie nach Deutschland. Da Silas noch zu angeschlagen war, brachte sie Julia erst einmal in einem Internat unter. Für den Anfang.
„Deine Mutter hat mich gerettet. Allein hätte ich nicht gewusst, wohin. Ich habe jetzt auch Kontakt zu einer Organisation, sie heißt Brainpeace. Sie kämpfen für die Unantastbarkeit des menschlichen Verstandes. Es sind nicht viele, aber es werden immer mehr. Und sie sind mutig."
Silas hatte stumm zugehört, während sie die ganze Zeit am Strand entlanggegangen waren. Die anderen befanden sich längst außer Sichtweite.
„Es tut mir alles so leid, so unendlich leid. Ich habe so viel falsch gemacht, ich habe die Wirklichkeit einfach nicht sehen wollen, vielleicht so wie mein Vater. Und vor allem habe ich dich verletzt, aus lauter Egoismus. Kann ich das je wiedergutmachen, Julia?"
„Willst du das wirklich?"
„Wie kannst du fragen. Natürlich! Glaub mir, ich habe mich wirklich verändert."
„Und, was hast du als Wiedergutmachung anzubieten?"
Zum ersten Mal seit ihrer Ankunft lächelte Julia ein wenig, fast schalkhaft. Silas musste nicht lang überlegen, das war seine Chance. Die durfte er nicht vermasseln.
„Du hast mich einmal gebeten, dir einen Namen zu geben, wenn die Zeit dafür gekommen ist. Den schönsten Namen der Welt."

„Daran erinnerst du dich noch?"
„Ich erinnere mich an alles, an jede Sekunde, die wir zusammen waren. Zugegeben, vielleicht nicht immer exakt an das, was du anhattest, ob es ein Top war oder ein T-Shirt oder eine Plunderhose ..."
„Pluderhose, du Ignorant, Pluderhose."
„Echt? O. K., also Pluderhose, klingt ja auch um Längen besser. Jedenfalls - für mich bist du immer die Schönste und, wie ich jetzt weiß, auch die Klügste, mit oder ohne Plunder ... "
„Sprücheklopfer! Sag mir lieber, wie ich denn nun heißen soll, jetzt, wo die Zeit gekommen ist?"
„Ich hoffe, der Name wird dir gefallen."
Sie standen ganz nah beieinander. Irgendwie, ohne dass Julia wirklich bemerkte, wie es geschah, hatte Silas ihre Hände in den Seinen.
„Aymarah."
Er führte Aymarahs linke Hand zu seinen Lippen und küsste ihre Finger, einen nach dem anderen, ganz zärtlich. Und er glaubte zu spüren, wie ihr Herz in ihrer Brust hüpfte.
„Aymarah."
Da riss Aymarah sich los und rannte den Strand entlang - Fang mich doch! - Fang mich doch! - verlangsamte ihr Tempo, um sich einholen zu lassen, fiel mit Silas in den Sand, der sie küsste, aufstand und rannte - Fang mich doch! - und sie fing ihn, sie wälzten sich im Sand und begannen von vorn ...

Einem abendlichen Spaziergänger, der vielleicht oben auf den Dünen in der anbrechenden Dunkelheit auf dem Weg nach Hause war, bot sich ein ungewöhnliches Bild. Dichte Wolken waren aufgezogen, hinter denen die untergehende Sonne gerade verschwunden war. Die Abenddämmerung nahm dem Sandstrand das Weiß und dem Meer das Blau und beraubte den Abendhimmel all seiner Farben. Die Ebbe löste die Grenze zwischen Land und Meer in einen breiten Streifen von Sandbänken, Tümpeln und Prielen auf und die manchmal so scharfe Linie zwischen Meer und Himmel verschwamm am abendlichen Horizont im Dunst. Die ganze Welt, soweit das Auge reichte, löste sich auf in eine einzige, riesige Fläche aus schmutzig gelben, bräunlichen, ockerfarbenen, braungrünen und graubraunen Tönen. Doch vor diesem fast gleichförmigen Hintergrund, und gerade wegen dieses gleichförmigen Hintergrunds umso heller strahlend, bewegten sich zwei winzige Punkte aus leuchtendem Rot und Gelb in einem befreiten, ausgelassenen, lebensfrohen Tanz.
Sie erfüllten alles mit Farbe und Licht.